REKI KAWAHARA abec
SWORD ART ONLINE
Progressive
004
川原 礫
插畫／abec
U0025925
SWORD ART ONLINE
Kadokawa Fantastic Novels

「……外表看起來跟普通的藍莓塔沒兩樣。
這就是你說的……？」

亞絲娜

被關進「Sword Art Online刀劍神域」的女性玩家之一。改變自暴自棄的想法，以完全攻略遊戲為目標。

「沒錯。帶有支援效果的限定餐點。」

桐人

以到達「艾恩葛朗特」最上層為目標的劍士。原本是「獨行」玩家，但暫時和亞絲娜組成搭檔。

「那……那就得繼續進行任務才行……」

「呀──────！快想辦法！
立刻把那個『幽靈』趕走啊！」

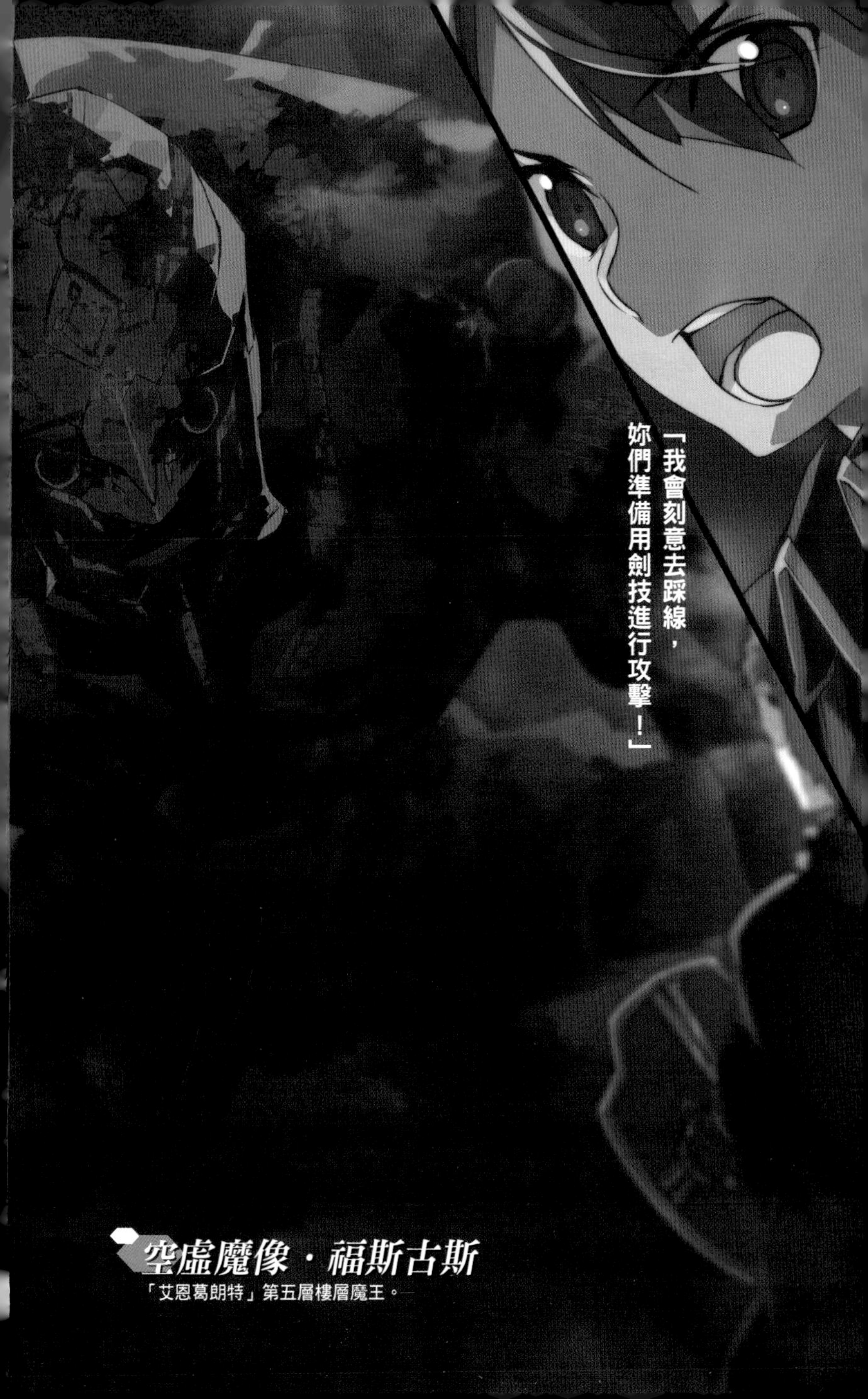

「我會刻意去踩線，
妳們準備用劍技進行攻擊！」

空虛魔像・福斯古斯
「艾恩葛朗特」第五層樓層魔王。

「知道了！」

亞魯戈
艾恩葛朗特裡
神出鬼沒的「情報販子」。

莉庭
攻略公會「艾恩葛朗特解放隊（ALS）」的成員。
重裝備的「坦克」。

「可惡，究竟是怎麼搞的……！」

「……」

席娃達
攻略公會「龍騎士旅團（DKB）」的成員。單手劍使。

「我們也上吧！」

「知道要領了！接下來我們也會攻擊看看！」

艾基爾
「大叔軍團」的領袖。
雙手斧使。

哈夫納
攻略公會「龍騎士旅團（DKB）」的成員。
雙手劍使。

浮遊城艾恩葛朗特 各樓層檔案

AINCRAD

■第五層

與封測時期沒有兩樣，第五層的設計主題是「遺跡區域」。直徑將近十公里的練功區裡，自然地形大概只占三成，其他全部是迷宮般的遺跡。與至今為止橫向擴散的階層不同，此階層的特徵是縱向亦相當寬廣。地下墓地、往下延伸的遺跡迷宮以及挖掘地面建造的城鎮等等，各自都交雜著迷宮般的構造，裡面的照明特別暗，據說封測時期經常發生PK。

第五層的主街區「卡魯魯茵」，是建築在位於樓層南部的巨大遺跡的中央部。由帶著藍色的岩塊所堆積起來的建築物到處可見崩壞，城市中心部分的街道兩旁掛著皮革與布料帳篷，呈現出雜亂的風貌。靠近卡魯魯茵的神殿遺跡與廣場等地，可以撿拾寶石與首飾等「遺物」。

第五層的樓層魔王是「空虛魔像・福斯古斯」。如果與封測時期相同，它就是以魔法力量作為動力的魔像，但……

Progressive 004

「這雖然是遊戲，但可不是鬧著玩的。」

「SAO刀劍神域」設計者
茅場晶彥

SWORD ART ONLINE

REKI KAWAHARA

abec

川原 礫
插畫／abec

Kadokawa Fantastic Novels

陰沉薄暮的詼諧曲

艾恩葛朗特第五層　二〇二二年十二月

1

——沒想到會有這麼一刻。

16級的細劍使亞絲娜一邊將愛劍「騎士細劍+5」擺在正中線一邊這麼想著。

正面五公尺前方，可以看見黑髮黑大衣的直劍使也同樣以右手擺出長劍。雖然是輕鬆的站姿，但銳利的劍尖沒有絲毫搖晃，像是要把亞絲娜的視線吸進去般發出冷冷的光芒。

兩人面對面的場所是被長滿青苔的古代遺構所包圍的四角形廣場。周圍是一片寂靜，沒有其他玩家或者怪物的氣息。從浮遊城外圍照射進來的殘光極為微弱，藍紫色的夜幕不斷變深。

遊戲角色死亡等於真正死亡的死亡遊戲「Sword Art Online刀劍神域」正式開始營運到現在，很快地已經過了五十二天。現實世界的時間是二〇二二年十二月二十八日。再過四天就是新的一年了。當然，前提是能夠活到那個時候就是了。

——要活到明年。

初次到練功區的時候，從來沒想過會有這樣的念頭。完全不保養商店販賣的細劍——實際上甚至不知道能夠這麼做——在用壞就丟的情況下胡亂地不斷與怪物戰鬥，覺得不知道何時會筋疲力竭而死也無所謂……不對，甚至有希望這麼做來結束一切的想法。

但是，這種緩慢的自我毀滅衝動，曾幾何時已經從亞絲娜心中消失了。

並不是對未來有了什麼明確的希望。也還沒有哪一天可以攻略這款死亡遊戲，成功回到現實世界的確信。但是，想活過今天看看嶄新的明天……想克服這層的戰鬥，順利到下一層去。這樣的心情確實存在於現在的亞絲娜心中。

帶來這種變化的，無疑就是眼前這名擺出長劍的黑髮少年。

他教會亞絲娜關於遊戲系統的龐大知識，也從許多危機中拯救她。而且不光是這樣……在每個人都快被恐懼與沉重壓力擊潰的狀況下，他還能保持飄逸的態度，不忘露出笑容與享受遊戲，有時還會犯下好笑的錯誤與失敗，讓亞絲娜的心情輕鬆一些。他就以攻略搭檔的身分經常待在身邊，給予自己朝著明天邁進的希望。

但是，現在和亞絲娜對峙的17級劍士，桐人的黑色眼睛裡，只有冰冷銳利的光芒。裡面看不出一絲輕敵與漫不經心。只有將右手的劍與精神合為一體，只想著以最快速度回應亞絲娜動作的人才能有這種眼神。

昨天——十二月二十七日傍晚，亞絲娜一邊爬上聯結艾恩葛朗特第四層與第五層的往返階梯，一邊對桐人這麼問道：

——你要和我待在一起到什麼時候？

這不是尋求什麼明確答案的提問。或許是因為和在第三層與第四層遇見的黑暗精靈們……騎士基滋梅爾與城主約費利斯等，雖然是ＮＰＣ，但在某種意義上羈絆甚至比其他玩家還要深的劍士分離，才讓她提出這樣的問題吧。

桐人凝視著亞絲娜的眼睛一陣子，輕輕聳了聳肩後，就以平常那種飄然的口氣這麼回答：

——等到妳充分變強，再也不需要我的時候。

這種不帶情緒且實際的回答確實很符合他的個性，不過亞絲娜還是感覺充塞內心的重擔稍微減輕了一些。認為接下來的第五層，甚至是再接下來的樓層，他應該也會以搭檔的身分站在自己身邊，然後背靠著背一起作戰下去，雖然不想承認，但能夠這麼想還是覺得很高興。

但是現在卻——

「…………妳沒動作的話，我就自己來嘍。」

似乎看穿亞絲娜心中的動搖，桐人忽然發出沒什麼抑揚頓挫的聲音。

握在右手上的長劍開始緩緩動了起來。快要消失的夕陽，宛如一滴赤紅鮮血般滑過劍刃。

桐人從第一層就開始使用的「韌煉之劍＋８」，終於在和第四層森林精靈的白騎士戰鬥時碎裂，目前裝備的是騎士身上掉落的「精靈厚實劍」。雖然很有精靈製武器的風格，劍鍔與劍柄都施有精妙的雕刻，但絕對稱不上華麗，經過精心鍛造的鋼鐵劍身即使在傍晚的黑暗中也發出清澈的光輝。

實際上，即使是在無強化狀態，它在數值上似乎也逼近韌煉之劍＋8。也就是說，受到斬擊或者躲不開攻擊的話，亞絲娜的ＨＰ——可視化的性命都會劇烈減少。

但是，桐人也處於同樣的條件之下。

亞絲娜右手上握著的騎士細劍，是第三層黑暗精靈野營地裡的ＮＰＣ鐵匠所打造出來的武器。桐人表示它具有異常高的性能，雖然是重視出手次數的突刺劍，但一擊的威力卻超過大部分單手劍。假如現在亞絲娜所習得的最強劍技「三角刺擊」三連擊完全命中的話，不知道桐人會消失多少ＨＰ。

光是想到某一方的劍撕裂某一方身體的瞬間，視野就越來越狹小。呼吸也變得急促。連雙腳應該穩穩踏著的石頭地板，感覺都像逐漸離自己而去。

在這之前，已經跟數不清的怪物戰鬥過。不只是非人類型的野獸或者蟲子。在第四層的約費爾城攻防戰時，也跟外表與一般玩家沒有兩樣的森林精靈士兵們有過激烈的戰鬥。那個時候也沒有像這樣感到害怕。

——同為玩家的戰鬥，竟然會有如此的「差異」。

——還是說，因為對方是桐人的關係……？

想到這裡的瞬間，右手擺出的騎士細劍劍尖稍微搖晃了一下。不放過這個空檔，桐人的左腳用力往前跨出一步。

不知道什麼時候，精靈製的長劍已經整個舉到上段了。從該處所使出的，是用力踏出的普通技……還是跳躍系的劍技呢？得先看出這一點，然後做出正確的對應才行。但是，細劍的震動卻停不下來。

「…………不。」

在自己還沒發現的時候，微張的嘴唇就吐露出沙啞的聲音。

「…………不要了。我討厭這樣。」

以左手抓住不聽使喚的右手，用力把它拉下來。視線也從桐人臉上移開，看著染著藍色色彩的石頭地板。

自己知道這種態度實在太幼稚，而且也不確定桐人是否會就此收劍。但亞絲娜還是頑固地持續看著地面。

最後可以聽見靴子底部摩擦石頭地板的聲音。

接著是劍劃過空氣的聲音。再來則是「鏘」一聲清脆的金屬聲。

眼睛往上看了一眼，就發現把長劍收回背上的桐人，像是感到很無奈般張開雙臂。

「……忽然就說討厭，我也沒辦法……」

他苦笑著，並確認表示在視界上方的單挑殘餘時間，然後繼續說道：

「——要我指導對人戰（PvP）訣竅的，不就是亞絲娜妳自己嗎？」

五分鐘後——

在剛才決鬥地點的遺構廣場角落升起小小營火的桐人，從道具欄裡拿出金屬製水壺開始煮熱水。

讓人稍感驚訝的是，他連燃燒用的木材都是從道具欄裡拿出來，於是覺得不可思議的亞絲娜便問道：

「你什麼時候撿了那種木材的？」

「嗯？噢，在第三層與第四層的時候都撿了一點。」

桐人不知道為什麼得意地這麼回答，然後拿起一根點著火的木材給她看。

「妳看，火的顏色和一般的木材有點不同對吧？」

聽他這麼一說，就發現樹枝前端搖晃的火焰帶著些許綠色。

「這東西是叫作『化石樹樹枝』的採集道具。可以燒得比一般的枯樹枝還要久。在下面的樓層移動時，只要看見我就會撿起來。因為……」

他說到這裡就停下來，以樹枝指著包圍廣場周圍的石造遺構。

「這第五層是『遺跡之層』。森林極端稀少，想要撿個柴火都很辛苦。」

「這樣啊……——早告訴我的話，我也可以幫忙撿那個啊。」

亞絲娜剛這麼回答，桐人就對她露出懷疑的笑容。

「是這樣嗎～這種化石樹呢，只有稍微埋在潮濕的地面時才能發現喲。愛乾淨的亞絲娜小姐能夠把它放到道具欄裡嗎～」

「這……這點小事，我才不在乎呢。道具欄不過是檔案的收納處，其他道具不可能會沾到泥土吧。」

「但是，從土裡拉出來時，偶爾會黏著一些奇怪的小蟲喲～」

「…………」

亞絲娜稍微和桐人握住的樹枝拉開一點距離後，這名直劍使就哈哈大笑起來並且把樹枝放回營火裡。當他們進行這種對話時，水壺口已經開始冒出白煙，於是桐人就放好茶葉並在茶壺裡注入熱水，等十五秒左右才把內容物分別倒進兩個茶杯裡。

「來吧。」

接下遞過來的杯子，呢喃了一聲「謝謝」之後就緩緩聞起香味。茶葉是亞絲娜在第四層主街區羅畢亞所購買，給人的印象是散發水果香味的紅灌木草本茶。抱著直立的膝蓋啜了一口熱騰騰的液體，亞絲娜接著便呼出一口氣。

曾幾何時殘照已經消失，附近全被藍黑色夜幕所籠罩。下面的階層，到了晚上雖然會有從外圍射入的月光在上層的底部反射後形成的淡淡清澈光芒，但在這個第五層卻幾乎感覺不到月光。沒有營火照明的話，看旁邊的桐人時應該就只能看見黑色剪影吧。

昨晚離開往返階梯的出口就直接到主街區投宿，今天白天則是用來在街上探險與承接任務，所以不知道第五層圈外是這麼地黑暗。本來以獨行玩家為志向的桐人已經取得搜敵技能，所以有怪物之類的靠近的話應該會通知自己，但忍不住就會想像……包圍廣場四周的石牆後面是不是有什麼東西趁著黑暗潛伏在裡面。

無意識當中，將臀部往桐人那邊移動了四點五公分左右，接著亞絲娜就開口表示：

「……剛才真是抱歉。」

「咦？為了什麼？」

由於已經預測到對方會這麼反問，亞絲娜立刻接著說：

「我自己拜託你單挑，卻在途中就放棄了。」

「啊，噢……哎呀，我是完全不在意啦……」

喝了一大口茶，覺得「好燙！」而繃起臉後，桐人才稍微瞄了亞絲娜一眼。

「……不過有點稀奇耶。亞絲娜竟然會中斷做到一半的事情。」

「嗯…………」

亞絲娜點了點頭，把下巴放到以左臂抱住的膝蓋上。

「……總覺得，和想像的不太一樣。單挑……說是決鬥，叫作初擊勝負模式對吧？因為有先以強力攻擊擊中對方者獲勝這樣的安全規則，所以不是戰鬥而是比試……就像是運動一樣的東西。但是……」

亞絲娜數次動著嘴唇，尋找該用什麼言詞來形容持劍相對的瞬間就偷偷潛入內心深處的恐懼。但在她找到之前，旁邊的桐人就呢喃著：

「SAO的單挑……至少有一個地方和現實世界的運動比賽不同。」

往右邊瞄了一眼，就看見在石頭地板上盤腿而坐的黑大衣直劍使，那比周圍黑暗更深沉的眼睛正看著晃動的營火。那雙眼睛像是在探索過去的記憶般稍微瞇了起來。

「大概就是像戰鬥動機這種東西吧。以運動來說，就算是格鬥技好了，在比賽裡追求的是『勝利』吧？想要獲勝的強烈心情，將成為很大的動力。這個世界的單挑，表面上也跟運動十分類似。等級、裝備差不多的玩家之間以初擊勝負模式來對戰的話，HP絕對不可能減少到危險的地步。但是……」

在桐人一瞬間含糊其辭的同時，化石樹的柴火也發出啪嘰的爆裂聲。紅色火花往上飛舞，融化在黑暗裡消失無蹤。

亞絲娜一邊輕輕摸著裝備在自己左腰上的騎士細劍劍柄，一邊接在桐人後面說道：

「……但是，我們拿的不是球棒、球拍或者竹劍……而是真正的劍。就算只是由檔案形成的虛擬武器，命中對方的話，還是會傷到真正的生命……」

「嗯。對於單挑越是認真，尋求的就越不只是單純的勝利。不害怕鋼鐵的武器撕裂對手的身體，奪走對方的HP……也就是越是純粹追求『殺死』對手玩家的傢伙就越接近勝利。SAO裡單挑的本質不是運動。動力不是勝利，而是賭上性命的互相殘殺。」

從桐人嘴裡說出這句話的瞬間，亞絲娜的身體就猛烈震動了一下。她了解這正是剛才的單挑裡，讓自己右手退縮的原因。

「……我不想和桐人互相殘殺啊。」

嘴唇裡忽然就流露出這樣一句話，讓亞絲娜急忙閉緊嘴唇。但是桐人沒有絲毫調侃的態度，只是點點頭說：

「嗯，我也不願意和亞絲娜互相殘殺啊……就算只是初擊勝負模式的單挑也一樣。」

有些驚訝地看向旁邊時，桐人剛好也把臉轉向這邊。深深映照出橘色營火的黑眼睛一邊凝視著亞絲娜，暫定搭檔一邊繼續說著：

「不過……就算是這樣，在真正開始攻略本層之前，還是希望亞絲娜能夠習慣單挑……也就是PvP。」

「…………」

瞬時不知道該如何回答的亞絲娜，只能一直凝視著搭檔的臉。

剛才只能在未遂情況下結束的單挑，是在亞絲娜的要求下舉行。但是原因是來自昨天傍晚，爬上往返階梯時桐人所說的話。

在得到黑暗精靈的騎士基滋梅爾與子爵約費利斯的協助下，輕鬆打倒第四層樓層魔王「馬頭魚尾怪．威茲給」之後，亞絲娜和桐人就留下眾攻略公會成員，一起爬上通往第五層的螺旋階梯。

階梯大廳的牆壁上，雖然按照慣例施加了暗示上層地形與風物的浮雕，但令人印象深刻的果然還是爬完階梯後出現在前方的大門。

門上的浮雕是古老的巨大城堡。話雖如此，但並不是像被湖水圍繞的約費爾城那麼瀟灑的城館，設計感像是厚實地聳立於某處的要塞。桐人一邊抬頭看著浮雕，一邊混雜著嘆息說道：

——看來第五層的基本地形也與封測時期沒有兩樣……

亞絲娜詢問「是什麼樣的地形？」後，桐人就聳聳肩回答：

——遺跡。第五層練功區的自然地形大概只有三成左右，其他全是像迷宮一樣的遺跡。這也就表示，直徑將近十公里的練功區全體，在某種意義上可以說像是迷宮一樣……而且還特別昏暗……因此封測時期經常有ＰＫ出沒……

ＰＫ，又稱ＰＫｅｒ。也就是殺害玩家者。

亞絲娜知道有這種遊戲用語存在。過去桐人為了在街上隱藏面容，曾經說過想買一件和亞絲娜一樣的兜帽斗篷。結果亞絲娜卻對他說出「別買斗篷乾脆套上麻袋」的主張，而桐人則回答「戴那種東西會被誤認為ＰＫ」。

當時的對話幾乎是在開玩笑，所以心情很輕鬆，亞絲娜也直接把桐人所說的ＰＫ當成耳邊風，最後也就忘記了。因為現在的艾恩葛朗特裡，不可能會有ＰＫ出現。所有玩家最大的願望都是脫離這個虛擬世界，而攻擊……或者殺害其他玩家的行為，只會讓遊戲攻略退後而已。亞絲娜一直是這麼想，而桐人也同樣這麼認為──只不過……

在通往第五層的大門前，桐人的表情在說出「ＰＫ」這個名詞時，卻帶有至今為止從未見過的險峻。表情簡直就像在擔心不只是封測時期，就連ＳＡＯ正式營運後變成死亡遊戲的現在，第五層的遺跡地帶依然會有ＰＫ肆虐一樣。

在看著他的臉當中，亞絲娜就自己提出了要求。她說轉移門有效化以及完成道具補給後，希望能教她對人戰的訣竅。

雖然首次單挑在相當丟臉的結果下結束了，但是實在興不起立刻再次挑戰的念頭，亞絲娜啜了一小口發出甘甜香氣的茶後就這麼問：

「……桐人你是覺得……這個第五層可能會有ＰＫ出現嘍？」

「嗯嗯～～…………」

桐人一邊晃動手裡的茶杯讓茶旋轉一邊發出低吟，一陣子後忽然停下動作來看著亞絲娜。

「……妳還記得嗎？在第三層的森林精靈前線營地附近那個和我單挑的玩家……」

「嗯……是那個叫摩魯特的人吧？同時潛入凜德先生的『龍騎士旅團』以及牙王先生的『艾恩葛朗特解放隊』，似乎有什麼企圖……」

這件事情在第三層魔王攻略戰之前，就已經從桐人那裡聽說過了。畢竟這是讓人非常在意……或是該說具火藥味的事件，而且亞絲娜在蜘蛛女王的洞窟裡也稍微目擊到本人，所以在第四層也有偷偷地檢查，但是卻無法發現那相當特別的鎖子頭罩。

對亞絲娜的話輕輕點了點頭，接著桐人把視線移回營火上。他的側臉很難得飄盪著緊張的氣氛。

「——摩魯特對我提出『半損勝負模式』的單挑，把我的ＨＰ減到快剩下一半時，就想用斧頭的一擊讓我受到沉重的傷害。如果成功的話，我就會因為ＨＰ全損而死亡……而且應該還會出現摩魯特的浮標不會變成身為犯罪者的橘色這樣的結果。也就是說，和『怪物ＰＫ』一樣是合法的殺害玩家方法……可以稱為『單挑ＰＫ』吧。虧他竟然可以想到這樣的手法。」

「喂喂，不要用那種有點佩服的口氣好嗎？」

亞絲娜一這麼抱怨，單手劍使就一瞬間露出苦笑並回答「說得也是」。但馬上恢復嚴肅的態度，以低沉的聲音繼續說明：

「問題是，摩魯特為什麼要做這種事情。就出現的狀況來看，應該不只是想殺就殺的享樂型殺人魔那樣的ＰＫｅｒ。那傢伙之所以會對我提出單挑的要求，是想防礙我準備攻略的森林精靈野營地任務。想趁著拖住我的這段時間，讓各自準備在野營地進行任務的ＤＫＢ與ＡＬＳ對立……不對，應該說想讓他們對戰。」

「嗯…………」

亞絲娜一邊想起當時的情形一邊點頭說：

「我和基滋梅爾衝到野營地時，感覺已經是一觸即發了……如果基滋梅爾沒有讓場面平息下來的話，攻略集團整個崩壞也不是什麼奇怪的事——但是……假如真的變成那樣，對摩魯特又有什麼好處？有什麼利益是大到就算完全攻略遊戲……也就是從這個世界獲得解放的時間晚幾個月都無所謂的嗎……？」

亞絲娜以有點自言自語的感覺，呢喃著桐人恐怕也想過好幾次的問題。

就現狀來說，ＤＫＢ與ＡＬＳ是等同於攻略集團本身的兩大頂尖公會。魔王怪物的最後一擊獎勵（LA）雖然一直被坐在旁邊的全身黑先生奪走，但可以說沒有這兩個公會的話，就不可能突破迷宮塔了。

讓這兩個公會鬥爭的動機。

一般來說，可能是想趁著抗爭後的混亂統合兩個公會，然後一躍成為領袖……也就是獲得名譽的欲望。或者是掠奪在戰場上死亡的玩家所掉落的金錢與裝備，也就是出於金錢欲與占有欲……

但是名譽與物欲，真的會比自己的性命……也就是生存欲望還要重要嗎？在這個世界不論獲得再高的地位、儲蓄再多的珂爾、得到再稀有的道具，只要有一次輸給怪物或者玩家而ＨＰ歸零，就會讓所有努力付諸流水。將會在沒辦法回到現實世界，被囚禁於電子監牢的情況下真正地死亡。

摩魯特的行動怎麼想都不划算。只是故意在防礙死亡遊戲的攻略而已。這個世界應該不可能存在這種人才對啊。甘冒死亡的風險，離開安全的城鎮踏入危險練功區的話就更不用說了。

亞絲娜本身之所以能持續以攻略玩家的身分在圈外戰鬥，也是因為有哪一天一定要離開這座浮遊城的誘因在支持著她。回到現實世界，奪回過去的生活，忘記在這裡經歷的恐懼與悲嘆…………

想到這裡的時候，亞絲娜不知不覺就把視線往右邊移去。

黑髮的暫定搭檔，此時一直盯著營火愣愣出神。似乎專心一志想著事情的側臉，已經看不出平常那種玩世不恭的態度，很不可思議地給人稚嫩的印象。

——脫離這個世界。那也就表示……

亞絲娜硬是在這裡停下思緒，耗費相當大的意志力才把臉轉回前方。

把視線放在包裹化石樹樹枝的那些略呈綠色的不可思議火焰上。跟現實世界的營火比起來，火焰前端的晃動顯得有些像人工物，但也算相當寫實且美麗了。

沒錯……這個世界雖然是殘酷的監獄，但有時也會呈現異常美麗的一面。比如第一層的街道、第二層的草原、第三層的森林、第四層的水路……而亞絲娜能有這樣的感覺，無疑是受到坐在旁邊的搭檔影響。

當她費盡心思想把老是想跑往「那邊」的思考拉回摩魯特的動機上面時——

「…………說不定…………」

經過漫長沉思的桐人，忽然開口說話。

「真正說起來，摩魯特他不是跟我們一樣的玩家……」

「咦……？這是什麼意思？」

亞絲娜再次看向旁邊，這時桐人依然以嚴肅的眼神看著營火。

「那傢伙的動機是防礙攻略集團……也就是說，把他當成營運死亡遊戲那方派出的奸細，大概就能解釋他為什麼有這種行動了。」

「好……奸細？你的意思是……他協助把我們關在這個世界的茅場晶彥？」

「嗯。」

桐人先是點了點頭，但立刻又簡短地搖著頭。

「——但是，這個說法也有不合理之處。如果現在遊戲就快被完全攻略的話還有可能，但那傢伙是從多達一百層裡的第三層就暗中開始活躍了。怎麼說也太早了——不對，等等……」

這個時候，桐人雙眼迸發出銳利光芒。

「——在這裡！」

「咦！什……什麼東西……？」

亞絲娜嚇得上半身往後仰的同時，桐人也忽然從背上抽出長劍。

精靈厚實劍尖銳的劍尖，在黑暗中畫出白銀軌跡。幾乎凌駕於細劍使亞絲娜的神速刺擊，貫穿了眼前的營火。

因為不知道發生什麼事而整個人僵硬的亞絲娜，視線前方出現大量飛舞的火花。

拉回來的長劍尖端似乎刺著什麼東西。焦得恰到好處，冒出熱騰騰白煙的那個——怎麼看都是烤薩摩薯。

「————那個，桐人。」

「嗯。」

「你從剛才就一臉嚴肅地瞪著營火，只是因為……」

「嗯。」

「……在估算那個薩摩薯烤得怎麼樣了嗎？」

「是啊。」

亞絲娜認真考慮起，究竟是要怒罵還是痛扁這名嚴肅點著頭的單手劍使。

但搶在她實行其中一種選項前，桐人已經從劍尖把烤薩摩薯拔出來，並把劍收回劍鞘裡了。說著「好燙好燙……」的他讓薩摩薯在兩手上滾了幾圈，然後把它從中分成兩半。薩摩薯再次冒出蒸汽，飄盪著甘甜的香味。

「給妳。」

看到他遞出這麼一半薩摩薯，吃過午飯後已經有六個小時沒有進食的亞絲娜，也只能把怒氣放到一旁，直接把薩摩薯接過來。

依然熱騰騰的烤薩摩薯，外皮的顏色與手感雖然與現實世界的薩摩薯有些不同，但還是具有充分的魅力。咬了一口後，鬆軟的薩摩薯在嘴裡宛如奶油一般融化，濃厚的甜味也整個擴散開來。

亞絲娜著迷地吃了兩三口後又喝了口茶，呼一聲吐出一口氣才問道：

「你是什麼時候買了這種東西？我想你應該沒有去果菜攤吧。」

結果桐人一邊嚼著薩摩薯一邊以模糊的聲音回答：

「嗯？我沒買喔。」

「……那這是從哪來的？不會告訴我這也是從第三層的森林裡撿來的吧。」

「哈哈，怎麼可能。這種薩摩薯是B級食材道具喲，這麼低的樓層撿不到啦。」

「那是跟誰買的嗎？」

「嗯～廣義上也可以這麼說吧……這是在第四層迷宮區出沒的，那種像半魚人般怪物身上掉下來的物品。」

「…………………」

出乎意料的答案讓亞絲娜不知道該如何反應。如果說是「半魚人的肉」那就會把它全力朝桐人的臉丟過去，但只是持有物的話感覺就勉強還可以接受。於是她先咬了一小口，才又提出第四個問題：

「……為什麼半魚人身上會掉下薩摩薯？」

原本以為──他會像平常一樣以玩笑話來把事情帶過。

「唔…………」

沉吟了三秒鐘左右，桐人才把吃到一半的烤薩摩薯舉到眼睛前面，反過來對亞絲娜問道：

「妳知道薩摩薯的原產地是哪裡嗎？」

「咦……？既然說是薩摩薯，那不就是鹿兒島嗎？記得好像在學校裡學過……是青木昆陽從薩摩藩那裡訂購了苗栽。」

順勢這麼回答完，亞絲娜才嚇了一跳。剛才這些話，可能已經顯露出她在現實世界裡已經念過國中了。至今為止，完全——不對，幾乎沒有跟桐人提過現實世界的事情。這大概是第二次吧。

但桐人像是不怎麼在意般點了點頭。

「嗯。正確來說，一開始應該是從沖繩傳過來的。不過，這是日本的情況……而我指的是世界上最早栽培的地方。」

「世界……？」

有些鬆口氣的亞絲娜歪著頭這麼問。

「……嗯，好像聽過馬鈴薯的原產地是中南美洲……」

「答對了。」

「咦？」

「薩摩薯的原產地也是那附近。正確來說，馬鈴薯是在中南美洲的高地栽培，而薩摩薯好像是栽種在沿海地帶的低地。」

「這樣啊……」

把最後一口放進嘴裡，仔細地品嚐之後，亞絲娜才把話題拉回來。

「——那麼，這又和半魚人有什麼關聯？」

「接下來完全是我的穿鑿附會……」

咧嘴一笑後，桐人把烤薩摩薯的尾部丟到空中並用嘴巴接住。

「中美洲阿茲特克神話裡，世界總共毀滅了四次。一開始的世界裡，人類是被一群美洲豹給咬死。第二個世界裡，人類被變成猴子。第三個世界，人類被變成鳥。然後最後的世界當中，人類被變成魚……」

「…………那些被變成魚的人們，就在第四層的迷宮區裡和我們戰鬥嗎？」

受到亞絲娜懷疑視線的桐人，完全沒有感到不好意思，只是再次笑著說：

「哈哈，誰知道呢。但是——基滋梅爾也說過吧？浮遊城艾恩葛朗特的各層是很久以前從大地分離出來升到天空中。那些被分割的大地裡有精靈也有狗頭人、牛頭人……這樣的話，有來自阿茲特克神話的怪物也不奇怪吧。」

「嗯～～～…………倒是…………」

把杯子裡的茶喝完後，亞絲娜以有些傻眼又有些佩服的視線看向旁邊。

「什麼薩摩薯的原產地、阿茲特克神話之類的，你怎麼會知道這些事情？」

「啊～……」

看見桐人露出有些欲言又止的表情，亞絲娜就再次嚇了一跳。剛才的問題，明顯已經脫離這個世界的範圍了。

但是暫定搭檔瞄了一眼亞絲娜的臉後就這麼回答：

「……在外面世界住的地方，剛好是薩摩薯的名產地。然後小學的時候，因為暑假的自由研究而調查了許多薩摩薯的歷史等事情。結果就記住了不少內容。」

「這樣啊……」

在她面無表情地點著頭期間，腦袋的副線程也高速運轉著。

說到薩摩薯的名產地，大概就是鹿兒島與茨城了吧，不過桐人的用詞遣字和音調與東京出生的亞絲娜沒有太大的不同。這樣的話就是東京近郊的名產地了，但是有這種地方嗎？比較有可能的是千葉或者埼玉，不對，東京的西部也有可能。如果在現實世界的話，就能立刻用手機搜尋了啊——

花了半秒左右想到這裡的亞絲娜，卻又輕輕閉起眼睛來中斷思緒。

哪一天這個死亡遊戲被完全攻略的話，在這個世界獲得的東西將全部消滅。一切裝備、道具以及與相遇的人之間的關係。不能夠覺得這樣實在很可惜。因為會失去繼續往前進的動機。

「……謝謝你的薩摩薯。也謝謝你關於薩摩薯的小知識。」

道完謝後，亞絲娜就迅速拍了拍雙手，把殘留在腦袋角落的思緒碎片也一起拍落。

「——那麼，關於剛才提到的那個摩魯特……」

「嗯？噢……對喔。」

似乎是利用眨了數次眼睛來切換思緒的桐人，以恢復嚴肅的表情點點頭說：

「剛才說到摩魯特說不定是茅場晶彥派來的奸細對吧。雖然是自己提出來的觀點，不過我覺得這可能是我想太多了。摩魯特是無法用我們的常識與道理來判斷，因為異質的動機而有所行動的例外玩家……現在應該這麼認為才對。不過，唯一一件讓我在意的事情是……」

他說到這裡就停了下來，以銳利的視線看著持續靜靜燃燒的營火。幸好沒有出現第二個烤薩摩薯，桐人直接繼續表示：

「……我們之前也聽過同樣的事情了。」

「咦……？」

亞絲娜一瞬間皺起眉頭，但立刻就想起來了。

「啊……是涅茲哈先生說的……！」

亞絲娜一屏住呼吸，桐人就默默地點了點頭。

在第二層遇見的鐵匠涅茲哈。他是被所屬公會「傳說勇者」逼迫進行詐欺行為，利用了「快速切換」Ｍｏｄ詐取亞絲娜的愛劍風花劍。

但重點是這個手法並非由他們原創——

「……在酒館裡對涅茲哈他們搭話，免費教會他們強化詐欺手法的黑色雨衣男……」

桐人的聲音變得更加低沉。

「我覺得那傢伙的目的，可能是讓涅茲哈被攻略集團定罪。實際上，第二層魔王攻略戰後，傳說勇者的奧蘭多他們要是沒有一起跪下謝罪的話，涅茲哈很可能就要被處刑了。換個角度來看，那也算是ＰＫ。巧妙地操縱多數玩家的心理並加以誘導，最後讓他們殺人……可以稱為『煽動ＰＫ』吧……」

亞絲娜的臉不由得因為這段話所帶著的不祥氣息而扭曲。

雖然怪物(M)ＰＫ與單挑(D)ＰＫ也是基於明確惡意的行為，但做出這種事情的人還是得背負一定的風險。ＭＰＫ的話，在聚集怪物的過程中要是犯下什麼錯誤，自己也會遭到攻擊，ＤＰＫ的話，單純就是自己也有落敗的可能。

但是煽動ＰＫ——要創個簡稱的話，就是綜合ｐｒｏｖｏｋｅ這個單字，把它稱為ＰＰＫ吧——做出這種行為的人可以完全迴避直接的風險。因為自己可以留在圈內，誘導個人或者團體讓其互相鬥爭就可以了。

雖說和ＭＰＫ與ＤＰＫ比起來成功率應該較低，但是不論哪一個世界，都會有擅長操縱他人的人存在。亞絲娜就讀的女校裡，也有明明不是什麼風雲人物，但擅長利用簡訊、ＳＮＳ以及謠言等手段巧妙誘導班級內的風向來形成同儕壓力的學生。當然本人是在無意識中做出這樣的行為，而謎樣的黑雨衣男——則是在明確的意圖下做出這種事，想藉此來殺害涅茲哈。

「……摩魯特和黑雨衣會不會是同一個人啊。」

亞絲娜這麼呢喃，桐人就用指尖使勁搔著眉間發出沉吟聲。

「嗯，嗯～～……──涅茲哈是以『有著快樂笑法的男人』來形容黑雨衣男。摩魯特也是個會不停傻笑的傢伙，所以有可能是同一個人。如果是這樣的話，正如剛才所說的，可以把摩魯特當成是現在艾恩葛朗特裡唯一存在的異質且例外的ＰＫｅｒ……不過，如果是不同人的話，事態就更加嚴重了……」

這時火勢終於開始減弱的營火，發出啪嘰一聲銳利的爆裂聲。亞絲娜一瞬間繃緊身體，然後才畏畏縮縮地詢問搭檔：

「你說更嚴重……是怎麼樣的情形……？」

結果桐人重複了一陣子帶著猶豫的呼吸，才又發出更為低沉的聲音：

「……是不同人的話，就應該要認為摩魯特與雨衣男是聯合起來行動。」

「…………！」

「也就是說，他們是搭檔起來進行ＰＫ……不對，可能不只有兩個人同夥。說不定有三四個人，甚至是規模比這個大的ＰＫ集團存在於艾恩葛朗特裡……」

耐久度到達極限的化石樹樹枝從正中央碎裂，噴灑出大量火花後消失無蹤。營火的光亮變弱的同時，藍黑色夜幕也從周圍靠近，亞絲娜在無意識中把身體往右移動了十公分左右。

「……怎麼會…………在目前的ＳＡＯ裡殺害玩家的話，那個人就再也無法復活……在現

實世界也會真的死亡……摩魯特他們不希望完全攻略遊戲嗎？不想離開這個世界嗎……？」

從極度乾渴的的喉嚨擠出的聲音，已經沙啞到連自己都聽不太清楚了。

經過整整十秒之後，桐人才用同樣乾燥沙啞的聲音回答：

「說不定……打從一開始就沒考慮過要不要離開之類的事情……正如亞絲娜剛才所說的，ＨＰ歸零的話玩家就會真正死亡。所以他們才會只想著要ＰＫ……不對，應該說只想著要殺人……………」

感覺從背後傳來「喀沙」一聲，亞絲娜迅速回過頭去。

但是那裡有的只是冷冷聯結在一起的黑色遺跡牆壁而已。

2

過了晚上七點，兩人先回到城鎮裡。

艾恩葛朗特第五層主街區「卡魯魯茵」是建築在位於樓層南部的巨大遺跡的中央。應該是想營造遙遠的過去曾經一度消滅的城鎮，之後來到這裡的人類又重新加以利用的印象吧。

跟寬廣的水路四處縱橫的第四層主街區「羅畢亞」相比，這裡可以說一點水氣都沒有，但可能是NPC每天都有打掃吧，也不會有充滿灰塵的感覺。雖然以帶著藍色的岩塊堆疊而成的建築物到處可見崩壞的地方，但城市中心部分的街道兩側懸掛著皮革與布匹製成的帳篷，呈現出雜亂且充滿活力的風貌。

「……這個城市，好難判斷哪裡才算圈內……」

亞絲娜一邊眺望突然出現在視界裡的「Inner　Area」表示，一邊這麼呢喃。

文字列消失的同時轉過頭去，就只看到由半壞的石頭圍牆圍住的道路筆直往前延伸，根本不存在什麼能成為標的的拱門或者柱子。不好好記住地點的話，萬一要是和怪物戰鬥而落居劣勢，必須逃進圈內來保命時很可能會發生混亂。

走在旁邊的桐人也點了點頭，以悠閒的聲音表示：

「是啊。封測時期雖然有玩家堆了木箱等東西當成標的，但這種東西是被當成放置道具，所以一陣子後就會腐朽消失了……」

「這樣啊……那只要堆便宜又不容易腐朽的東西不就得了嗎？沒有什麼適合的嗎……」

「有啊。掉在那邊的崩壞岩塊之類的。」

往桐人所指的方向看去，就發現確實有些四角形石材滾落在道路上。但它的材質當然與左右的圍牆完全相同，所以就算堆起來也不會太過顯眼吧。

「……看來只能自己多注意了。」

至少把周圍的地形牢牢刻劃在腦袋裡後，就再次開始往前走。

靠近卡魯魯茵的中心部時，首先聽見讓人想起歐洲民族音樂的笛聲，接著是熱鬧的人聲。亞絲娜他們讓轉移門活性化後已經過了一天以上，似乎已經有不少下層的玩家移動到這裡了。

「嗯……看不到ＤＫＢ與ＡＬＳ那些傢伙耶……」

由於在中央廣場入口處左顧右盼看著周圍的桐人說出這種話，亞絲娜便露出有些感到驚訝的表情。

「平常明明巴不得避開他們，今天是怎麼了。想找他們一起吃晚餐嗎？」

「是啊。」

聽見這個回答，亞絲娜真的嚇了一大跳。

「你……你是哪根筋不對了？」

「沒有啦……」

桐人單邊臉頰露出苦笑，然後用指尖搔著頭。

「想找席娃達或是哈夫納這些還算能溝通的傢伙，然後好好問問關於摩魯特的事情。他沒有參加第三層與第四層的魔王攻略戰，所以應該已經脫離公會了吧……但是想多少了解一些這其中的經過，或者他待在公會裡的事情。」

「這樣啊……」

雖然做出這種冷冷的反應，但這名看來絕對不擅長交際的單手劍使竟然都說出這種話了，看來他是真的擔心在艾恩葛朗特裡暗中活躍的PKer一事吧。這樣的話自己也應該幫忙他收集情報嘍……想到這裡，亞絲娜才想起……

「對了……請亞魯戈小姐調查如何？」

所謂術業有專攻。亞絲娜認為——如果是技巧高超的情報販子「老鼠」亞魯戈，應該一下子就能調查出摩魯特的為人以及潛伏地點等情報了。

桐人這時露出複雜的表情並發出「嗯～～」的沉吟。

「……其實之前也曾經跟亞魯戈買過摩魯特的情報。但那是在第三層他找我單挑之前的事情……如果知道摩魯特是危險的傢伙，我應該就不會委託她調查了。」

「咦？為什……」

原本想這麼問，但立刻就明白原因了。

亞魯戈身為情報販子的技術確實相當高超，同時也兼備可以躲過所有怪物到達迷宮區魔王房間的速度，但裝備與技能構成（當然這是想像）絕對不適合戰鬥。桐人他是擔心亞魯戈的人身安全。

「……抱歉，說得也是。對方是會殺害玩家的人，不能隨便就想找她幫忙調查嘛……」

亞絲娜一這麼呢喃，桐人就以帶著某種含意的視線看著她。

「怎……怎麼了？」

「沒有啦……那句話，應該也要說給妳自己聽。」

聽見對方粗魯但是擔心自己的發言，亞絲娜不由得眨了眨眼睛。

「我當然不會想自己一個人去調查喔。」

「那就好。」

桐人點著頭的表情，給人年紀比自己小的男孩子硬要裝成大人的感覺，亞絲娜忍不住就用食指第二指節戳了一下黑大衣的肩膀。

「幹……幹嘛啦？」

「沒事。」

她只這麼回答，接著就全力將手往上方伸直。

「嗯~肚子餓了！帶我到東西好吃又沒什麼人知道，可以好好吃頓飯而且裝潢又很漂亮的餐廳去吧。」

「條件太多了吧。」

像是很無奈般搖了搖頭，然後桐人就露出思考的表情，最後揚起一邊的嘴角說道：

「——那就去那裡吧。」

在可疑的攤販連綿不絕的小巷弄裡左彎右拐走了幾分鐘後，亞絲娜就完全搞不清楚目前的位置了。雖然從選單視窗打開地圖，但因為是尚未到達過的區域所以周圍都還是灰色，大概只知道是在城市的南側。

桐人應該也處於同樣的情況當中，但他的腳步即使在迷宮般狹窄的巷弄裡依然沒有絲毫猶豫。想到封測距離現在已經過了四個月，就會覺得他的記憶力真是太好了。

「你該不會把到第十層所有街道的地形都背起來了吧？」

邊走邊這麼問，桐人就輕輕聳了聳肩。

「不是全部啦。第四層的羅畢亞只是大概記得……不過不知道為什麼滿喜歡這個卡魯魯茵，所以有十天左右以這裡為據點。」

「咦咦？真要做據點的話，羅畢亞不是比較好嗎？那裡比這邊要漂亮多……啊，對喔。封測的時候……」

「是啊。封測時期水路只是一般的道路而已。但是，作為根據地的話，現在的羅畢亞也有點微妙……必須使用貢多拉才能移動，實在有點太麻煩了。」

「嗯嗯，說的也有道理……」

亞絲娜邊點頭邊看著周圍。不知道什麼時候攤販已經消失，代替街燈的火把也變少，簡直就像從城鎮回到遺跡了一樣。道路上不要說玩家了，就連NPC都看不到。

如果這裡是現實世界，自己就不可能在太陽下山後還和男孩子走在這種昏暗的地方。對於一路走來生活中都與男朋友無緣的亞絲娜來說，這應該是早期警戒雷達發出最大警報的情況，但可能是有這個世界的絕對法律──禁止犯罪指令以及愛劍騎士細劍保護著自己吧，這時連她自己都不可思議地冷靜。甚至還有些期待對方究竟會帶自己到什麼地方。

跟著桐人的導航，又繼續在巷弄裡走了五分鐘，穿過幾道木門與拱門之後，前方就看見發出溫暖色澤的燈光。

小路盡頭的石壁上，有一扇兩側都掛著油燈的木製大門，前方則立著一塊小小的看板。由於牆壁特別高所以完全看不見門後面的景象，但至少可以知道是一家店不會錯了。

丟下桐人以小跑步的方式穿越剩下來的二十公尺，亞絲娜接著就看起了看板。將泛黑石材切成薄板狀的看板，以浮雕的形式表示「Tavern Inn BLINK & BRINK」的店名，下面則用粉筆以英文手寫著今日推薦的菜單。

「BLINK and BRINK……？BLINK好像是眨眼的意思……那BRINK又是什麼意思呢……」

邊呢喃邊依序看著看板上的菜單，就注意到以日文寫在最下方的注意事項。內容是：「注意！請勿直接衝進店內」。

亞絲娜正感到狐疑，追上來的桐人就一面伸手推開門一面表示：

「BRINK的意思呢，妳進去就知道了。來，請吧。」

桐人握住設置在門上的鑄鐵門環用力一拉。下一刻，門的後面就有冷風吹來，讓亞絲娜把臉別開。

風立刻就停住，而亞絲娜則是畏畏縮縮地窺看著裡面。

門後方是一塊四角形的露臺。正面與右側附有鐵製扶手，左側則鄰接餐廳的建築物。石造遺構經過木材巧妙的修補，配合鄉村風的大窗戶後散發出一股很不錯的氣氛，但亞絲娜的視線立刻就拉回正面的露臺上。

就像被吸引過去般鑽過大門，橫越石板露臺。從僅有的三張鐵製桌子間穿過去，來到正面的盡頭，然後用雙手緊緊抓住高度到腹部左右的扶手。

「……………這是……什麼……………」

一以沙啞的聲音這麼自言自語，站在旁邊的桐人就同樣邊握住扶手邊說：

「嗯，是天空喔。」

沒錯。除此之外就沒有表現這種光景的言詞了。

從右手邊宛如墨一般的漆黑，經由深藍、藍色、青紫色的變化後到了左手邊是殘留著夕陽的暗紅色，廣大的夜空就這樣充塞整個視界。往上一看就能發現像是立刻要降下光雨般的星空。而往下看則是受到星光照明後發出淡淡光芒的無垠雲海。

兩人就默默地一直望著這讓人從頭頂麻痺到腳尖的絕美景色。

仔細凝眼一看，隨即可以看見較高處有一群大型鳥類飛過。牠們由東往西緩緩橫跨夜空，最後混雜在星星中再也看不見了。

到了不知究竟過了多久的時候，腦袋終於重新起動的亞絲娜，開始不停眨眼睛說道：

「原來如此……BLINK的意思是『眨眼』，而BRINK則是『懸崖邊』的意思吧。」

「好像是這樣。我也是在封測的時候查了字典。」

邊聽著桐人的回答，亞絲娜邊再次把視線移往周圍。

露臺的左右兩邊有高大圍牆緩緩蜿蜒，其深處聳立著一根巨大支柱，聯結著一百公尺上空的下一層底部。也就是說兩個人現在正如BRINK這個店名，站在艾恩葛朗特的懸崖邊緣。

「……我還是第一次這麼靠近外圍。」

「我也是繼封測時代之後吧……第一層的『起始的城鎮』也有像這種突出於外圍的展望台，但我幾乎沒有回到那邊去過。」

「……為了慎重起見，先問一下從這裡跳下去的話會怎樣……？」

「嗯……」

桐人沒有立刻回答，而是把上半身伸出露臺外準備往正下方看。

「喂……喂！」

亞絲娜反射性抓住他大衣的衣領，用力把他拉回來。邊發出「嗚噁」的聲音邊回到露臺的桐人，臉上露出大大的苦笑。

「我再怎麼樣也不會去試啦。」

「那……那還用說嗎！別做這種危險的事情好嗎！」

「抱歉抱歉——封測時期從外圍部分掉下去的話，掉落中就會出現『You are dead』的字樣，然後在起始的城鎮的黑鐵宮裡復活……現在應該就是不會復活，其他大概都一樣吧。不過這道柵欄與露臺都是不可破壞物體，所以比現實世界類似的地方安全多了。」

「嗯……聽你這麼一說，或許真是這樣吧。」

亞絲娜點點頭，放開依然抓著的桐人大衣。結果單手劍使就豎起一根手指來接著說：

「啊，對了對了。封測時期，有個傢伙為了點這家店附有支援效果的限定餐點，在開店同時就從剛才的門全力衝進來，結果想轉往左側的店鋪卻無法完全轉過去，就掉到露臺外面去了，妳還是要注意一下喔。」

「…………外面看板的注意事項，指的就是這件事嗎……」

點頭的同時，大約二十天前的記憶也再次復甦。

在第二層主街區烏魯巴斯的某間餐廳裡，也存在帶有支援效果，名為「顫抖草莓蛋糕」的巨大蛋糕存在。先不管支援效果，光是能不用顧忌卡路里就把那充滿奶油、海綿蛋糕體鬆軟又放了大量草莓的蛋糕吃光，那種幸福感就已經是無可取代了。

蛋糕的回憶與空腹感產生連鎖效應，亞絲娜這次輕輕拉了一下搭檔的皮大衣。

「那麼，我們吃飯吧。難得有這個機會，我想坐在露臺席上用餐。」

「那是當然。封測時期這個戶外的座位也超有人氣喲，主要是想來這裡約會的傢伙。說到混在那些傢伙裡面，為了獲得支援效果而快速用餐的寂寥感……」

由於坐在最靠近外圍的桌子前的桐人這樣抱怨，亞絲娜就一邊坐到他對面一邊隨口回答：

「那不是很好嗎，現在終於能夠像這樣兩個人來這裡……」

說到這個地方，亞絲娜就注意到暫定搭檔奇妙的表情，而她也才終於發現自己的失言。感覺自己連耳朵都瞬間變熱，於是用力拍打鑄鐵製桌子。

「啊，沒有啦，不是的！這不是在約會什麼的喔！」

在桐人對亞絲娜的宣言做出反應之前，露臺西側的店鋪門就打開了。應該是拍打桌子的行為被判定為呼叫店員的行動了吧。穿著黑色圍裙洋裝的NPC女服務生快步走過來，說了聲歡迎光臨並行了個禮後，就在桌上放下裝了冷水的杯子。

「決定好餐點了嗎？」

「啊，稍等一下……」

亞絲娜急忙從桌上拿起把羊皮紙貼在銅板上的菜單。因為對方是虛擬世界的NPC，所以讓她等多久都沒有問題才對——不對，到短短半個月前為止亞絲娜都應該會這麼想，不過與黑暗精靈基滋梅爾締結深厚羈絆的現在，總是會產生所有NPC都擁有心靈與感情的感覺。即使對方是不像基滋梅爾那樣具有高度AI的城鎮店員也一樣。

菜單是同時以英日文做標示，用上全部視覺與直覺後五秒鐘就做出決斷。

「嗯……請給我這個『休布魯葉與十種起司的沙拉』和『熱騰騰焗烤湯』還有『烤波羅波羅鳥．附圓麵包』。」

點完餐後就準備把菜單轉給桐人，但桐人輕舉起右手來婉拒……

「同樣的東西各一份，再加一瓶『Fickle酒』，飯後來兩份『藍藍莓塔』與兩杯咖啡。」

然後這麼宣告。女服務生完美地重複了一遍點餐後就離開現場，亞絲娜這才鬆了口氣。

「……剛來到新的樓層，全都是第一次見到的食物，點餐時會有種賭博的感覺耶。」

「但妳剛才不是馬上就決定了嗎？」

「我極力避開很可疑的名字了啊。」

視線稍微往下瞄了一眼菜單後，亞絲娜便詢問忽然想到的事。

「……對了，你點了剛才提到的，帶有支援效果的限定餐點了嗎？」

「那是當然。」

「有什麼樣的效果？」

「就讓我賣個關子吧。」

輕輕瞪了一下滿臉笑容的桐人，下定決心等一下一定要讓他先試毒時，料理很快就送了上來。

沙拉、湯品以及主菜的模樣大概都跟想像中差不多，讓亞絲娜大大鬆了口氣。桐人以手指拔開酒的木栓，先在亞絲娜面前的玻璃杯裡倒進帶點金色的液體。

名字雖然有點奇妙，但看起來只是普通白酒，於是亞絲娜再次鬆了口氣——但一下子就因為倒在桐人杯子裡的液體變成粉紅色並開始冒泡而吃了一驚。

「……這是什麼手法？」

「沒有動任何手腳喲。」

桐人邊把酒瓶放到桌上邊再次露出得意的笑容。

「這種酒呢，每次倒到杯子裡都會隨機變成紅、白、粉紅三色，以及甘甜、辛辣、氣泡三種口味。『Fickle』好像是『變化無常』的意思喲。」

「這樣的話，你的是粉紅氣泡酒吧。而我的是……」

拿起玻璃杯，和桐人的杯子輕碰一下後就含了一口。刺骨的冰冷以及清爽帶有深度的口味給予味覺良好的刺激。雖然與現實世界試喝過的白酒味道十分類似，但這個世界當然不會因為酒精而喝醉。

「……白色辛辣口味。嗯，真好喝。」

「這樣啊～……」

如此呢喃的桐人，那似乎在探查些什麼的視線讓亞絲娜輕輕皺起眉頭，結果他就急忙把視線移開，乾咳了幾聲後才說：

「沒有啦，那個……只是在想妳是不是很習慣喝酒……」

「嗯，只是稍微試過口味……」

回答到這裡，才又發現這也是關於現實世界的情報。而且是相當敏感的話題。因為可以做出經常喝酒＝二十歲以上這樣的推測。三個多月前才剛滿十五歲的亞絲娜，實在無法接受被認為多出五歲。實際上，她也真的只是在自家從父親與哥哥那裡搶來酒杯稍微試一下味道而已。

「真……真的只有一點點。你應該也稍微嚐過一點爸爸的啤酒吧。」

「是啊。不過正確來說是媽媽的啤酒……」

如此回答完，桐人隨即把視線朝向右側的夜空。亞絲娜也跟著他抬頭看著天空，一陣子後忽然瞪大了雙眼。

一開始因為星星的數量實在太多而沒注意到，但在夜空中央斜向並排的三連星，正是獵戶座的三顆星。這樣的話，左上方那個紅色的大星星就是獵戶座α，從那裡一路往左邊遠方望去，就能看見小犬座的小犬座α在那裡發亮，兩顆星星正下方的藍白色星星則是大犬座的天狼星。它們也就是所謂的冬季大三角——

「……和現實世界同樣的星座……」

以沙啞的聲音這麼呢喃完，亞絲娜就用力閉起雙眼並低下頭。

雖然在東京都世田谷區的自宅裡幾乎看不見星星，但是位於宮城縣山裡的外公外婆家空氣相當澄清，即使用肉眼也能夠清楚地觀察星座。冬天晚上，穿著厚厚的衣服來到院子裡，外公就會告訴自己星座的名字。幼時的記憶鮮明地甦醒，接著變成濃烈的鄉愁，銳利地刺著亞絲娜的胸口。

當她以右手用力按著自己的胸甲時，就感覺到桐人正要開口的氣息。但亞絲娜迅速搖了搖頭，然後呢喃：

「什麼都別說。」

「…………」

「……我不願意去想現實世界的事情。我是等級16的細劍使亞絲娜……因為不一直堅信這一點的話，好像又會無法戰鬥了……」

從喉嚨推擠出來的聲音，雖然細微到連自己都快聽不清楚了，但不久後就有沉穩的聲音回答：

「嗯……我知道了。抱歉。」

亞絲娜帶著「不是你的錯」的意思再次搖了搖頭。最後胸口的疼痛感消失，深深吸了口氣後才抬起頭來。

「我才要道歉呢……那麼，我們吃飯吧。料理要冷掉嘍。」

在有些匆忙的情況下所吃的料理，大致上都相當美味。

沙拉的蔬菜本身就帶有些許美乃滋的味道，熱騰騰的湯打開蓋子後發現煮得像地獄的岩漿般不斷冒泡，另外波羅波羅鳥光是用叉子戳一下就鬆軟地崩壞，包含這所有情況在內，這都是一次相當愉快的用餐經驗。在喝完第三杯的粉紅色甜味酒時，女服務生就把甜點送上來了。

「……外表看起來跟普通的藍莓塔沒兩樣。這就是你說的……？」

「沒錯。帶有支援效果的限定餐點。」

可能是名字比藍莓還多了一個藍字吧，感覺藍色似乎有點太過鮮豔，不過照明只有吊在露臺四個角落的油燈，所以看不清楚詳細的情形。亞絲娜先觀察桐人大口吞下第一口的模樣，確定沒有中毒或者詛咒之類的徵狀後，也切下三角形的前端並放進嘴裡。

「啊……真好吃。」

藍藍莓塔美味到讓亞絲娜忍不住發出這樣的呢喃。清爽且酸酸甜甜的新鮮藍莓下是濃厚的卡士達醬，可以說與酥脆的塔皮非常搭調。

大小雖然不像「顫抖草莓蛋糕」那麼具衝擊性，但味道是難分軒輊，專心地吃完一整塊並喝了口咖啡後，亞絲娜非常滿足地呼出一口氣——這個瞬間，視界左上角就亮起了不熟悉的支援效果圖像。

四角形框架裡，有一個瞪大的眼睛圖案。雖然應該是對視覺產生作用的支援效果，但是不覺得視力提升了多少，也不像是能在黑暗裡看見東西。

「…………這是什麼支援效果？」

「妳仔細看一下露臺四周的地板。」

聽桐人這麼說，心裡雖然帶著疑惑，亞絲娜還是把視線移到桌子底下的石頭地板上。左顧右盼地四處撿查了一陣子，就看見露臺角落似乎有朦朧的光芒。

「……那裡好像有什麼……」

亞絲娜站起來，走近發光物體並把它撿起來，結果是一枚小小的硬幣。

特效光在亞絲娜手裡很快就消失，不過反射油燈光線的閃亮光芒倒是一直存在。雖然有點老舊，不過確實是一枚銀幣。

不過刻劃在表面的不是平常見慣的，一百珂爾銀幣上那種圖案化的浮游城。而是橫向並排的兩棵樹這種第一次見到的圖案。反過來後上面也只有奇妙的紋章，看不見任何數字。

回到桐人身邊，亞絲娜便舉起右手的銀幣給他看。

「掉了一個從沒見過的硬幣……這是什麼？還有，為什麼看起來會發光？」

亞絲娜坐到椅子上，然後輕輕將硬幣放在桌面。把硬幣捏起來的桐人，瞥了它一眼後就輕輕點點頭，接著用指尖轉動著它。

「……所謂的『遺跡』，除了形成卡魯魯茵這個城市的街道與建築物這些『遺構』之外，還需要一個重要的要素才能成立，妳覺得是什麼要素？」

對方忽然像歷史老師一樣提出問題，亞絲娜不由覺得有點納悶。於是起動許久沒有運作的課業腦袋，擠出符合氣氛的回答：

「……出土品？」

結果桐人把右手上的硬幣彈起，接著左手靈巧地接住並說：

「可惜！不過幾乎是正確答案了啦，正確來說是『遺物』。遺構與遺物，合起來就是遺跡……也就是說遺跡之城卡魯魯茵裡呢，除了很久以前的道路與圍牆之外，到處都掉著這種小小的遺物。現在消息還沒有傳出去，再過一兩天，就會有許多玩家從下層上來這裡，整個城鎮都會陷入撿拾遺物的祭典裡喔。」

「這樣啊…………」

桐人的話讓亞絲娜忍不住再看了一下地板附近。結果南側的柵欄底部又發現新的光源，她立刻迅速移動把它撿了起來。

「……這次是銅幣。」

亞絲娜把這枚兩棵樹的圖案依然相同，但小了一號的茶色硬幣放到桌上。有了這樣的經驗後就想尋找更多的遺物，但她還是強行按捺下快要待不住的身體，這時桐人咧嘴笑著說：

「在這裡迷上撿拾遺物的話會難以自拔喲。因為一般遊戲裡，道具位置會表示在小地圖上，或者是在畫面內發光，但ＳＡＯ就單純只是掉在地上……連要找到那根大大的『化石樹的樹枝』都得費一番功夫，這樣妳應該知道，要尋找這麼小的硬幣有多困難了吧？」

「咦?但是，我確實看見它在發光……」

話說到這裡，亞絲娜才注意到這就是「藍藍莓塔」的支援效果。

「啊……那麼，這個眼睛圖案的圖像……」

「Yes。那就是『發現遺物獎勵』，雖然只在卡魯魯茵的街道與地下才有效果，但能夠看見掉落的硬幣或者寶石之類的發出朦朧光芒，可以說是相當有用……」

「寶石？」

亞絲娜打斷桐人的解說，直接質問他。

「呃……嗯。那個，金幣和寶石之類的相當稀有，所以就算有發現支援效果也很難找到……另外還有帶魔法效果的戒指和項鍊等更稀有的東西……」

「戒指？項鍊？」

「…………呃……嗯。」

把視線從露出某種微妙表情的桐人身上移開，看著桌上銀幣與銅幣的亞絲娜，在內心糾葛了五秒鐘左右才說：

「…………我也想參加撿拾遺物祭典。」

雖然會覺得一個淑女究竟適不適合做出這樣的行為，但想到現實世界裡，在幼稚園的時候也曾經在自家附近的動土儀式當中拚命撿拾紅白麻糬而挨了母親的罵，所以現在在虛擬世界裡撿拾道具根本算不了什麼——應該啦。而且都付錢吃了藍莓塔，總不能白白浪費它所帶來的支援效果吧。

狠狠凝視露出更微妙表情的搭檔後，亞絲娜又詢問：

「有什麼問題嗎？」

「沒……沒有啦，沒什麼……」

「倒是你為什麼看起來那麼沒有幹勁啊？我覺得你應該是會大喊『在城裡還沒人滿為患前先大撿特撿』的類型吧。」

「真……真沒禮貌……嗯，妳說的是一點都沒錯啦……」

單手劍使以含糊不清的口氣曖昧地回答著。

「雖然我也很喜歡這種事情，但封測時期發生過有點悲哀的回憶……——嗯——不過，只在城鎮裡撿的話應該沒關係吧……」

桐人好像自行解決了問題，邊說了聲「好吧」邊站了起來。然後指著桌子……

加了一句「順帶一提，它們的通稱是『卡魯魯茵錢幣』，可以在街上的NPC兌換商那裡交換成珂爾」，所以亞絲娜也就確實把它們回收了。

幾乎是在無意識中對著來收拾餐具的NPC女服務生說了句「多謝招待」，兩人就再次打開大門來到外面的道路。目前還看不見其他玩家的身影，但是這家店附有支援效果的藍藍莓塔一旦登上「亞魯戈的攻略冊」，應該就會像封測時期一樣大排長龍了吧。

「這個支援效果，有效時間是多久？」

亞絲娜邊走邊這麼問，結果桐人不知為何以大人安撫小孩子般的表情與口氣回答：

「不用那麼著急啦，因為整整有一個小時的時間。」

「應該說才一個小時吧！啊，對了……剛才的藍藍莓塔沒辦法外帶嗎？」

「很可惜，不在店裡吃的話就沒有支援效果。而且每人限購一個，一天限定三十個。」

「這樣啊……那就不能收購或者轉賣了。」

亞絲娜剛這麼呢喃，走在旁邊的桐人就故意把身體往後仰。

「嗚哇~就連我也沒想到這種手法耶~」

「等等……我沒有說要這麼做吧！意思是不能這樣真是太好了！」

即使輕輕戳了一下黑大衣的肩膀，視線還是沒有忘記在地面掃動。但目前為止還沒有發現發光的物體。

「……剛才的露臺都有兩枚硬幣了，現在竟然都找不到耶……」

「道路上很少有遺物喲。NPC的店內或者住宅的屋內幾乎是零。重點是各地的廣場或者神殿，再來就是居民幾乎沒有利用的，看起來真的像遺跡的地方。」

「這樣啊……——這些遺物，是被撿走之後就不會再出現了嗎？」

「封測的時候是系統維護之後就會再次復活……不過正式營運之後，就沒有過停止伺服器的系統維護了……」

「聽你這麼一說，好像真的是這樣耶……——像這種網路遊戲的系統維護，具體來說是在進行什麼樣的作業？」

這或許也算是關於現實世界方面的問題，但覺得應該在可以接受的範圍，所以亞絲娜開口這麼問，結果桐人一邊發出「這個嘛～～……」的沉吟一邊以手指按著太陽穴附近。

「我也只是在哪裡看過還是聽過……記得應該是撿查軟硬體的破損，如果發現問題就加以修正或更換，再來就是程式的更新、修復Bug，當然還有伺服器的重新啟動……大概就是這樣吧？」

「有很多事情要做呢……這些都是必要所以才會做的吧？那ＳＡＯ為什麼將近兩個月沒有維護都沒關係？」

「很遺憾，這我就不清楚了。」

露出苦笑的單手劍使，這時一邊看向上層底部一邊繼續表示：

「只要把伺服器集群化，好像不必停止營運就可輪流進行維護……但網路遊戲的話新舊邏輯閘的混雜似乎會變成問題。嗯，至於ＳＡＯ的話，茅場原本就是在開始這個死亡遊戲的前提下所設計，所以這個部分應該打從一開始就做好對策了吧……雖然不知道是用什麼方法就是了……」

由於快要聽不懂他在說什麼了，於是亞絲娜找到空檔插嘴說：

「謝……謝謝你的說明──總之就現狀來說，被撿起來的遺物也有不會再復活的可能性對吧？」

「嗯，或許吧。」

「這樣就更加不能這麼悠閒了！你說神殿還是廣場對吧？我們快點走吧！」

「是是是，了解了。我記得從這個角落左轉再走一會兒後，就有一座很不錯的神殿……啊，喂，很危險耶請不要用跑的！」

丟下這麼大叫的搭檔，亞絲娜就朝著仍未發現的遺物直奔。

3

相當於十珂爾的銅幣：二十三枚。

相當於一百珂爾的銀幣：九枚。

相當於五百珂爾的小金幣：兩枚。

相當於一千珂爾的大金幣：一枚。

品質似乎還不錯的寶石：三顆。

似乎有某種魔法效果的項鍊：一條。

同樣似乎有某種魔法效果的手鍊：一條。

同樣似乎有某種魔法效果的戒指：兩只。

以上就是在接近卡魯魯茵外圍的神殿遺跡裡，亞絲娜與桐人在支援效果結束前撿拾到的所有遺物。寶石與首飾等必須經過鑑定才知道價值，但總額應該很輕易就超過五千珂爾。由於只花了短短一個小時，因此以賺錢的方式來看確實擁有驚人的效率。

當他們最後又在除了兩人之外就沒有其他玩家的遺跡裡繞了一圈，確認視界裡再也沒有發光物體的同時，支援效果的圖像便開始閃爍並消失無蹤。

「呼………。」

亞絲娜坐到呼出長長一口氣後，坐在滿是裂痕的板凳上的桐人身邊。搭檔摺起毛巾並整齊地把遺物，不對，應該說寶物排列在上面，她就眺望著這些寶物並再次呼出一口氣。

「——原來如此，的確迷上就會難以自拔。」

「對吧？封測的時候，甚至有人放棄提升等級，變成專門在這裡撿拾遺物。然後這種人就被敬稱為『撿拾者』了。」

「………那真的是敬稱嗎………」

亞絲娜邊這麼呢喃，邊捏起毛巾上的紅寶石放到手掌上滾動。專心撿拾遺物時可以說非常樂在其中，但魔法時間結束之後，胸口就稍微滲出一些罪惡感。

現在想起來，這對以生產職為目標的玩家，以及選擇不離開起始的城鎮的玩家來說，算是少數「可以在圈內賺錢的機會」吧。如果被撿起來的遺物不會復活的話就更珍貴了。不缺住宿費、餐費，也能夠到城市外面去賺錢的自己與桐人，搶在所有人前面獨占這些遺物，實在是相當自私自利的行為。

一邊這麼想一邊把寶石放回毛巾上，桐人就用不帶平常那種諷刺味道的聲音丟出這麼一句話：

「……真是善良。」

亞絲娜不知道為什麼無法立刻理解這應該是察覺到自己後悔心意的一句話，經過三秒鐘左右才以有些呆滯的聲音說了句「啥……啥？」。

「等等……我不是……你在說什麼啊……」

當亞絲娜露出狼狽的模樣，桐人也以有點不好意思的模樣再次開口表示：

「妳不用感到內疚。因為我們剛才所撿的，和掉在這個城鎮裡所有的遺物比起來，只不過是極小的一部分。」

他邊說邊僵硬地伸出左手，在亞絲娜右邊肩胛骨附近，也就是胸甲的釦子上面極輕微地敲了一下。

按照至今為止的經驗，這應該是亞絲娜嚷著「別隨便碰我！」並給他一記反擊拳的場面。

但是亞絲娜為了忍住突然從心底深處湧出的感情，這時只能夠屏住呼吸。

光是覺得很有趣，便在沒有考慮前因後果的情況下收集遺物的罪惡感。以及「但我在圈外戰鬥的時候也不是全然不覺得害怕」的自我辯護。這些思緒全都混在一起膨脹起來，讓至今為止拚命控制住的感情，變換成極為強烈的衝動。

想把身體用力靠到這名為了有效率地攻略死亡遊戲才暫時作為搭檔的黑髮劍士胸口，然後把臉貼上去大哭大叫。想把攻略集團的領頭玩家這種絕不是自願負起的責任完全捨棄，拆掉鑲在自己身上的一切框架，然後像個小孩子一樣全力放聲大哭。想從一切當中解放出來——想要獲得接納、寬恕以及安慰。

但這些事情都不被允許。

絕對不能向桐人撒嬌。亞絲娜現在已經不知道被桐人的知識幫了多少忙了。來到這一層的短短一天裡，就不知提出多少問題要他回答了。相反的情況可以說幾乎是沒有。

倚靠他的程度繼續提升的話，兩人間的關係將不再是攻略搭檔。將會變成保護者與被保護者。不對，在知識面已經是這樣了。所以在戰鬥面上必須保持對等關係，必須要控制自己做到這一點才行。

在不被桐人看見的情況下，用力握緊左腰的細劍劍鞘後，亞絲娜終於忍耐住那暴風般的衝動。溢到胸口來的情感大潮最後終於一點一點消退，回到心底深處去。

她長長呼出一口氣，對在旁邊露出擔心表情的搭檔輕輕笑了一笑。

「嗯……謝謝你，我沒事了。我沒有後悔喔，剛才真的很高興……但是，撿拾遺物祭典應該這樣就滿足了。」

「…………這樣啊。」

桐人也輕笑並點了點頭。他從道具欄裡拿出空的皮革袋子，一邊把硬幣與首飾全收進去，一邊以至今為止最為溫柔的聲音繼續說：

「要亞絲娜不用內疚是我的真心話。城鎮裡到處都可以看到那麼多神殿與廣場……」

「……嗯。」

「而且也還不確定遺物是不是就不會復活了……」

「……嗯。」

「還有，說起來在城裡撿拾遺物對於在卡魯魯茵的尋寶活動來說，只不過像是小遊戲一樣。」

「……嗯……嗯？」

亞絲娜停下點到一半的頭並歪向旁邊。

「這是什麼意思？」

「妳看嘛，不論是轉移門廣場還是其他地方，都看不見DKB或者ALS那些傢伙的身影對吧？這麼說雖然不太好，但那些傢伙才是會嚷著『都是為了作為攻略資金』，然後把所有遺物都搜刮殆盡的人吧。」

「……嗯，確實如此……」

亞絲娜心裡想著「這個話題究竟要發展到哪個方向」並看向暫定搭檔的臉，就看見桐人豎起左手食指，然後往正下方一指。

「那些傢伙大概潛到下面去了。」

「……下面？」

「嗯。卡魯魯茵的街道下面，有一座大到不可思議的地下墓地……嗯，就是迷宮啦，那真的是相當寬廣。不深的地方還是圈內，所以尋寶的話那邊才是重點，老實說在城鎮裡可以撿到的遺物根本算不了什麼。」

「……啥？」

「所以完全不用為了這點小事有罪惡感喲。走吧，到鑑定商那裡去把它們換成錢然後平分吧。然後到武器店去，首先進行所有裝備的保養……」

「啥？啥？什麼啊啊啊啊啊────！」

雖然和剛才的衝動的含意完全不同，但亞絲娜還是先從腹部底端迸發出大叫，然後緊緊握住右拳。

「────這種事！應該要！先講吧！」

撕裂空氣飛過來的右鉤拳────猛烈撞上桐人的左側腹之前，就讓防止犯罪指令的障壁發動，隨著衝擊聲產生的紫色閃光鮮明地照亮了神殿遺跡。

屬性不明道具的鑑定，必須委託取得鑑定技能的玩家或者ＮＰＣ鑑定師。目前在艾恩葛朗特裡很難找到前者，所以亞絲娜等人就把撿到的遺物拿到卡魯魯茵商店街裡掛出招牌的ＮＰＣ

商店，讓店家幫忙鑑定寶石與首飾。

結果寶石全都是價值五百珂爾左右的D級品，首飾裡的項鍊是「吟唱」技能熟練度＋3、手鍊是「調合」技能熟練度＋4、其中一只戒指是昏迷耐性＋1％等，同樣都是些微妙的性能，不過另一只戒指附有「燭光」這種罕見的效果。

離開商店的亞絲娜，正在仔細端詳銀色指環上加了黃色石頭的戒指時，從後面出來的桐人便這麼說：

「那算滿方便的，妳就裝備上去吧。」

「咦……是嗎？但是……」

是兩個人一起獲得的道具，應該用猜拳還是什麼方法來決定吧——原本是這麼想，但似乎看出她想法的桐人隨即舉起雙手給她看。

「因為我雙手都裝備了戒指了。」

確實他左右手的食指都已經存在銀色光輝。右手上的筋力＋1戒指，是從第三層黑暗精靈野營地司令官那裡獲得的任務報酬獎勵。而左手上的戒指，則是從約費利斯子爵那裡得到的身分證明「留斯拉之認證」。

亞絲娜左手中指也裝備了完全相同的戒指。一開始沒想太多就把這沒想到會跟桐人一樣的戒指裝備在無名指上，在快被看見前才急忙將它移動到中指，想起這件事情後當時害羞的心情也跟著甦醒，於是亞絲娜急忙把手放下。

「那……那就恭敬不如從命了。」

把謎樣「燭光」戒指裝備在右手中指後，甚至忘了要詢問詳細的效果，亞絲娜就快步往前走去。

在距離鑑定商不遠的道具店將剩下來的遺物賣掉，並且在旁邊的兌換店將卡魯魯茵錢幣換成珂爾，結果總價是六千四百八十珂爾。桐人確實把一半的金額藉由交易視窗送過來，亞絲娜也就直接收下了。

雖然把一座神殿全部搜刮殆盡的罪惡感並不是完全消失了，但桐人表示城鎮裡以及地下墓地當中都還有大量的遺物，所以從下層來的人應該也可以享受到撿拾遺物的樂趣吧。而且亞絲娜他們能夠在短時間內獲得這麼多的收入，完全是因為帶有「發現遺物獎勵」的支援效果，既然那個藍藍莓塔是限定餐點，那麼所有遺物應該就不會那麼快被撿完才對。

就把這份臨時收入全用在遊戲攻略上吧。

下了這樣的決心並轉換心情後，亞絲娜就對似乎準備到打鐵鋪去的桐人搭話道：

「噯，艾恩葛朗特不存在魔法對吧？」

「嗯？噢……基滋梅爾是這麼說的。精靈還存在『大地切斷』之前的咒語，但我們人類就幾乎沒有殘留下來了……」

「這樣的話，剛才那份藍藍莓塔的支援效果是怎麼成立的？就現象來說完全是魔法吧？」

「啊～」

桐人點點頭並咧嘴笑著說：

「……這我也是今天才終於注意到……原來就是這樣才會叫作藍藍莓塔。」

「到底是怎麼回事？」

「妳看嘛，藍莓的花色素苷不是說對眼睛很好嗎？那有兩個藍的話，花色素苷也有兩倍，所以眼睛變好後就比較容易發現遺物，如果是這種道理的話，就算不是魔法也好像可以說得通……」

「………………哦………………」

雖然想著「那第二層吃的『顫抖草莓蛋糕』帶來的幸運效果又是什麼道理！」，但亞絲娜還是決定只把它當成回憶，於是就把話給吞了回去。

相對地，亞絲娜一邊看著星光照射下浮現朦朧光芒的上層底部並呢喃了一句：

「…………在這層也能見到基滋梅爾吧？」

這次桐人沒有立刻回答，而是和亞絲娜一樣抬起頭來。

「……從第四層開始，活動任務的流程就和封測時期有很大的不同……之前森林精靈的諾爾札將軍與黑暗精靈的約費利斯根本都不存在。所以我也無法斷言……不過，如果能遇見就太好了。」

「嗯。」

亞絲娜帶著祈求的心意點了點頭，結果桐人又繼續說了「啊，但是……」。

「或許我們可以自己去見她。」

「咦……？」

「就是在正式攻略第五層之前，得去向子爵大人領取報酬才行啊。」

「啊，對喔，還有這件事。」

第四層的約費爾城攻防戰之後，城主約費利斯對兩個人提出了相當有魅力的報酬道具清單，但在選擇想要的東西前就接到攻略集團出發前往攻略樓層魔王的情報，於是決定之後才選擇報酬，先緊急往迷宮區出發。雖然領取道具應該沒有時間限制，但還是得快點回去才行。

「雖然不知道基滋梅爾是不是還留在城裡……」

可能是不希望亞絲娜抱太大的期望吧，桐人這時又加了這麼一句，而亞絲娜對他回點了一下頭，就確認起現在的時刻。現在是晚上九點半，雖然不早但也不算太晚的時間。

「這樣的話，現在要不要回第四層去？」

「嗯～說得也是……我也得盡快入手下一把劍才行……」

「咦，你不繼續用那把劍嗎？」

亞絲娜邊看著桐人裝備在背上的「精靈厚實劍」邊這麼問。

「那不是很強嗎？」

「是很強啦……但是強化次數僅僅只有一次而已。就算成功了，也沒辦法長期使用。」

「這樣啊……所以沒有那麼便宜的事嗎？」

「就是啊。」

桐人露出苦笑，用力點了點頭。

「好，那先用轉移門回到羅畢亞，今天晚上先把素材收集好吧。」

「素材……啊，啊～對喔……」

想在第四層的水路移動就需要貢多拉。但兩人的愛船蒂爾妮爾號目前依然停靠在約費爾城。想要從主街區移動到城裡，就需要再造一艘船才行。

「……也想再跟船匠羅摩羅先生見面……那就再努力一下吧！」

當亞絲娜用力握緊拳頭時，桐人就以有些膽怯的表情插嘴道：

「那個，這次只要普通的貢多拉就可以了吧……？不需要用到『夢幻熊油』的傢伙……」

「真拿你沒辦法，那就忍耐一下造普通的就好吧。」

搭檔露出明顯鬆了口氣的表情，亞絲娜則是在輕戳了一下他的肩膀後就加快了腳步。

從卡魯魯茵的轉移門傳送到第四層主街區羅畢亞的兩個人，立刻受到爽朗水香與細浪聲的迎接。

當然這邊也已經是晚上。但是寬廣水面反射家家戶戶燈火後粼光閃閃的模樣，果然還是跟夢境一樣美。

「第五層都已經開通了，還是有許多觀光客呢。」

桐人點頭回應這麼呢喃的亞絲娜。

「照這樣看來，羅摩羅老爺爺那邊可能也還需要等……首先還是趕快湊齊船的素材……」

就在搭檔話說到這裡的時候——

從後方傳來沉穩的男中音叫住兩個人。

「嗨，你們兩位！」

不用回頭就知道聲音的主人是誰了。

雖然與攻略集團的兩大公會保持一定距離，還是確實保有存在感的雙手武器使團體——桐人都稱他們為「大叔軍團」——發聲的就是率領這個團體的光頭好漢了。

轉過頭的桐人……

「哈囉～」

坦率地向對方打招呼，接著亞絲娜也向對方行了個禮。

「晚安，艾基爾先生。」

「喲。」

咧嘴露出粗獷笑容並如此回答的斧使艾基爾，這時背上竟沒有裝備成為他招牌的雙手斧。相對地，肩膀上扛著某樣巨大的筒狀物。注視了一會兒後，才發現那到底是什麼。

那是「攤販地毯」——鐵匠涅茲哈讓給桐人，而桐人又把它推給艾基爾，不對，應該說再讓給艾基爾的做生意用道具。

「喂喂，你該不會想從戰士轉職為商人吧？」

感到啞然的桐人這麼詢問，艾基爾就再次揚起嘴角。

「既然都得到這東西了，就得有效利用才行啊。」

「真……真的嗎……」

桐人發出低吟，亞絲娜也瞪大眼睛。連艾基爾，甚至是他的三名伙伴都放下武器的話，攻略集團的戰力將會減低不少。

但是看著兩人擔心表情的艾基爾，隨即仰著巨大身軀發出「哈哈哈」的豪爽笑聲。

「抱歉抱歉，我並不是不參加樓層攻略了。只是想確認一下處分多餘的道具時，拿到NPC商店去賣掉還是用這條地毯與玩家交易有多大的收入差異。今天從傍晚開始，我就在這個廣場擺攤。」

「哦……那結果呢？」

桐人一以興致勃勃的模樣這麼問，艾基爾就用指尖摩擦下巴修整成四角形的鬍鬚邊回答：

「嗯～應該說看販賣的東西吧……許多人需要的道具，比如說這邊的話貢多拉素材就能以相當硬的價格賣出去，非戰鬥系技能的增強首飾或者食材道具就都賣不太出去。結論就是真的想開業的話，就要掌握最新市場需求的趨勢，還有就是宣傳相當重要。」

「哦，原來如此……」

點頭的桐人也用食指指背部摩擦著下巴尖端。

「因為SAO不像其他網路遊戲那樣，擁有全部玩家從任何地方都能登入競標的系統。真的想買賣道具的話，就得費一番功夫才行嗎……」

「嗯，戰鬥職的玩家想自己擺攤販賣不需要的物品可能有點困難。必須花費時間，買家和賣家也不清楚妥當的市場價格……應該說本來就不存在這種東西，所以要訂價格相當辛苦。」

「如果有大規模的仲介業者……像現實世界的大型二手商店那樣的地方出現的話，玩家之間的交易應該會變得更加熱絡吧……但現狀是沒人有能開大型店鋪的金錢，所以目前應該不可能吧。」

「就因為這樣，最先開始這種店的傢伙應該可以大賺一票吧。」

亞絲娜退了一步望著不知道為什麼開始談起賺錢方法的兩名男性，然後忽然注意到某件事而插嘴說：

「那個，艾基爾先生。你剛才說在賣造船任務用的素材道具……對吧？」

「嗯？是啊。因為木材與礦石之類的已經壓迫到我道具欄的空間了。」

「那……那些素材還有剩嗎？」

這時桐人才終於露出明白一切的表情，於是直接朝艾基爾逼近。

「對……對喔，還有剩嗎，艾基爾？」

結果巨漢用相當經典的動作聳了聳肩，誇張地攤開雙臂。

「剛才不是說過貢多拉的素材賣出去了嗎？一個都不剩了。不過呢，你們為什麼到這個時候還想要這些東西？你們是最先造出船的吧？」

面對露出不可思議表情的艾基爾，桐人就把事情經過大略說了一遍。斧戰士像了解怎麼回事般點了點頭，露出沉思的表情一陣子後，就說了句「稍等一下」然後打開視窗。看來是要傳送即時訊息給什麼人。

立刻就有回覆傳回來，瞥了一眼後艾基爾便用力點點頭然後說：

「伙伴們都說ＯＫ，就把我們的船借給你們吧。」

到了轉移門廣場的東棧橋，坐上艾基爾幫忙解開纜繩的中型貢多拉「裴龐德號」，亞絲娜他們對好漢揮了揮手就從主要水路往南方航行。

桐人一面在船尾操縱船槳，一面說出現實的評論：

「哎呀，大家都應該有個大方的朋友啊。」

「我說啊，下次見面時要好好跟人家道謝，還要附上禮物。」

「……禮物的錢可以平均分攤吧……？」

只對露出擔心表情的桐人回以微笑，亞絲娜就轉回前進方向。

雖然在第四層南部的湖泊上和森林精靈艦隊展開水戰只不過過了短短一天，但感覺好像已經很久沒有搭乘貢多拉了。街道照明下閃閃發亮的美麗水面、經常會濺起的水沫、船首破浪時令人感覺舒服的晃動，再再都讓人深刻感受到船的好處。

「噯，剛才你們提到藉由仲介買賣來賺錢，那如果以大型貢多拉做遊覽船的話，是不是也能賺錢？羅畢亞的ＮＰＣ貢多拉不能到城鎮外面對吧？」

再次回過頭來隨口這麼一提案，黑衣貢多利耶雷就以認真的表情歪起頭說：

「嗯……應該會有需求吧。不過，圈外的河川有怪物出沒啊……」

「對喔，說得也是。不能做對玩家的安全有任何疑慮的生意嘛……」

「不過，比如說在前後加上護衛的小船……不對，乾脆讓乘客裝備硬梆梆的全身板金鎧甲……」

「抱歉，忘了遊覽船的事情吧。」

進行這樣的對話當中，貢多拉已經離開羅畢亞南門，來到在練功區上蜿蜒的河流。乘著滔滔不絕的河水一路南進，橫越過去練功區魔王「雙頭古巨龜」所支配的中央卡魯帝拉湖後又繼續前進。

雖然數次遭遇巨大的螃蟹、海膽、水母等怪物，但幾乎都用一招劍技就將其擊敗，直接通過漂浮在牛軛湖上的烏斯科村，來到練功區南部的峽谷地帶。為了不讓比蒂爾妮爾號還龐大的裴龐德號摩擦到岩石而慎重地航行數十分鐘——通過練功區地圖與暫時性地圖境界的白霧，貢多拉終於來到目的地的湖泊。

當聳立在漆黑湖水上的瀟灑城堡映入視界的瞬間，亞絲娜就感覺到心跳開始加速。

在第四層的迷宮塔與黑暗精靈女騎士基滋梅爾分手也才是昨天的事情。但是卻無法壓抑等不及與她再次見面的心情。

貢多拉在鏡子般的水面滑行，最後緩緩與約費爾城的大棧橋接舷。要是把纜繩繫在船柱上的話，就只有系統上的所有者艾基爾才能解除，所以兩人直接就跳上棧橋。

裴龐德號的旁邊就繫著一艘塗了白、綠色，而且小了一號的貢多拉。那就是兩人擁有的蒂爾妮爾號了。亞絲娜小聲對它說了「我回來了」，接著就和桐人互相輕輕點點頭，然後朝聳立在大棧橋起點的城門前進。

烏亮的城門跟上次一樣牢牢關閉著，前面依然有手拿斧槍的衛兵在守護。但是桐人光是舉起左手的「留斯拉之認證」，衛兵就向他們敬禮，門也慢慢打了開來。

也利用通行證順利通過城堡本體的正面玄關，兩人接著就為了先向城主打招呼而爬上大樓梯。到達最高的五樓之後，就敲了敲出現在右側的堅固房門。

時間雖然已經接近深夜，但立刻就有熟悉的美聲從裡面說了句「進來吧」。

亞絲娜以視線對桐人使了個眼色，接著他便把門拉開。

初次來訪時，這個所有窗戶都拉起厚厚窗簾，整個籠罩在深沉黑暗當中的房間，現在率先映入亞絲娜眼簾的是由許多油燈與燭台所散發出來的溫暖橘色光芒。這些光芒照耀下的辦公室最深處，一張大大的桌子後方，可以看見那名高大的黑暗精靈身影。

那是約費爾城的主人，雷修雷恩·賽得·約費利斯子爵。

將波浪狀黑髮綁在後腦勺，整個露出來的俊美臉龐上，刻劃著從額頭經過左眼一直到下巴為止的舊傷痕。子爵表示這道傷痕是「最大恥辱的證明」，而他就為了隱藏這道傷痕而一直生活在黑暗當中（大概），但經過昨天與森林精靈的決戰後似乎就改變了想法。

青春與沉穩兼具的臉上露出微笑，接著城主就呼喚兩人的姓名：

「桐人、亞絲娜。你們回來了嗎？」

「是的。那個……因為和城主大人約好了……」

桐人有些吞吞吐吐地這麼回答。就連他也很難大剌剌地回答「我們回來領任務報酬了」吧。雖然他以求助般的眼神望著這邊，但亞絲娜還是裝出不知道的表情，只是對城主行了個禮。

「抱歉這麼晚了還來打擾您，城主大人。」

「沒有關係。我隨時歡迎幫忙守住這座城池的你們。那麼，到這裡來吧。」

約費利斯揮手招呼下，兩人橫越辦公室移動到桌子前面。寬廣的房間裡看不見其他ＮＰＣ的身影。

「那個……基滋梅爾人在哪裡？」

這是認為她人應該在城堡某處而提出的問題，結果城主用灰綠色的單眼凝視著亞絲娜，然後簡短地搖搖頭。

「很可惜，她已經不在這座城裡了。」

「咦……！」

亞絲娜與桐人同時發出聲音。

在桌上合起瘦削的雙手，接著約費利斯就用沉穩的聲音做出說明：

「騎士基滋梅爾在神官團的指示下，負起將『翡翠祕鑰』與『琉璃祕鑰』送往第五層碉堡的任務。現在應該已經到達目的地了。」

「……這樣啊……」

亞絲娜壓抑著失望的情緒這麼呢喃。點頭的約費利斯則嘴角稍露出微笑繼續表示：

「基滋梅爾應該也想跟你們見面吧。有機會的話，請到碉堡去找她看看吧。有那個證明的話，門應該會打開才對。」

「好的……我們一定會去！」

「我們會盡快過去。」

亞絲娜與桐人堅定地如此宣言，約費利斯就再次露出微笑，然後以右手指向房間的牆壁邊。一看之下，那裡有一個相當堅固的收納箱。

「還沒把幫忙守下吾之城堡的謝禮與褒獎送給你們吧。那麼各自再次從那個箱子裡選擇兩樣喜歡的物品吧。」

由於城主主動這麼表示，桐人便很露骨地露出鬆了口氣的表情，當亞絲娜正想用手肘輕輕撞他一下時，視界就搶先出現選擇任務報酬的對話框。

到了這個時候，亞絲娜也不免開始興奮起來了。急忙道謝後，就捲動著長長的名單。

兩個人整整花了二十五分鐘，才各自選好報酬道具。城主雖然極有耐心地等待著，但途中似乎曾經兩次露出把呵欠硬壓下來的表情，不過那大概只是看錯了吧。

當天晚上就住在約費爾城，隔天甚至被招待了早餐，兩個人才搭乘裴龐德號回到主街區羅畢亞。貢多拉靠到東棧橋，他們就把船錨沉到水裡，並將纜繩牢牢綁在船柱上才傳道謝的訊息給艾基爾。接著橫越依然滿是觀光客的中央廣場，踏入轉移門當中。

從水路城市羅畢亞轉移到遺跡城市卡魯魯茵的亞絲娜，為了遮擋帶著沙子的寒風而把兜帽斗篷往上拉到嘴巴的位置。但是——

在大門外等待著兩個人的空氣，富含的水分竟然比羅畢亞還要多。而且這些空氣變成無數水滴，從空中降落到地面。

「…………下雨？」

茫然這麼呢喃之後，亞絲娜就抬頭看著天空。下一個瞬間，臉就被斗大的雨滴直接擊中，讓她急忙帶上兜帽。

「果然是下雨……」

桐人也以難掩驚訝的口氣這麼說，並豎起皮大衣的領子。當然光是這樣還是無法阻擋降下的水滴，黑髮立刻就貼在他的額頭上。

雖然頭髮濕了也只是比較不舒服而已，但裝備完全進水後就會產生濕濡特效，讓人變得難以行動。

「還……還是先找個地方躲雨吧。」

亞絲娜一邊提案，一邊環視著轉移門廣場。可能是天氣惡劣的關係吧，在過了早上八點這個時間帶，人影竟然還很少。鋪著藍黑色石板的地面出現大水窪，上面可以看見無數小小波紋重疊著。

「不過已經吃過早餐了……武器也才剛更新而已，目前也沒有事情要去道具店……」

「隨便啦，只要有屋頂的地方哪裡都沒關係！」

亞絲娜小聲這麼叫完，桐人就又考慮了兩秒鐘左右，然後在瀏海滴下水滴的情況下點頭。

「那就去消化昨天接受的任務吧。」

「在這樣的大雨裡面？」

「別擔心，有屋頂喔。」

於是亞絲娜就先追上開始小跑步的搭檔。

啪嚓啪嚓踩著水窪橫越廣場，兩個人來到足跡尚未到達的城市北部。在大路上移動五十公尺左右，前方再次出現一座廣場。中央聳立著一棟半倒的大型遺跡，不過和昨天撿拾遺物的神殿比起來，稍微帶著一點恐怖的氣息。

但是在這種情況下也顧不了那麼多了，衝進黑漆漆的遺跡入口後，才終於從大雨下逃了出來。亞絲娜雙手拍了拍沾在斗篷與裙子上的雨滴，接著鬆了一口氣。

重新看了一下周圍，發現這裡是個微暗的大廳。前方與左右都是堅固的石壁而且沒有任何門，只有地板正中央有通往下方的樓梯張大了嘴巴。兩側站立了一些奇怪的神像般物體，在大廳四個角落的火把照耀下，形成恐怖的陰影蠢動著。

「…………這裡是？」

小聲對啪啪拍著皮革大衣上水滴的搭檔這麼問道，結果得到預料中的回答。

「昨天說過的，地下墓地的入口。嗯，其實其他還有幾個地方，不過這裡是主要的吧。」

「這樣啊……就是說有目的地是這裡的任務嘍？」

「那當然是一大堆啦。」

撩起濕濡的瀏海後，桐人就打開視窗。變更成可視模式讓亞絲娜看任務標籤的接訂清單。

「這個叫『迷路的傑尼』的任務呢，是要在地下墓地尋找女孩子走失的寵物小狗或是小貓，而『沒品味的收藏家』則是收集特定遺物的任務，然後『三十年的嘆息』是將在地下墓地某處徘徊的惡靈……」

「ＨＥＴ！」

聽到這裡的瞬間，亞絲娜忍不住一邊發出奇妙的叫聲一邊以右手緊蓋住桐人的嘴巴。用上所有的眼力讓即使露出驚嚇的表情還是想說些什麼的搭檔靜下來，亞絲娜才緩緩把手移開。

桐人沉默了一陣子，最後才畏畏縮縮地開口：

「……剛才的ＨＥＴ是什麼意思？」

「……俄文的『ＮＯ』。」

「……對什麼說ＮＯ？」

「……那當然是，嗯……不要破了任務的哏啊。」

雖然自己都覺得是很牽強的藉口，但桐人不知道為什麼以完全能理解的表情點著頭。

「噢……對喔，說得也是。如果是與樓層攻略相關的必須任務也就算了，但是單件任務的話還是會想在不知道故事的狀態下進行嘛……嗯，那接下來進行的任務我基本上都不做說明也不插嘴，就讓亞絲娜來領隊吧。」

對方一臉認真地這麼說後，亞絲娜也沒辦法更改理由了。她乾咳了一聲，瞄了一眼通往下方的階梯。

「這……這樣啊，那就這麼決定了。你準備好了嗎？」

「當然。」

桐人舉起右手，讓才剛更新的長劍劍鍔發出叮一聲。

約費利斯子爵的褒獎名單裡存在兩面刃與單面刃的單手劍，亞絲娜看過屬性後覺得單刃佩劍似乎比較強一點，但桐人選的卻是名為「日暮之劍」的雙刃直劍。

雖然腦袋角落記著之後要問他這麼選的理由，但現在不是做這種事的時候。亞絲娜深吸了一口氣，在沒辦法的情況下，下定決心重新轉往地下墓地的入口。

「……那麼，要出發嘍！」

「喔！」

十二月二十九日，上午八點二十分。亞絲娜和桐人正式開始攻略艾恩葛朗特第五層。

4

讓亞絲娜大大鬆了一口氣的是——並非一走下階梯就立刻是妖氣沖天的地下墓地。

甚至在走下樓梯後，前方的大廳裡還出現了幾十名玩家。在大廳各處三五成群的他們，有的人在開會有的人在用餐，其中甚至有在牆邊並排起睡袋稍做歇息的玩家。

「……這裡是安地房間嗎？」

亞絲娜才細聲以安全地帶的簡稱這麼問，桐人立刻露出「妳在說什麼啊」的表情輕聲回答她：

「什麼安全地帶，這裡根本是圈內啊。沒有出現標示對吧？」

「啊……對……對耶……」

亞絲娜放鬆肩膀的力道，視線再次巡梭整個大廳。

知道情況後再仔細一看，就發現大廳裡的玩家幾乎都不是攻略集團的人。除了有身穿第二、第三層等級裝備的小隊之外，也有非武裝的觀光客。

「大家都是來撿遺物的吧。」

「應該是吧。這個大廳大概已經被撿光，現在正在探索周圍的地下遺跡了吧……」

這麼說的桐人，臉上忽然露出嚴肅的表情。亞絲娜正感到奇怪時，他就呢喃了一句「啊，沒有啦……」然後輕輕聳了聳肩。

「之前也說過，封測的時候這個地下一樓全部都是圈內。當然不會有怪物出現，也沒有危險的陷阱。就是這個傳聞已經擴散出去，才會有人從下層來到這裡撿拾遺物吧，但是……」

「有什麼問題嗎？」

「……沒有啦，抱歉，是我想太多了。那麼，我們也繼續前進吧。」

率先往前走的桐人瞬間停止，然後催促亞絲娜走在前面。亞絲娜把嘆息吞下去後，就依序看著在大廳四方張開黑色大嘴的通道。

——希望一開始能抽中尋找小狗小貓的任務。

她一邊在腦袋裡這麼祈求，一邊選擇北邊的通道開始往前走。

大廳裡雖然被數根火把照得相當明亮，但一進入通道的瞬間周圍就變得有些陰暗，讓亞絲娜偷偷繃起臉來。而且可能是地上的雨水滲進來了吧，到處都有水滴滴下來，偶爾會被直接打中頭部或肩膀。

繼續保持安靜的話似乎會連這裡是圈內都忘記，所以就隨便對走在右斜後方的桐人丟出一個話題：

「話說回來，艾恩葛朗特也會下雨耶。」

「目前為止不是也下過幾次了嗎？」

「我不記得了。聖誕節是下了雪沒錯……」

「這樣啊。嗯，確實是很少下啦。如果是至今為止的ＭＭＯＲＰＧ，什麼下雨啦暴風都是理所當然，但ＶＲＭＭＯ的雨太讓人不愉快了。正如剛才所經驗的，視界會變差，裝備也會變重，衣服濕掉後也很不舒服，而且又冰又冷……封測初期下雨的頻率更高，但是後來遭到封測玩家抱怨而減少了。」

「這樣啊，還有這種經過嗎？有點可惜……我喜歡在房間裡看外面的雨景。」

在進行這樣的對話當中，亞絲娜的心情終於穩定了下來。不論是什麼情境，目前都還是在圈內，絕對不會出現怪物之類的東西。必須先迅速把大量承接的單件任務解決掉，好提升一級等級，完成正式開始樓層攻略的準備才行。

亞絲娜用左手用力握住愛劍劍柄，讓自己重新打起精神。

她在途中打開視窗，看見大部分依然是空白的地圖畫面上標示出來的任務目的地標誌後，為了前往該處而從主通道進入小徑。他們側身走過寬度只有三十公分的狹路，爬過高度只有六十公分的隧道（只有這個時候讓桐人先走），逐漸往標誌靠近。

最後兩個人來到一個類似禮拜堂的地方。這裡排了數列長椅，深處的牆邊還立著崩塌了一半的奇怪石像。光源只有地板上幾處發出細微火光的蠟燭，空間的四個角落都籠罩在深沉的黑暗當中。明明散發出掉落許多遺物的氣息，卻沒有其他的玩家在。

亞絲娜心裡一邊浮現非常不妙的預感，一邊小聲對桐人問道：

「這裡是什麼任務的地點？」

「咦……可以破哏嗎？」

「這點小事沒關係啦。」

「那麼，只說標題……這裡是『三十年的嘆息』。」

「…………」

雖然對自己的籤運感到灰心，亞絲娜還是盡力不表現在臉上，直接確認起任務記錄。

故事其實非常簡單。身為委託人的ＮＰＣ是獨居的中年男子，最近剛從第五層的其他城市搬到這裡，但新居每天晚上都會出現喀噠喀噠的謎樣聲音，餐具也會莫名掉到地上。希望他們幫忙想想辦法，所以亞絲娜和桐人就調查了房子的地下室，但裡面連一隻老鼠都沒發現。這樣的話應該在更下方吧，於是便試著調查城市的地下墓地——記錄就進行到這個地方。

「也就是說，這個禮拜堂是在那個大叔家的正下方嘍？」

亞絲娜的話讓桐人咧嘴笑了起來。

「迅速切換一下地圖就知道嘍。」

「…………」

按照他所說的移動到地圖標籤，把手指放到顯示著地下墓地1F地圖的上下移動按鈕上，試著將地圖切換回城市的1F後再切換回去。結果可以知道地下地圖現在位置的標誌，確實和城市地圖的任務NPC標誌完全重疊在一起。

「……原來如此。騷靈現象……不對，謎樣震動的原因就在這裡嗎？」

亞絲娜一邊訂正自己的話一邊消除地圖，接著再次環視地下禮拜堂。但是這裡不論生物或非生物，都找不到什麼能對地面產生影響的東西。

至今為止都是搭檔會迅速告訴自己正確答案，但他這次退了一步，保持著教師望著學生的態度。雖然完全是基於誤解所做出的行動，但差不多得不靠桐人來自行解決任務也是不爭的事實。因為不能保證這種暫定搭檔的關係能夠永遠持續下去——

下定決心先自己努力看看後，亞絲娜就先整理起情報。

在卡魯魯茵街上的某間民宅裡，每到晚上就會出現謎樣的怪奇——不對，是超自然現象。由於認為原因是來自於地下，所以在地下墓地移動到民宅正下方後，就發現該處有一座相當可疑的古老禮拜堂。要說到找出產生怪奇現象的方法，一種就是仔細調查禮拜堂的每一吋土地，找出可疑的東西——不然就是讓怪奇現象在眼前發生。既然調查過之後什麼都沒找到，所以只能試試看後者了。

以邏輯將事情想到這裡，亞絲娜忽然就抬起頭來說：

「我說啊，那個大叔說家裡是凌晨兩點左右會開始晃動對吧？」

「是這麼說了。」

桐人點了點頭。

「這樣的話……要調查原因的我們，就必須在凌晨兩點來到這裡才行吧？」

「哦，很不錯的推理呢。這就是最純正的攻略法，實際上遊戲裡常設下很多像這樣的時限任務。」

「我說啊……先謝謝你的稱讚，但現在還不到早上九點耶，難道要在這裡一直待到深夜兩點嗎？」

亞絲娜發出感到難以置信的聲音，而桐人則是以演戲般的動作揮了揮手指。

「那也是個辦法，但像這種單件任務通常也會準備捷徑。再等一下吧，馬上就會有提示……啊，妳看，已經來了。」

亞絲娜啪嘰一聲把桐人準備推自己背部的手甩開並反問：

「提示……過來了？」

當她像是不知道怎麼回事般皺起眉頭時——

就從後面傳來滋嚕啪噠、滋嚕啪搭這樣奇怪的腳步聲。亞絲娜拚命把快要從喉嚨衝出來的悲鳴壓抑住，然後一邊告訴自己這裡是圈內這裡是圈內，一邊快速繞到桐人背後。

緩緩從亞絲娜他們數分鐘前經過的出入口出現的是，像小孩子一樣嬌小的ＮＰＣ。因為身穿連帽深灰色大衣而看不見臉部，但沒有穿鞋的雙腳跟體格比起來異常巨大，雙臂也顯得特別長。左手上提著骯髒的布袋，右手則拿著長蠟燭。

由於顏色浮標是黃色，所以他無疑是ＮＰＣ，但不能確定到底是不是人類。亞絲娜提心吊膽地從桐人身後凝視著對方，矮小男人（大概是吧）就踩著滋嚕啪噠的腳步聲橫越禮拜堂，靠近地板上到處可見的其中一處蠟燭山。

然後蹲下來，從布袋裡拿出全新的蠟燭，從似乎立刻就要熄滅的蠟燭處點火後豎立在地面。然後移動到下一處蠟燭山重複同樣的動作。看來他是這處地下墓地的管理人般存在，只是依然搞不清楚他到底是不是人類。

桐人所說的提示，指的應該就是他吧。這樣的話就不能害怕，得跟他取得情報才行。就算是妖怪般的存在，也不過是這樣的設定，終究只是數位檔案罷了。亞絲娜下定決心後就從搭檔背後走出來，對著走在前方的矮小男人搭話：

「午……午安。」

「……………………」

倏然停止的矮小男人，以僵硬的動作將臉轉向亞絲娜。兜帽深處雖然是一片漆黑，但只有兩個眼睛的地方發出朦朧光芒。

「那個……這些蠟燭是你補充的嗎？」

先這麼問完後，矮小男人就默默點了點頭。為了似乎能夠溝通鬆了一口氣，亞絲娜接著又問：

「那麼，深夜裡曾經在這裡看過什麼奇怪的東西嗎？」

「………………」

矮小男人沒有反應，原本還以為是提出的問題太過籠統，最後兜帽深處就傳出了沙啞的聲音：

「我，深夜，不會來這裡。早上起來後，來點蠟燭。白天，把熄滅的補足。晚上，吹熄蠟燭後睡覺。」

只留下這段話就再次開始步行。在最後的蠟燭山補充完蠟燭後，又踩著滋嚕啪噠的腳步離開禮拜堂。

等矮小男人的腳步聲消失，亞絲娜就思考了一陣子。如果矮小男人的話為真，那麼這座禮拜堂點著蠟燭的時間就是從早到晚。雖然不知道具體的時間，但反過來說，發生某種現象的深夜兩點，這個空間是一片漆黑——

「啊………」

她發出細微的聲音並看向桐人的臉。搭檔雖然什麼都沒說，但亞絲娜還是跑向最近的蠟燭山並且屈身把所有燭火吹熄。

禮拜堂裡的光源少了四分之一左右，同時也平添了恐怖氣氛，不過這應該就是答案了。

「桐人幫忙吹熄那邊的蠟燭！」

對搭檔做出這樣的指示後，亞絲娜就吹熄下一處蠟燭山。

桐人慢了一些才吹熄最後的蠟燭，結果禮拜堂就幾乎籠罩在完全的黑暗當中。認為這樣實在無法行走，準備從道具欄裡拿出自己的油燈時，就有藍白色光芒照耀亞絲娜手邊。

「謝……謝謝……」

應該是搭檔幫忙點燈了吧，想不到還滿貼心的嘛，帶著這種想法的亞絲娜一抬起頭，就看見站在遠處的桐人手裡什麼都沒拿。不清楚光源是什麼的她環視周圍，然後發現到事實。

地板中央發出朦朧光芒。

那不是生長在第三層蜘蛛洞窟裡的發光蘚，也不是什麼會發亮的魔法道具。感覺不到一絲熱度……甚至還帶著冰冷之氣的虛無光芒。

喔喔喔喔喔喔喔………

這種類似冬季寒風般的聲音晃動著禮拜堂的空氣，亞絲娜的身體瞬間僵硬。

某種物體像從地板底下滲出來般出現。原來是一隻蒼白透明，宛如枯枝一樣纖細的手。

……不行不行不行不行，別這樣別這樣別這樣別這樣。

雖然在心中重複這些話，但是現象當然不會停止。再次響起充滿怨嘆的聲音，然後手臂、肩膀與頭部也從地板湧上來。凌亂的頭髮、骨瘦如柴的身軀……那是一個女人。但原本應該是雙眼的地方閃爍著紅色鬼火，嘴裡還露出尖銳的牙齒。

不論如何把視線集中在她身上都看不見浮標。但可以確定她不是玩家也不是NPC。是怪物，不對，幽靈。

像要煽動恐懼心一樣，花了好一段時間全身才露出來的幽靈，揮舞著長了鉤爪的雙手，第三次迸發出尖銳的叫聲。

「咿喔喔喔喔喔喔喔…………！」

下一個瞬間，整座禮拜堂劇烈晃動了起來。長椅不斷傾倒，牆壁與天花板上掉下許多小石塊。這樣下去會跌倒，得站穩腳步才行……腦袋雖然這麼想，但身體卻不聽使喚。全身的感覺逐漸遠去，緊繃的身體像木棒一樣倒下——

「哎呀。」

這樣的聲音在耳邊響起，接著纖細但有力的手臂支撐住亞絲娜的背部。不知道什麼時候開始移動的桐人已經站在她身邊。

「咦……不覺得很有趣？很像『幽靈公館』……」

這時他才終於注意到亞絲娜的異變……

「妳沒事吧？」

雖然想對露出擔心表情的搭檔說我沒事，但嘴巴卻無法順利開合。可能察覺到狀況了吧，桐人的左臂繞過亞絲娜的身體，輕輕把她抱起來後退避到牆邊。

這段期間幽靈也不斷發出悲鳴般的聲音，禮拜堂的震動也越來越激烈。很明顯就是這個現象讓任務委託者的家產生晃動，但亞絲娜的思考在這個時候已經停止。在被桐人抱著的情況下用力閉起雙眼，只是持續默念著……快點消失吧，快點消失吧。

經過似乎變長數倍的幾十秒鐘，晃動終於慢慢開始減弱。幽靈的聲音也逐漸變淡並且遠去，最後完全消失。

寂靜再次降臨，亞絲娜這才把憋在胸口的氣息緩緩吐出來。

身體麻痺的感覺恢復以後，就意識到桐人繞過自己身體的手臂，頓時湧起一股害羞的感覺。當亞絲娜為了說「不要緊了」而睜開眼睛，準備朝桐人看去時………

眼前三十公分的地方。

就看到幽靈綻放蒼白燐光的臉。

「不要啊啊啊啊啊啊啊——————！」

迸發音量遠超過剛才幽靈叫聲的悲鳴，亞絲娜全力抓住桐人並把臉埋進黑色皮大衣裡。

不清楚究竟是什麼時候開始特別害怕與鬼怪相關的事物。也記不得是什麼理由了。

要說到是不是一定會對超自然存在產生抗拒反應，似乎也不是這樣。不但覺得有些日本自古以來就存在的妖怪很可愛，也頗為喜歡僵屍類型的電影。無法接受的是加了「靈」這個字，沒有真實軀體，隨時可以消失、出現，直接穿透牆壁、地板或者房門的傢伙。實在無法接受不知道究竟在不在的曖昧感。

被囚禁在ＳＡＯ裡之後，一路跟種類繁多的怪物對戰過來，但至今為止都沒出現過非實體系怪物。因此便認為這座浮遊城裡應該沒有這種怪物，但看來自己的觀測是太過樂觀了。正如桐人在事前說明時曾經表示過的「惡靈」一詞，讓任務委託人家裡每天晚上都產生晃動的原因正是妖怪。

而且這個靈異存在，目前就在僅僅數十公分處的前方，以鬼火般的雙眼看著亞絲娜。

一想到這裡，她就打死不願意把臉從桐人胸前移開了。原本是打算降低對暫定搭檔的依賴度，以自己的力量來解決這個任務，但這個決心一瞬間就消失無蹤。光是要閉上嘴巴不再發出悲鳴就已經用盡全部的心力。

在經過十幾秒的時間後……

「…………那個，亞絲娜……小姐。」

頭上傳來搭檔的聲音。亞絲娜把臉緊緊貼在黑色皮大衣上，在保持遮蔽視覺的狀態下，以沙啞的聲音詢問：

「……妖……妖怪走開了嗎？」

「呃……沒有，還在那裡……」

「呀────────！」

結果還是再次發出悲鳴，但現在已經不是在意這種事情的時候了。依然壓在桐人胸口的頭部不停搖動，然後以小孩子般尖銳的聲音叫喚著：

「快想辦法！立刻把那個幽靈趕走啊！」

「那……那就得繼續進行任務才行……」

「那就快點進行！」

聽見她這麼說的桐人立刻準備離開，但亞絲娜卻緊緊抓住大衣把他拉回來。

「不行，保持這樣！」

「了……了解。」

以減輕的力道按著亞絲娜的頭和背部，桐人對著幽靈這麼搭話：

「那個，幽靈小姐……妳為什麼在這個禮拜堂作亂呢？」

不一會兒，帶有強烈回音，像是冬天冷風般的聲音就在亞絲娜身後響起。雖然再次有悲鳴湧上喉頭，但還是在緊要關頭把它壓了回去。

「…………因為……我無法離開這裡…………」

「為什麼無法離開呢？」

「…………我……被關在這裡…………」

雖然還是很害怕，但幽靈聲音帶著的情感與其說是怨恨，倒不如說是悲傷。有了這種感覺的同時，腦袋終於稍微可以運作的亞絲娜，就維持把臉埋在桐人胸口的情況下浮現「咦……」的想法。

兩人進入禮拜堂時通過的門雖然不好打開，但看不出有上鎖的痕跡。說起來對方是從地板冒出來的非實體妖怪，所以不論是門還是牆壁都可以盡情穿越過去吧。

其實桐人也有同樣的疑問——不過因為他應該知道「正確的對話模式」，之後也很順利地進行和幽靈的對話。

她（？）被關在這座禮拜堂裡已經是三十年前，依然存活於世上的事情。

把她關在這裡的，是當時約好共度未來的男人。

因為對那個男人的怨恨，才會被束縛在這個地方——

清楚提出這些情報後，幽靈的氣息便逐漸遠去。面對即使如此依然無法抬起頭的亞絲娜，桐人只能以有些顧忌的聲音對她搭話：

「那個，亞絲娜小姐……？」

「…………走掉了嗎？」

「嗯……嗯，目前是走掉了。」

「…………不會再出現了？」

「嗯……嗯，暫時不會。」

「呼……」一聲深深呼了口氣後，亞絲娜才放鬆雙肩的力道。妖怪時間似乎暫時是結束了，但隨著恐懼的水位下降，尷尬的水位卻上升了。

因為剛才全力發出悲鳴並緊趴在搭檔胸口，而且現在也還是這種狀態。到底該用什麼樣的表情把身體移開呢？亞絲娜絞盡腦汁也想不出來。

低著頭依然全身僵硬的亞絲娜，耳朵裡傳來桐人似乎同樣感到尷尬的聲音。

「嗯，那個……抱歉，沒注意到亞絲娜不擅長對付靈魂系……」

這不熟悉的名詞讓亞絲娜忍不住稍微抬起頭來。

「……靈魂系？」

「噢，就是怪物的種類。就像狗頭人和哥布林是亞人系，大蜘蛛和大螳螂是昆蟲系，魔像和石像鬼是魔法系。另外像剛才出現的幽靈或者死靈等實體薄弱的不死者是靈魂系。同樣的不死者也有像食屍鬼和骸骨人等擁有實體的活死人系。」

「這樣啊……」

聽了桐人跟平常一樣的說明，這時候才覺得就算是妖怪也不過是數位檔案所形成的物體，於是亞絲娜在心裡默默倒數三聲後就嘿咻一聲撐起身體。

她迅速環視周圍，確認已經沒有任何東西後，才與單膝跪在地板上的桐人拉開一步的距離，然後雙手扠腰做出堅定的宣言：

「……剛才那只是對方突然出現我才會嚇一跳。」

「……好……好的……」

「雖然確實不怎麼喜歡妖怪……不對，是靈魂系的怪物，不過女孩子通常都是這樣吧？」

「……是……是啊……」

「所以快點把它忘記，今後也別拿出來當成話題。」

「……好……好的……」

桐人點了三下頭後也站起身子。從至今為止的經驗看出，桐人震動著鼻翼是因為正與想要惡作劇的衝動對抗，於是亞絲娜狠狠瞪了他一眼。

「還有，禁止無聊的惡作劇！」

「……知道了……」

以挨罵小孩般的模樣回答完，單手劍使就開始幫熄滅的蠟燭點火，看見他這種樣子的亞絲娜終於可以稍微露出笑容。

之後就搜尋幽靈出現的地點，找到了帶有任務道具標籤的金墜飾，接著兩人就先回到城鎮裡。讓NPC鑑定墜飾後，對方表示這不是古代的遺物，而是卡魯魯茵裡某族富商的紋章，於是兩人前往該富商的宅邸。

和門房糾纏了一陣子後，才得以和一名五十多歲，據說是一族領袖的男人見面，告訴他在地下墓地找到墜飾後，男人便邊哭邊告白過去的罪過。因為三十年前交往的女孩子阻礙自己的發展，於是假裝約她去撿拾遺物後把她關在地下禮拜堂，墜飾就是在那個時候被女孩扯掉。

亞絲娜雖然想先揍他一頓，但桐人表示這樣任務會在途中結束而阻止她，所以只能忍耐下來和男人再次回到地下禮拜堂。吹熄剛才點亮的蠟燭，蒼白妖怪——不對，是女幽靈就再次登場，男性富商五體投地謝罪之後可能是詛咒解開了吧，幽靈就這麼消失了。將男人送回宅邸，獲得一些報酬就離開房間，在關上門的瞬間門後面就傳來強烈的震動聲與男人的悲鳴，再次把門打開時就到處都看不見男人的身影……在這種令人背脊發冷的結局下，「三十年的嘆息」任務就結束了。

走出宅邸，一邊朝向中央廣場走去，亞絲娜就一邊對身旁悠閒確認著報酬道具的桐人搭話道：

「……總覺得是對小孩子的教育不太好的任務。」

「嗯？嗯……說得也是。不過NERvGear怎麼說也是禁止十三歲以下使用，SAO好像也有建議十五歲以上遊玩的分級，我想……幾乎沒有小孩子啦。」

「說得也是……」

話說回來，ＳＡＯ開始正式營運前一個月才剛滿十五歲的亞絲娜，可以說剛好滿足了分級的條件。

如果十一月六日這個時間點還是十四歲的話，自己就不會對這款遊戲出手了嗎？就會放棄借用哥哥買來的ＳＡＯ與NERvGear，也就能迴避被捲入死亡遊戲的命運了嗎？

……不對，那是不可能的，亞絲娜輕輕搖了搖頭。因為在哥哥倒楣地──或許應該說幸運地到國外出差時，到他房間去然後在一時興起下戴上早已設定好的NERvGear，自己當天根本沒有瞥過ＳＡＯ盒裝封面上的年齡分級。

從離開起始的城鎮的旅館那一天起，應該就不再為過去的事感到懊悔了。現在只要專心朝著遙遠的第一百層……也就是完全攻略遊戲這個目標前進。不過靈魂系怪物出現的時候，可能會稍微躲開一下就是了。

「……那麼，也快點把接下來的任務解決掉吧……小狗的任務不會有妖怪出現了吧？」

對著旁邊這麼問完，搭檔就露出「這次一定要整到妳」一般的表情，奸笑著說：

「嗯，應該啦。不過說不定會出現小狗的妖怪喲。」

順利解決剩下來的兩個地下墓地任務（幸好不是恐怖系），在城鎮裡接到的其他任務也在傍晚前結束，兩人的等級各自提升了一級。桐人變成18級，而亞絲娜則是17級。

走在前往昨天那間外圍附近的旅館兼餐廳的路上，亞絲娜就稍微對身邊的桐人發洩自己的不滿。

「喂，怎麼等級好像都沒機會追上你啊。」

「咦……？」

「因為升到下一級所需要的經驗值，你應該比我還要多才對吧？但為什麼一直以來都是你比我高出一級，這到底是怎麼回事？」

「啊，噢……」

桐人露出不知該怎麼回答才好的表情，然後一邊搔著頭一邊表示：

「嗯……SAO在獲得經驗值時沒有所謂的小隊加成，以複數玩家打倒怪物的話，也只會分割那傢伙擁有的經驗值然後加到個人身上而已，但又不是單純地平分……好像是用給予怪物的傷害、阻礙效果，以及被盯上的時間來當劃分基準，依照我們現在的戰鬥模式，大概都是我成為怪物的攻擊目標，所以……」

「…………原來如此……」

聽到他這麼說，亞絲娜也就沒辦法繼續抱怨了。遭遇怪物時一開始都是由桐人攻擊，然後以一發劍技擊中對方後進行切換，亞絲娜也同樣由通常攻擊再加上劍技來解決對方——這就是這對搭檔的基本戰略，但既然怪物的攻擊目標都是桐人，那麼多獲得一些經驗值也是理所當然的事。何況讓知識、經驗與技術都比不上搭檔的亞絲娜來成為目標本來就是不合理的行為。

「唔唔～～」

雖是如此還是無法老實接受這種情況而嘟起嘴唇後，就從旁邊傳來笨拙的安慰。

「但是，快要到等級差個一級已經沒什麼太大差異的時候了……而且也已經取得超出安全範圍的等級，我想不用那麼在意也沒關係……」

「唔唔～唔。」

嘴角依然下垂的亞絲娜輕輕點頭。

桐人說的話一點都沒錯，也沒想過要變更戰鬥時負責的任務，但是內心有愧的心情還是沒有消失。

總覺得來到這個第五層後，自己在許多方面都很沒用。像是完全展露物欲而拚命撿拾遺物、對靈魂系怪物發出悲鳴，還有自己提出單挑的要求，卻完全沒有交手就放棄了。雖然想說至少等級要追上搭檔，但只是再次確認到連與怪物的通常戰鬥自己也都是在依靠他的事實。

沒錯——雖然只是暫定，但既然組成搭檔來戰鬥，就不想一直只是被守護的存在。自己也想提供搭檔一定的利益。

……得好好想想，有什麼是自己辦得到的事情。

亞絲娜內心剛下了這樣的決心，就一臉理所當然地走進桐人幫忙打開的餐廳大門，結果就在內心訓斥自己「要從這種小事做起啊！」。

「BLINK & BRINK」餐廳在第五層開通第三天的今夜，也出乎意料地門可羅雀。明明是用餐時段，外面的露臺座位與店內卻都看不見其他玩家的身影。

「咦……」

以疑惑的表情坐在跟昨天同一張桌子前的桐人，看了桌上的菜單後就再次皺起眉頭。

「怎麼了？」

「沒有……昨天吃過的藍藍莓塔，到現在還沒賣光……我還以為從今天開始，開店前一定就會有人在排隊了。」

「咦……明明有許多人在地下墓地撿拾遺物啊。大家都是在沒有視覺支援效果的情況下撿的嗎？」

「是這樣嗎……」

當他們同時感到疑惑時，NPC女服務生已經過來幫忙點餐，所以就先說出想點的食物。說了聲「辛苦了」後就輕輕互碰倒了「Fickle酒」的玻璃杯，接著亞絲娜喝下白色，桐人喝下紅色的氣泡酒。

一口氣喝掉半杯的桐人，一邊看著冒泡的高腳杯一邊這麼說：

「嗯……味道我是很喜歡，不過冒泡的紅酒總覺得有點奇怪……」

「哎呀，現實世界也確實有這種酒喔。像義大利的Lambrusco、澳洲的Shiraz之類的。」

「哦～～真的嗎？亞絲娜老師真是博學多聞……」

面對瞪大眼睛的桐人，亞絲娜以這沒什麼的表情回答了一句「沒有你說的那麼誇張啦」，然後才低頭加了一句：

「……這種知識，在這個世界根本派不上用場……」

「沒這種事喲。」

「咦？」

抬起頭後，桐人就一臉認真地繼續說道：

「進行這邊的任務或者解謎時，也有不少情況需要用到現實世界的知識……而且，怎麼說呢，艾恩葛朗特乍看之下雖然是奇幻世界，但並不是真正的異世界。我們和NPC都是用日文對話，玩家之間的人際關係也是建立在現代日本的價值觀上。雖然問『外面』的事情變成了禁忌，但我並不認為能夠完全切離……」

「…………嗯……」

亞絲娜點了點頭，而搭檔就像要轉換心情一樣般再次看向菜單。

「嗯～話說回來，藍藍莓塔還有在賣的話就會想吃耶。先不管有沒有支援效果，我滿喜歡它的味道。」

「這一點我也同意。」

亞絲娜一面回想藍莓清爽的酸甜口感以及濃厚滑嫩的卡士達醬，也一面點了點頭。

「……但是，為什麼會沒賣完呢？明明在撿拾遺物，怎麼不利用那麼方便的支援效果。」

「亞魯戈沒有寫在攻略冊裡嗎？不對，等等喔，在這之前……」

桐人皺起眉頭，看往轉移門廣場的方向。

「……剛才去道具店的時候，好像沒看到老鼠標誌的攻略冊耶。還沒有委託商店販賣嗎？」

「聽你這麼一說……至今為止，再怎麼晚也會在開通隔天的晚上就發行該層的第一集了。」

「嗯……算了，那傢伙也有很多自己的事情……不過，還是傳個即時訊息過去看看吧……」

桐人這麼說完，就放下右手上的叉子打開視窗。接著迅速敲打全息圖鍵盤，等待幾秒鐘後就皺起眉頭。

「……傳不過去耶……」

「不會是在其他的樓層吧？」

亞絲娜一說出應該是蓋然性最高的推測，桐人的視線便一瞬間游移了一下……

「沒有啦……剛才那是朋友訊息。」

然後這麼回答。

對於雖然是暫定搭檔，但沒有登錄為朋友的亞絲娜來說，忍不住就湧起「你說什麼」的想法。

於是她先試著做出「哦～～～～」這種拉長聲音的回應，結果桐人像是很慌張般加了這樣的解說：

「沒有啦，那個……經常從那個傢伙那邊購買情報，有時也會提供情報給她，所以登錄的話會比較方便……」

「我又沒說什麼。」

先露出滿臉微笑後，亞絲娜便切換自己的思考。

只要知道對方姓名（當然是正確的英文拼音）的話，任何人都可以傳送即時訊息，但字數限制相當嚴格，對方不在同一層的城市或者屋外的話也收不到。另一方面，朋友訊息只能傳給登錄為朋友的對象，但字數比較多也可以傳達到其他樓層，但迷宮與暫時性地圖也同樣是在範圍之外。

「這也就是說……亞魯戈小姐潛入哪座迷宮裡面嘍……」

聽見亞絲娜新的推測後，桐人就恢復成嚴肅的表情並緩緩點了點頭。

「應該……是這樣吧。但是，這裡的迷宮有重要到能讓她延後發行第一集攻略冊的情報嗎……」

「『這裡的』是什麼意思？」

「噢……」

桐人的視線往露臺的地板瞄了一眼。

「我們今天因為任務而繞遍了的地下墓地一樓算是圈內，那裡的話訊息就還能傳到，但地下二樓開始就算是迷宮，也就是圈外了。」

「這樣啊……那地下有幾層呢？」

「我記得有三層。最深處還是有區域魔王，打倒那個傢伙後就能通過前往下一個城鎮的隧道。」

「那就不是單純的副迷宮了。我想如果是攻略上需要的地點，那麼亞魯戈小姐前去收集情報也不是什麼奇怪的事情……」

亞絲娜的意見，只讓依然繃著臉的桐人的頭部上下移動短短幾公分。

「嗯……或許吧。因為是和城鎮連結的迷宮，所以想在攻略冊第一集就好好提供指引，所以正在收集情報吧。」

「一定馬上就會從某個地方冒出來了。就像至今為止一樣。」

「說得也是。那麼……我們快點用餐吧。」

桐人終於咧嘴笑了起來，接著就消除視窗並再次拿起叉子。

認為既然還沒賣完就不用客氣了的兩個人再次點了藍藍莓塔當作甜點，飯後決定今天就此休息，於是在同時是旅館的BLINK & BRINK二樓租了房間。

在走廊上確認隔天會合的時間，互道晚安後亞絲娜就打開鄰接的房門。在這個時間點雖然等了一下，但桐人已經「呼哇～」一聲打了個大大的呵欠後消失在房內，所以亞絲娜也進入自己房間並有些粗暴地關上房門。

打開裝備人偶，迅速按下兩次全解除鍵讓身上只剩下內衣褲，接著用力跳到床鋪上。在把臉埋在大枕頭的狀態下，連續說著「什麼嘛、哼、沒什麼好稀罕的」等氣話。

腦袋裡非常清楚狀況。目前和桐人登錄為朋友實在沒什麼好處。既然組成搭檔來行動，就不可能會有分別到不同樓層的狀況，所以要聯絡的話只要即時訊息就夠了。

但是就感情的部分來說，總是會覺得至少問個一聲也沒關係吧。如果對方輕鬆地問一句「那我們也先登錄一下吧？」，自己也準備了若無其事地說一句「好啊，也無所謂」的回答。

當亞絲娜在床上變成一根棒子，嘴裡依然抱怨個不停時，昨天也曾經想起過的和桐人之間的對話就再次浮現在腦海裡。

——你要和我待在一起到什麼時候？

——等到妳充分變強，再也不需要我的時候。

說不定，這就是桐人劃下的界線吧。雖然是搭檔但不是朋友……為了有一天該離開時能夠確實地離開，所以才故意不登錄為朋友。

「……不會的，絕對只是沒有這麼細心而已。」

這麼呢喃完的亞絲娜終於放鬆肩膀的力道，然後把身體轉了過來。往上看著油燈光線在天花板上畫出的淡淡陰影，再次開口說：

「好吧，之後就由我主動表示要登錄為朋友吧……等我變得跟你一樣強之後。」

雙手舉向正上方用力握緊之後，靠著反作用力撐起身子。想先洗個澡的亞絲娜環視了一下房間，但是看不見像是浴室的房門。碰了一下牆壁叫出旅館的導覽，確認地圖後知道沒有房內浴室，只有在二樓邊緣有一座大浴場。

想起在約費爾城巨大浴場發生的事情後一瞬間慌了手腳，但這裡果然不是男女混浴，內部確實分成兩個浴場。只不過不知道這是系統上不可入侵的場所，還是只有掛著標示而已。

為了慎重起見，做好準備隨時可以穿上在第四層製作的泳裝之後，亞絲娜就換上室內服來到走廊。開始朝與樓梯相反方向的浴室走去，轉過最初的轉角時——

後方傳來房間門開關的聲音，亞絲娜反射性把身體貼在牆壁上。從角落偷偷窺探，就看到一道人影逐漸離開微暗的走廊。雖然一瞬間鬆了口氣，但立刻就又瞪大雙眼。

雖然只看得出剪影，但自己不可能會看錯。那個人是桐人。跟平常一樣是長大衣與長靴的完全武裝，而且肩口還能看見新獲得的「日暮之劍」優美的劍柄。

時間已經超過晚上九點。或許只是要去強化或者保養裝備，不過如果是這樣，散發出來的氣氛也太僵硬了。

他大概是想到城鎮的地下墓地去尋找情報販子亞魯戈吧。

「…………真是的，太見外了吧。」

亞絲娜如此呢喃，接著舉起右手打開視窗。迅速在裝備人偶上設定胸甲、皮革裙以及愛劍騎士細劍。她完全放棄洗澡，改為追上桐人的腳步。

雖然確實因為朋友登錄的事情有點鬧彆扭，但亞魯戈對亞絲娜來說也是很重要的朋友。即使艾恩葛朗特極為寬廣，也只有這名人物以「小亞」這種綽號來稱呼亞絲娜。如果亞魯戈身陷危險狀況，放棄洗澡而去救她本來就是理所當然。

走廊上已經沒有任何人在。跳過一階樓梯直接跑下樓，衝過對自己說「請慢走」的NPC櫃檯人員前面後，亞絲娜就從「BLINK & BRINK」正面大門飛奔出去。

5

明明慢不到一分鐘，但是從旅館兼餐廳通往市街區的唯一一條巷弄裡，已經看不見搭檔的身影。大概是一走出店就直接衝刺了吧。

雖然也考慮過傳送即時訊息，但在打鍵盤的時候可能會被拉開更遠的距離，所以亞絲娜也先跑了起來。但轉了幾個彎後還是看不見桐人的背影。

「……到底是多認真在衝刺啊……」

在她這麼呢喃的期間，巷弄就與大路會合，人影也一口氣增加了。定眼一看之下，終於在很遠的前方發現類似桐人的剪影，亞絲娜這才鬆了一口氣。

但是對於在耳目眾多之處大聲叫住他的行為感到猶豫，於是亞絲娜只能繼續追蹤。桐人靈活躲開了玩家與ＮＰＣ，順暢地持續往前跑，橫越轉移門廣場後來到城鎮北部。即使到達地下墓地入口處的廣場，也完全沒有停下腳步就消失在中央的遺跡當中。

「啊，等……等等我啊！」

遲了一會兒的亞絲娜還是這麼大叫，但聲音似乎沒傳到對方耳裡。晚了數十秒後亞絲娜也來到神殿風格的遺跡，在地板上張開漆黑大嘴的往下樓梯前停下腳步。

一瞬間，某種不安感閃過胸口。但不可能到了這個時候還選擇回頭。首先應該以和桐人會合為優先，於是她再次打開選單視窗，移動到訊息標籤後就在打字欄位裡打下「我和你一起去，在B1大廳等一下」，接著傳送給桐人。

但是下一刻視窗上隨即浮現「對方可能在無法聯絡的地點，或者尚未登入」的冰冷錯誤訊息。

「咦……」

邊發出細微的聲音邊反射性往視界左上方看去，結果依然是小隊成員的桐人，HP條果然還在那個地方。也就是說錯誤訊息後半段的不祥文字所暗示的狀況不可能發生。認為可能是名字弄錯的亞絲娜再次傳了一遍訊息。但還是得到相同的結果。

地下墓地的B1F全都是圈內，所以應該可以傳送訊息才對。對方收不到的話，就表示桐人在短短不到一分鐘的時間裡，就已經下到屬於圈外的B2F了。

雖然很難相信，但也只有這種可能了。這樣的話，應該放棄會合直接回旅館嗎？

——不行。

自己應該已經下定決心，不再當只被守護的存在了。在這裡回頭的話，就不可能成為同等地位的搭檔。沒問題的，因為這五十天裡，已經累積了足以一個人安全戰鬥的知識與經驗。

「……立刻就會追上你。」

輕聲如此宣言之後，亞絲娜就走向往下的階梯。

即使在這個時間，成為撿拾遺物基地的地下一樓大廳裡也有數名玩家聚集在一起，但是當然看不見桐人的身影。

再次打開視窗，移動到地圖標籤。由於今天白天都因為任務而東奔西跑，所以地下一樓的地圖有八成左右已經顯現出來，不過還是殘留了一些反白的部分。尤其是大廳南方某扇門後方的區域根本還沒踏進去過。

由於標示完的部分沒有看見往下的階梯，所以如果存在的話應該就是在南方那扇門後面了。亞絲娜消除視窗，橫越大廳後推開長滿青苔的石門。

結果裡面和北、東、西的門不同，沒有出現通道。它直接連結一間較小的房間，而且正中央又有通往下方的樓梯。也就是說樓梯前方便是地下二樓了吧。從這種構造來看，就能知道桐人為什麼不到一分鐘就能突破地下一樓了。

靠近樓梯後，就發現旁邊設置著小小的立牌。上面以日文字手寫著「前方是圈外，要特別注意」。應該是為了不讓撿拾遺物的玩家不小心走下去的貼心提醒吧。

以道具來說，「立牌」算是壽命較長的一種了，但設置之後過了二十四小時耐久度還是會歸零然後消滅。豎立這塊立牌的玩家應該是花費自己的金錢來每天進行更換，但現在必須違背警告繼續往前進。

最後再次檢查全身裝備，以及腰包裡是否已經裝有實體化的藥水等物品，接著亞絲娜便慎重地走下微暗的階梯。

幸好階梯不是太長，短短二十階就來到地下二樓。一踏入跟上面一模一樣的小房間，眼前就浮現「Ｏｕｔｅｒ　Ｆｉｅｌｄ」的警告文字。接下來就是不受禁止犯罪指令保護的圈外。

由泛藍石頭形成的牆壁、到處是裂縫的地板都與地下一樓沒有什麼不同。但是肌膚觸碰到的冷空氣，以及地板透過鞋底傳上來的硬度——都讓人覺得和上一層有明顯的差異。

亞絲娜絕對不是首次單獨潛入迷宮。她曾經獨自潛入第一層的副迷宮與迷宮塔長達三四天，在裡面不停地戰鬥。跟那個時候比起來，亞絲娜確實變強了。

攻略這座迷宮的適當等級是12，而亞絲娜現在的等級是17。只要能克服靈魂系怪物，只是從主街區往下兩層樓的迷宮，就完全沒有讓她感到害怕的理由了。

甩開輕撫外露手腳肌膚的冷空氣後，亞絲娜往前邁開腳步。

由於小房間只有一個出口，所以先行鑽過該處，結果前方有一條長長的通道。左右兩邊的牆壁上交互存在著像是隨時要熄滅的火把與小門。雖然有照明是讓人鬆了口氣，但想到必須確認乍看之下至少有十扇以上的門就會覺得有點喪氣。

但是桐人如果是來尋找可能在這座迷宮裡面的亞魯戈，就可能不會趕路而尋遍所有的房間。因為只晚他幾分鐘而已，所以很可能在某扇門前方與他會合。

乾脆在這個地方用盡全力來大叫，說不定桐人就能夠聽見，但是這樣也會把怪物引過來。亞絲娜認為還是先老實地尋找，於是走向最靠近的門，先隔著生鏽的金屬探查後面的氣息之後才靜靜把門推開。

內部比通道更加陰暗，光源就只有立在正面牆壁凹陷處的幾根蠟燭而已。細長的房間裡雖然看不見怪物與玩家，但深處似乎放著一個長方形的箱子。如果是寶箱的話那實在相當大，亞絲娜邊這麼想邊凝眼注視，結果立刻發現那不是寶箱而是石棺。也難怪會有這種東西出現，因為這座迷宮本來就是古代的地下墓地。

因為確信靠過去把它打開絕對不會有好事發生，所以亞絲娜又靜靜把門關上。呼一聲吐出一口氣，來到下一扇門前慎重地把它打開。這裡果然也是收納棺材的納骨堂，確定沒有人影後就急忙關上門。

第三、第四扇門裡也是同樣的情況。邊想著桐人到底在哪裡邊打開第五扇門，接著亞絲娜就停下原本想立刻將其關閉的手。

深處的牆壁邊有一個發出朦朧光芒的東西。

那不是蠟燭光芒的反射。朦朧的白色光芒，和昨天晚上在卡魯魯茵的神殿遺跡到處尋找的光芒完全相同。看了一下自己的ＨＰ條，就發現眼睛符號的圖像依然亮著。在「BLINK &

BRINK」吃的藍莓塔，帶來的支援效果尚未消失。

這也就表示，那個白色光源是還沒被撿走的遺物。

「…………」

猶豫了一陣子後，亞絲娜才走進納骨堂。「發現遺物獎勵」的有效時間是六十分鐘，恐怕馬上就要消失了。實在沒辦法把這難得想盡最後一份力的支援效果白白浪費掉。

她躡手躡腳走過深十公尺左右的納骨堂來到牆壁邊。撿起在碎裂石縫當中閃閃發亮的物體，結果發現是一個古老的銀墜飾。在經過鑑定都不知道它有多少價值。於是亞絲娜就先將它收到腰包裡，當她準備離開房間的時候——

就聽見「喀哩」一聲某種重物摩擦的聲音。

喀哩、喀哩。從右側斷斷續續傳來搗石臼般的聲響。帶著極為討人厭的預感往旁邊瞄了一下。

亞絲娜「石臼般」的感覺並不是完全錯誤。音源是兩片互相摩擦的大石頭。也就是石棺的蓋子與本體。

「～～～～！」

亞絲娜拚命忍住悲鳴，然後從腰間拔出騎士細劍。

打開一半的石棺裡跳出帶著微微藍白色光芒的人影，同時還可以聽見冬季寒風一般的奇怪聲音。

外表和在「三十年的嘆息」裡登場的女孩亡靈十分相像。但決定性的差異是，人影頭上有著淡紅色浮標。ＨＰ條下面表示著「Mournful Wraith（淒厲死靈）」這樣的專有名詞。

它是怪物。是可以傷害亞絲娜的，帶有惡意的亡靈。

「咻喔喔喔喔喔喔喔喔……」

亡靈一邊迸發尖銳的叫聲，一邊張開雙臂飛了過來。雖然理解是數位檔案構成的怪物，但還是無法完全抑制恐懼，即使手裡握著劍，亞絲娜還是反射性往地面一踢，直接退到納骨堂右邊深處的牆壁邊。

當靴子踩上大石板的瞬間，就傳來某種「喀嘰」的細微感覺。

如果是平常的亞絲娜，就算沒有相關知識也會立刻感覺到異常，然後飛身而退。但這時她光是要抑制對亡靈的恐懼就已經用盡全部的心力，所以反應也跟著變慢。

當她驚覺的時候，石板已經變成了上下開關的門並且往正下方開啟。失去支撐的亞絲娜還來不及出聲，就掉進又窄又暗的洞穴當中。

首先想到的是有多少落差。

某方面來說，落下傷害比樓層魔王的特殊攻擊還要恐怖，不論是什麼樣的重戰士都可能因為它而立刻死亡。雖然會因為ＨＰ的量與筋力、敏捷力數值，以及掉落的地形而有所變化，但就算是等級17的亞絲娜，從十公尺以上的高度頭上腳下掉落到堅硬的地面時，也有立即死亡的危險。

洞穴相當狹窄可以說是不幸中的大幸，身體因此沒有反轉的空間。再來就只能相信高度不會太高，然後落地的時候要用雙腳好好站穩了。

離開洞穴的瞬間，就看到掉落的地點有著與二樓同樣的石頭地板。落差大概只有四公尺左右吧。為了擺出受身而放開右手的細劍，在靴底一接觸地板的剎那，亞絲娜就一邊彎下腳一邊將身體往後方翻滾。轉了兩圈後，背部撞上牆壁才停了下來。

雖然衝擊絕對不輕，但ＨＰ只減少了一成左右。她保持這樣的姿勢屏住呼吸，確定不會有其他狀況發生。

亞絲娜瞄了一眼天花板，發現陷阱門已經消失。也聽不見亡靈的嘆息聲了。她這才細長地吐出憋在胸口的氣息，然後重新思考起來。

原本認為已經克服對妖怪，不對，是靈魂系怪物的恐懼心，但忽然遭到襲擊就失去了冷靜，對於踩到陷阱的反應也變得遲鈍，老實說這實在太丟臉了。但重要的是不是懊悔犯錯，而是之後該如何彌補錯誤。必須確實掌握狀況，選擇出最佳的行動才行。

最優先的事項是從這座迷宮最底下的第三層回到第二層。首先就從確認周圍開始做起。

亞絲娜緩緩站起來，為了回收掉落時放開的騎士細劍而環視周圍。

銀色細劍就掉落在短短兩公尺外的地方。

但是，除了劍之外，同一個地點也存在其他東西。

那是身高只有五十公分左右，有著藍色肌膚的人形生物。讓人聯想起齧齒類的尖鼻頭兩側，顯得特別大的黃色眼睛正發出銳利光芒。

小型怪物以牠的眼睛往上看著亞絲娜，像是在嘲笑她一般發出「嘰嘰」的聲音。然後把比自己還要高的騎士細劍挾在腋下，以難以置信的速度逃走。

「等……等等！」

雖然這麼大叫，但沒有強盜聽見這種話還會停下來等待。小生物迅速融化在黑暗當中，亞絲娜視界裡只殘留著「Sly Shrewman（狡猾老鼠人）」這樣的專有名詞浮標。

距離要是繼續被拉開，等浮標完全消失，恐怕就找不到自己的劍了。

瞬間做出這樣的判斷，亞絲娜也猛然奔跑起來。

一邊衝刺一邊迅速確認周圍的地形，就發現這裡與其說是人工的遺跡，倒不如說是天然的洞窟。光源就只有貼在岩石表面的發光蘚，這樣就連前方不遠處的地面都無法看清楚。雖然為了避免翻倒就要從道具欄裡拿出火把來點上，但在全力奔跑當中根本無法辦到。只能在內心祈求凹凸不平又潮濕的地面不要背叛自己，然後埋著頭往前衝了。

託數天前再次與裁縫技能替換的奔馳技能的福，數十秒後，從前方的暗處看見了小小剪影。名為狡猾老鼠人的小生物，一瞬間又回過頭來發出「嘰嘰」的聲音，但這次已經稍微可以感覺到焦躁。

「……別想逃走……！」

以只有老鼠人能聽見的音量這麼叫完，亞絲娜就把身體前傾到極限。她伸長了右手，想抓住臭小偷在眼前輕輕搖晃的尾巴。指尖先擦過尾巴的前端，然後稍微觸碰到——就在第三次快要緊緊將其抓住之前——

右腳就啪嚓一聲踩進水窪裡。

靴子底部失去抓地力，亞絲娜的身體快速往前翻滾。雖然好不容易避開臉龐撞向地面的下場，但再轉了半圈後就一屁股坐到了水窪上。先是濺起一大片水花，接著後面的老鼠人也就落荒而逃了。

淡粉紅色浮標無聲地消失在視界當中。只有冰冷的水滲透裙子的不快感殘留在亞絲娜身上。

整整花了十五秒的時間，才好不容易能再次站起來。

在皮革裙裙角與髮尾滴著水滴的情況下，踩著沉重腳步移動到牆壁邊。找到乾燥的地面後慢慢滑坐了下去，然後抱住兩腳的膝蓋。

失去了劍……作為這個世界生命線的主武器，寄宿著最初的愛劍風花劍靈魂的騎士細劍＋5。

這樣的不安與失望不停在腦袋裡反覆著，阻礙了亞絲娜的思考能力。明明需要盡快打起精神並採取最適當的行動，但是腦袋中心卻像是麻痺了一樣沉重，連應該想些什麼都不知道了。

在黑暗中緩緩動著右手，在身體右側摸索著。但指尖碰到的全是冰冷的岩石表面，找不到至今為止都會在那個地方的搭檔。

沒錯……如果桐人能在身邊的話，應該就會做出該怎麼做的適切指示了。應該會以亞絲娜想都沒想過的手段找到那隻老鼠人，幫忙取回她的劍。

「桐人……」

雖然以呢喃聲叫著這個名字，但是沒有得到回答。亞絲娜抬起頭，仰望發光蘚朦朧照耀出的洞窟頂端。桐人應該就在那個後面，也就是地下二樓的某個地方才對。以直線距離來看，可能離不到數十公尺。

亞絲娜胸口吸滿了的空氣，想用盡全力呼叫搭檔。

張開成「桐」形的嘴巴，現在正不停震動著。

想要放聲大叫。想像個小孩子一樣盡情大哭，然後數次狂吼桐人的名字。這樣的話他就會從某處出現，像使用魔法一樣解救自己脫離這個絕境，現在的亞絲娜就是想倚賴這個可能性。

但是，這裡是第五層主街區卡魯魯茵的地下墓地迷宮最下層的地下三樓。也就是說，十二月二十九日的現在，這裡就是名符其實的最前線。應該會出現比所有已知怪物更加強力的敵人，在沒有武器的情況下大叫而吸引怪物過來的話，完全就是自殺行為。

亞絲娜拉回右手，把它覆蓋在嘴巴上。拚命壓抑下想又哭又叫的衝動後，相對地雙眼就稍微滲出一些淚水。

好恐怖。覺得好害怕。想立刻回到城鎮裡。

持續潛入第一層迷宮區時，從未產生過這樣的恐懼感。認為將裝備與自身消耗到極限後，就那樣死亡也無所謂。

亞絲娜的裝備與能力值，都已經比當時強上許多。但是現在卻連站都站不起來，難道是因為變得膽小了？和桐人相遇並一起戰鬥的期間，喪失了獨自一人時的堅強嗎？

——不對。

不可能會這樣。過去的自己之所以沒有產生恐懼，只是因為當時根本處於自暴自棄的狀態。現在的自己之所以那麼害怕，完全是因為找到在這個世界活下去這個目標的緣故。

沒錯，今天也才剛找到新目標而已不是嗎？要變得跟桐人一樣強，抬頭挺胸地申請跟他成為朋友。為了這個目標，不能在這裡就放棄。絕對要利用他毫無保留地教導自己的知識來存活下去。

心裡下定這個決心的瞬間，耳朵深處就重新出現些許搭檔聲音的殘響。

桐人確實曾經提過類似的情況。那是在第二層裡，利用「道具完全實體化」按鍵幫忙將被強化詐欺奪走的風花劍取回之後的事情。

——在迷宮裡乍看之下相當安全的廣場使用「完全實體化」，讓所持物全部在腳邊實體化……但是其實那座迷宮裡，也會湧出撿拾道具的Ｍｏｂ。結果就從四面八方出現像電影小精靈裡頭的魔怪，這些怪物把地板上的道具裝進袋子裡後就逃走了……

——之後又花了五個小時把那層的魔怪全部幹掉，親手把道具全拿回來了……那個時候真的差點哭出來……

在桐人的追敘裡出現的「小魔怪」，應該就是剛才的尖鼠人了吧。他表示是從其他玩家那裡聽來的傳聞，但現在想起來一定是他本身的經歷。他也說撿拾道具Ｍｏｂ擁有「強奪」技能，所以道具所有權將即時轉移，因此再次使用「完全實體化」按鍵也無法將被奪走的東西取回。這樣的話，就算亞絲娜現在在這裡嘗試同樣的手段也沒用吧。想要取回騎士細劍，就只有打倒那隻老鼠人了。

「…………我一定要成功。」

在右手依然蓋住的嘴裡如此呢喃完，亞絲娜就悄悄把手移開。接著以左手手背揉了揉雙眼，抹去滲出的眼淚。

「狡猾老鼠人」的顏色浮標呈現相當淡的紅色。也就是說，戰鬥力本身和等級17的亞絲娜比起來可以說相當低。只要用單發劍技命中一擊，很可能就能打倒牠。

但是要辦到這一點，就得先要有武器。

亞絲娜打開視窗，移動到道具欄。以祈禱的心情按下道具劍的按鍵，然後只選擇細劍這個選項。

結果只有一個名稱隨著輕快的效果音浮現出來。

鋼鐵細劍。在第一層NPC商店裡大量購買，也不保養直接用壞就丟的一大堆劍裡，這就是最後一把了。雖然想著得找時間把它處分掉，但不知道為什麼就是一直放著。

亞絲娜觸碰道具名選擇讓它實體化後，視窗上就浮現出簡樸的木製劍鞘。

以左手抓住劍鞘並站了起來。然後用右手握住劍柄，緩緩將其抽出。

由於是細劍類裡幾乎是最低等的物品，所以劍身只散發暗沉的光輝，護手也只是單純的鐵板。但是現在這把武器，就是亞絲娜僅剩的最後生命線。

「……抱歉沒有好好愛護你。拜託……救救我吧。」

對著劍如此呢喃完，就再次將其收進劍鞘中，接著掛在左腰上。她又繼續操縱裝備人偶，將平常的兜帽斗篷與特別保留下來的絲質斗篷交換。接著又裝備上昨天在第四層的約費爾城獲得後就收起來的獎賞道具。

耳朵上是「波紋耳環」，有著小貝殼外形的它，是附帶聽覺支援效果的耳環。

雙腳上則是名為「騰躍之靴」的，附加了膝上襪的中筒靴。它帶有提升跳躍力以及減低腳步聲的支援效果。

以目前最強的裝備保護自己後，亞絲娜就看向老鼠人逃走的方向。

雖然很想主動去尋找那個傢伙，但移動的話當然就會遭遇新的怪物。從陷阱門落下，追著老鼠人衝刺到這個地方為止都沒有遇見其他敵人，這已經是奇蹟般的幸運了。

當然，繼續在這裡等待也無法期待那隻老鼠人會回來。但應該可以利用撿拾道具Ｍｏｂ的習性把牠給引出來才對。

亞絲娜再次叫出視窗的地圖標籤，仔細地確認周圍的地形。現在位置是在第三層南部，從陷阱洞穴到這裡為止標示出幾乎是一直線的狹窄通道。在亞絲娜一屁股坐上去的水窪附近，通路有稍微變寬一些，然後似乎在前方分為兩條路。不清楚老鼠人究竟逃到哪條通道裡。

關閉視窗的亞絲娜，從右腰的腰包裡拉出造成自己跌落陷阱洞穴遠因的銀墜飾。雖然不知道它有什麼效果，但現在就讓它負起作為誘餌的責任。

「……老鼠人撿拾細劍的時候，距離還不到兩公尺吧……」

這麼呢喃的亞絲娜，把墜飾丟進可恨的水窪當中。然後從在淺淺水底發出搖晃銀光的墜飾前，慎重地一步、一步退後，退到為了發動劍技所需的最小間距，也就是大概兩公尺左右的距離時就停下腳步。拔出左腰的鋼鐵細劍，等待著那個小偷被吸引過來的瞬間。

——但是。

「…………沒有過來耶……」

經過整整一分鐘，老鼠人還是沒現身。這樣的距離果然太近了嗎，還是作為誘餌的道具沒有足夠的價值呢？不對，根據桐人封測時期在迷宮裡使用「完全實體化」按鍵時的經驗，老鼠人是從四面八方冒出來，把他腳邊的所有道具都奪走了。也就是說，距離和價值都沒有關係。

當時的桐人和現在的亞絲娜有什麼不同之處呢？

拚命思考之後，她的眼光忽然落在右手的細劍上。桐人操作完按鍵之後，手上應該沒有拿劍才對。也就是說，是否在備戰態勢下等待對方嗎——

於是亞絲娜悄悄把鋼鐵細劍收回左腰的劍鞘裡。

結果幾秒鐘後，經過加成的聽覺就捕捉到啪噠噠噠的細微腳步聲。

————來了！

亞絲娜全身緊繃，讓自己處於隨時可以拔劍的狀態。雖然出現的不一定是奪走騎士細劍的個體，但關於這一點就只能希望幸運降臨了。

雖然感覺上腳步聲的主人這時已經靠近到十幾公尺左右的地方，但是對方就在該處停止移動。簡直就像感覺到亞絲娜銳利的視線一樣。

不對。

應該是真的感覺到了吧。現實世界的話，沒有物理上的方法能感覺到「視線」，但這個世界就不一樣了。系統能詳細掌握亞絲娜正看著什麼，說得更極端一點，亞絲娜所見的光景，根本是藉由系統傳送進她的腦部。因此系統也能自由自在地讓老鼠人感覺到亞絲娜的視線。

——我知道了。這樣的話……

下定決心後，亞絲娜當場緩緩轉向後方。從現在開始，就只能倚靠經過加成的聽覺了。她在兩耳前豎起雙手，將全部神經集中在背後的腳步聲上。

啪噠。啪噠啪噠。

亞絲娜視線移開的瞬間，腳步聲的主人就再次開始行動。以不規則的節奏靠近、停止，然後再靠近——就在聽見對方「啪嚓」一聲踏到水窪的瞬間——

「……！」

亞絲娜全速回過頭，拔出左腰上的細劍。

兩公尺前方，從水窪裡撿起墜飾的「狡猾老鼠人」正準備落荒而逃。

亞絲娜所學會的細劍用劍技當中，擁有最大射程距離的是突進技的「流星」，但它的準備動作複雜而且出招也慢。跟它比起來，還是用射程短但最為快速，而且能確實發動的基本技才對——！

亞絲娜的右手以重複過無數次，身體早已習慣的動作將細劍往後拉。劍尖出現銀色光芒包裹住所有劍身。系統輔助開始運作的同時，她自己也踢向地面來加快動作。

「咻鏘————！」的清澈效果音響起，單發下段刺擊「傾斜突刺」撕裂洞窟的黑暗。感覺像是慢動作的視界當中，發出白色光芒的劍尖迫近逃走的老鼠人背部，接觸後微微地穿透過去。

光是這樣，就足以讓浮標的ＨＰ剛好歸零了。隨著脆弱的效果音以及「嘰咿咿！」的簡短悲鳴，小小的人形剪影化成了無數的碎片並飛散。

在亞絲娜著地並站起來的同時，視界裡也顯示著獲得的經驗值、珂爾以及掉落的道具。經驗值以及金錢都沒什麼大不了，重要的是掉寶。「尖鼠的尾巴」、「氣球香菇」，以及亞絲娜掉落的『未知項鍊』。就只有這些了。

「…………………唉……」

雖然不可避免地嘆了口氣，但不能夠就此放棄。雖然不知道這個區域裡會同時湧出幾隻「狡猾老鼠人」，但只要用同樣的方法把牠們全部幹掉，總是會取回自己的細劍才對。

亞絲娜用力挺直背桿，再次從道具欄裡將墜飾實體化。然後把它丟在水窪裡，接著收劍向後轉。

接下來的十五分鐘，亞絲娜又引誘了三隻老鼠人，並且一擊將其打倒。但是掉落的道具都是尾巴與香菇，連個騎士細劍的「騎」字都沒有出現。而且第三隻還像是要調侃亞絲娜一樣，身上竟然還有「揉成一團的紙屑」這樣的物品。

「咕唔唔…………」

亞絲娜緊緊咬住牙根，接著把紙屑實體化。為了全力把抓起的紙屑丟出去而擺出上肩投球的動作。

但是在她快要揮落手臂之前——

「唔唔…………唔？」

動作就倏然停止，並且把紙屑拿到臉前面。抓住的時候，感覺紙上好像寫了些什麼。亞絲娜隨即為了不弄破揉成一團的羊皮紙，用指尖仔細地把它打開。

結果A５大小的紙片上，雖然只有一行，但確實寫了些什麼。只是洞窟裡實在太暗了，根本無法看清楚內容。雖然試著靠近牆壁上的發光蘚，但光度還是不足。覺得自己實在太蠢而再次準備把紙揉成一團時，忽然想到這個時候桐人絕對會追根究柢吧。為了壓抑再次爆昇的焦躁感，亞絲娜試著以右拳抵住嘴角。最後心情終於冷靜下來，「呼——」一聲呼出長長一口氣。

結果——

手邊出現些許溫暖光芒，讓亞絲娜瞪大了眼睛。

急忙翻轉過右手，就發現戴在中指上戒指的石頭，正發出輕微……但是確實的光芒。亞絲娜耳朵深處又響起桐人說過的話。

——那算滿方便的，妳就裝備上去吧。

也就是說，這就是戒指被設定的「燭光」所帶來的屬性效果。對它呼氣就會發出微光，這的確有點，不對，在這種情況下可以說是非常方便。

在心裡對自己應該也想要，但還是很乾脆就讓給自己的搭檔呢喃了一句「謝謝」，接著亞絲娜就拿著左手的羊皮紙靠近戒指的光芒。這次雖然還是有一部分不清楚，但確實可以看見手寫的文字。

「29、22：00、B3F（181，203）」。

「…………這是什麼？」

亞絲娜歪著頭這麼低聲說著。如果是任務的起始道具，那麼在閱讀的同時記錄也會更新，但也沒有出現這種情況。也就是說，這是玩家寫完後揉成一團丟掉的紙嘍？而老鼠人把它撿起來，小心翼翼地保存著？

22：00應該是晚上十點吧。這樣的話，29就是二十九日，B3F是地下三樓了。但是之後括弧裡的數字就完全不清楚代表什麼意思了。正在仔細端詳的時候，戒指的光芒就消失了，於是亞絲娜又吹了一口氣。將羊皮紙靠近再次亮起的光線，就注意到只有分隔括號中數字的不是頓號而是逗號。

這時終於靈機一動的亞絲娜再次自言自語著：

「這是……座標？」

她打開視窗，再次叫出地下三樓的地圖。依然有大部分是反白的地圖就出現在眼前，碰了一下標示自己的浮標後，隨即出現名字與現在位置的座標。數字是（181，235）。

SAO的座標表示是以公尺為單位，由於左上角是原點，所以亞絲娜所在的位置是從迷宮的左上（西北）往右（東）一百八十一公尺，往下（南）兩百三十五公尺的地方。目視後得知迷宮是大約三百公尺的四方形，所以現在位置是地下墓地三樓的右下偏中央。而謎樣紙條所標示的座標，X軸的數字與現在完全相同，所以是在從這個地方往北走短短三十公尺的地點。

雖然推測出這些事實，問題是這紙條到底是什麼東西——還有為什麼老鼠人身上會有這種東西。

亞絲娜再次對燭光戒指吹氣並且把紙條靠近。仔細檢查手寫的文字後，又有了新的發現。顯示Y軸座標的「203」裡，只有2這個數字特別雜亂。看來是一開始沒寫好，又從上面加以修正的結果，有的人可能會把它看成3。SAO裡以羽毛筆在羊皮紙上寫字需要一點訣竅，不習慣或者比較笨拙一點的玩家都可能會出錯。

「……也就是說，寫這張紙的玩家雖然犯錯了還是試著強行加以修改，但依然不成功所以就把它揉一揉丟掉……是這樣嗎？然後老鼠人把它撿起來……？」

雖然回答亞絲娜問題的搭檔不在身邊，但她還是認為這就是正確答案了。

再來就是這個座標究竟標示了什麼。

特別改正沒寫好的地方，但依然無法接受而把它扔掉又寫在新的羊皮紙上，從這一點來看就知道不是自己用的筆記。再從指定日期時間來看，很可能是為了告訴某個人見面的時間與地點所寫的信。

但就算是這樣，還是有問題沒解決。

為什麼要特別寫在羊皮紙上呢？這個世界裡有即時訊息這種方便的聯絡手段。寫錯的話只要用退格鍵就能不斷重複修改，然後按下傳送鍵就能傳給對方。沒有這麼做的理由——難道是因為這是情書？不對，這種冰冷的文字不可能是情書。

亞絲娜瞄了一眼依然開著的視窗，確認現在的時間。二十九日，二十一點四十五分。

「……只差十五分鐘，而且只有短短三十公尺……」

像說藉口給自己聽一樣再次這麼呢喃完，亞絲娜就把羊皮紙收進道具欄裡。

暫時停止引誘小偷並加以殲滅的作戰，在開啟著地圖的情況下開始往北邊走。

走了二十五公尺左右的亞絲娜幸好沒有遭遇新的怪物，這時前方開始可以聽見細微的水聲。定眼凝神一看之下，似乎是一間小房間。圓滾滾的鐘乳石就像板凳一樣從地面往上長，水源從東側的牆壁上流出後形成一處小小的湧泉。忽然覺得口渴的亞絲娜，雖然很想跑過去在杯子裡接滿泉水並且一口氣喝乾，但還是盡力忍耐了下來。

再次確認現在位置的座標，發現是（181，230）。那個小房間一定就是書寫謎樣紙條的人與收件者碰面的地方了。亞絲娜環視四周，發現前方稍遠處的牆壁上剛好有一處適合的凹陷，結果身體果然可以躲在裡面。

……這樣要是一對在交往的人來到這裡，我就完全變成偷窺狂了……

一這麼想，就浮現自己到底在幹什麼的感覺，但事到如今也只能等下去了。亞絲娜把右手的鋼鐵細劍收回劍鞘，專心地與岩壁成為一體。如果有基滋梅爾裝備在身上的那件「隱蔽率95％」的透明化披風，或者至少鍛鍊過隱蔽技能的話……在胡思亂想當中十分鐘很快過去，時間距離二十二點只剩下三分鐘。

亞絲娜消除視窗，將絲質斗篷的兜帽深深蓋住頭部後，隨即豎起耳朵。

過了一分鐘左右，就可以聽見細微的腳步聲。和狡猾老鼠人啪噠啪噠的腳步聲完全不同，是堅固靴底踏穩洞窟岩盤的聲音。這無疑是來自於玩家的腳步聲。

腳步聲果然不出所料地在湧泉的小房間裡停下來。等待了一會兒，亞絲娜慎重地從凹陷處探出頭，窺探著五公尺外的小房間。

由於來訪者沒有攜帶照明，所以光源就只有牆壁上的發光蘚。但小房間的蘚比通道還要多，所以大致上可以看見人影。

只知道來者是嬌小且瘦削的體形。從頭到腳都以兜帽斗篷遮蓋住。由於沒有武器突出來的剪影，所以對方不是非武裝就是使用匕首般的小型武器吧。將視線聚集在對方身上，隨即就浮現出顏色浮標，但能知道的就只有浮標是綠色，以及HP幾乎沒有減少這兩件事。

既然是單獨潛入地下墓地第三層，所以很可能是攻略集團裡的某個人，但光靠罩著斗篷的模樣無法特定對方的名字。如果是認識的人就能拜託對方幫忙自己離開這裡了啊，當亞絲娜邊這麼想邊持續眺望著，耳朵就又聽見新的腳步聲。

幾秒鐘後，第二名玩家從北側的通道進入小房間裡。這個人雖然也罩著兜帽斗篷，但左腰上應該是裝備了單手劍。

第一個人伸出左手，伸出三根手指打了個類似「弗萊明左手定律」的手勢後，第二個人也以同樣的動作來回應他。全身用斗篷遮住，並且以手勢互相確認身分的行為怎麼看都很可疑。至少可以確認不是戀人之間的約會，而亞絲娜也實在沒有主動向他們搭話的意願。

心臟突然開始急遽跳動，於是亞絲娜用右手按住胸口。注意到自己不知不覺間變得極為緊張，於是吞了一大口口水。吞嚥的聲音在腦袋裡顯得特別大聲，讓她不由得稍微繃緊身體。

但是心臟與喉嚨的聲音當然不可能傳到距離五公尺以上的兩名黑斗篷耳裡，只見他們面對面坐在牆壁邊的鐘乳石上。後到的人率先說出第一句話：

「你好你好～今天來得很早嘛～讓你久等了嗎～？」

沒有一絲緊張感的口氣與發言，差點讓亞絲娜整個人跪下去。手撐在牆壁上撐住身體後，就繼續偷聽兩人的談話。

「是沒等多久啦，但是要來這裡真的很麻煩。」

雖然覺得首先到達者如此回答的尖銳聲音似乎在什麼地方聽過，但因為斗篷而變得有些模糊，所以無法確認。目前大概只知道來的兩個人都是男性。

「然後要說到麻煩，手寫碰面的紙條也很煩人。我實在不太會用那種筆，我看傳訊息就可以了吧。」

「不行不行喲～履歷會留在訊息一覽的地方啦。」

第二個人以開朗的口氣說著可疑的內容。看來那就是亞絲娜想不出來的，不使用即時訊息的理由了吧。

「因為我現在讓自己和哪個公會都沒有關係來等待風頭過去。要是被人發現我們互傳訊息聯絡，我的辛苦就都白費了。」

「是是是，知道了。」

光聽說話方式的話，第一個人地位似乎比說話語調輕薄卻客氣的第二個人還要高，但是實際的印象卻完全相反。這時第二個人稍微壓低聲音呢喃著：

「……為了慎重起見還是問一下，你確認過沒有人跟蹤了吧？」

「就是為了這樣才特別潛到這樣的地底來吧。隱蔽技能對第二層的靈魂系怪物沒有用，有人跟著我的話絕對會被發現啦。」

「嗯，說得也是啦～那麼，馬上進入主題吧……之前那件事，現在怎麼樣了？」

第二個人一邊打開視窗一邊如此詢問。從出現全息圖鍵盤來看，應該是在做筆記吧。

「嗯～很順利。我們家的主力不會參加後天的共同倒數活動，準備一口氣突破迷宮區。」

——倒數？

邊豎起耳朵邊皺起眉頭的亞絲娜，一會兒後才注意到。後天就是十二月三十一日，也就是除夕夜。就算舉行新年的倒數活動也不是什麼不可思議的事。

但問題是在那句話的後半段。突破迷宮區，也就是打倒樓層魔王，而艾恩葛朗特裡只存在兩個能夠辦到這一點的集團。就是凜德率領的DKB，以及牙王率領的ALS。這也就表示，聲音尖銳的第一個人是這兩大公會其中之一的成員。

但是，公會的行動計畫應該是最重要的機密情報才對。他竟然與第二個應該是外人的男人在這種地方密會，然後透露給他知道——這就是說……

「…………間諜……？」

不發出聲音而這麼呢喃完，亞絲娜就咬住嘴唇。

首先想到的是，應該是DKB或者ALS成員的第一名矮小黑斗篷，對可能是ALS或者

ＤＫＢ成員的第二名單手劍使透露自己公會的情報。但從發言聽起來，第二個人似乎又不是兩大公會的成員。

但是，除了他們之外，還會有人願意做出如此麻煩的事情也想要獲得兩大公會的內部情報嗎？要說到第三勢力，率先想起來的就是雙手斧使艾基爾所率領的「大叔軍團」了，但那個集團裡沒有單手劍使，而且根本沒有派遣間諜的理由。第五層開通後不久就在第四層扮起商人的艾基爾，實在不像隱藏著想超越ＤＫＢ或者ＡＬＳ的企圖。

剩下來的就是在第二層極為活躍，但詐欺行為遭到揭露，於是脫離攻略集團的「傳說勇者」了，但為了賠償而交出所有高等級強化裝備的他們，事到如今應該不會再做出如此迂迴的手段了吧。說起來想到詐欺方法的並不是傳說勇者的成員，而是在酒店裡告訴他們應該怎麼做的謎樣黑色雨衣男——……

「————！」

思考到這裡的瞬間，亞絲娜差點發出聲音，使得她必須用盡全力咬緊牙根。

耳朵深處又浮現桐人昨天說過的話。

——說不定有三四個人，甚至是規模比這個大的ＰＫ集團存在於艾恩葛朗特裡……

是「那個」嗎？以聲音尖銳的黑斗篷作為間諜，藉此獲得大公會情報的單手劍使，是桐人戒慎恐懼其存在的ＰＫ集團成員……？

如果是這樣。亞絲娜現在就處身於比自己所想像的還要危險許多的狀況當中。

雖然從剛才開始就感到緊張，但那是因為偷聽他人的祕密，假如被發現了也只是會覺得尷尬而已。她心裡覺得，想辦法把事情矇混過去並且道歉的話，甚至可以請對方幫忙自己脫離地下第三層。

但是，如果他們是ＰＫ——也就是會殺害玩家的人。那麼特別跑到迷宮底部進行重要接觸的現場被目擊到時，會做出什麼樣的行為來彌補錯誤呢。是威脅？收買對方？還是——

全身變得像冰塊一樣冷，而且無法動彈的亞絲娜，耳朵裡依然傳來兩個人毫無緊張感的聲音。

「嗯嗯，很不錯嘛。小牙和小凜在第三層和第四層裡最後都有點退縮了。不在這裡讓他們爆發衝突的話就太無聊了。」

「別說得好像很簡單。在公會會議上不著痕跡地誘導發展，可是相當累人耶。」

「我知道喲～但是為了辦到這一點，頭兒不是確實幫我們鍛鍊了超——酷的說話技巧了嗎？」

「是啦～感覺最近終於可以看出，大概可以講多少話才不會被覺得煩了。」

「啊哈哈～關於這一點，我已經放棄了～」

「你說的話確實已經超越煩人了。」

以壓抑的聲音互相笑了一陣子後，第一個人就靈巧地盤坐在鐘乳石上，然後晃動嬌小的身體。

「不過，依然看不出頭兒的想法耶。雖然知道他想做些什麼，但總覺得動作有點慢吞吞……我覺得應該可以用更直接一點的方法……」

「啊哈，現在還只是在播種階段喲～太急躁的話，歡樂的祭典也會一下子就結束嘍～」

「我知道啦，享受這個過程，對吧？」

「對對對。」

一邊聽著兩個人竊笑著這麼說道，亞絲娜一邊感覺自己背後已經流出冷汗。

頭兒。這應該是指地位在兩人之上的領袖吧。如果是的話，說不定就是那個唆使傳說勇者的黑色雨衣男。

桐人擔心的事情果然成真了。現在這個時間點，至少存在三名PK集團的成員……而且他們進行的不是自己襲擊玩家，而是企圖擾亂、誘導其他玩家或者公會發生衝突的「煽動PK」。

但是，為什麼呢？

昨天也產生過的巨大疑問，再次從亞絲娜胸中往上湧。

讓DKB與ALS反目成仇，在攻略集團裡撒下混亂與紛爭的種子，這對他們有什麼好處？有什麼利益是足以跟脫離這個死亡遊戲交換的呢？

如果右手上有騎士細劍的話，就會想乾脆從藏身之處衝出去，直接拿劍逼問他們。想對他們說「你們到底在想些什麼」。

這一瞬間的衝動，讓虛擬角色的重心稍微往前傾。

身體略微失去平衡，右腳跟著往前踏出幾公分。雖然光是這樣身體就穩定下來了，但腳尖卻剛好踢中掉在附近的小石子。

喀、喀。

當這道細微的聲音在洞窟內迴響的瞬間，五公尺外小房間裡的竊笑聲就倏然停止。亞絲娜立刻把身體縮回去，把背緊貼在凹陷處。

「…………剛才是不是有什麼聲音？」

第一個人回答了單手劍使的呢喃。

「嗯……可能是雜兵湧出來了吧？」

「那不是湧出的聲音喲～……那邊的通道是什麼情形？」

「是一條筆直的道路，大概延伸六十公尺左右就到盡頭了。有人進來的話，就會看到浮標，所以一定會注意到。」

「嗯……雖說只有一條路，但像這種天然迷宮，還是會有適合躲藏的凹陷處喲。如果剛才的祕密被誰聽到的話會很糟糕喲～」

糟糕，會過來調查。即使這麼黑暗，來到前面的話絕對會被發現。一旦開始戰鬥，只有初期裝備的鋼鐵細劍絕對無法獲勝。

快點想辦法。有時間想像最糟糕的情況，倒不如思考該如何度過眼前的難關。

零點幾秒當中，亞絲娜腦袋裡就爆出幾道類似火花般的思緒，並且有了辦法的雛型。

亞絲娜右手一閃，就從腰包裡拿出黑斗篷沒有寫好的羊皮紙紙條。迅速揉成一團，然後悄悄丟在腳邊。「揉成一團的紙屑」幾乎沒有發出任何聲音就滾落在地面。

亞絲娜迅速後退，開始祈求。快點、快點、快點、快點過來——！

「……我還是過去檢查一下。」

那是單手劍使的聲音。先是站起來的氣息。靴子踩著潮濕地面的腳步聲逐漸靠近。一步、兩步、三步。這個時候——

「哦哇！這傢伙是什麼啊！」

第一個人的叫聲和「嘰嘰」的齧齒類鳴叫聲重疊在一起。對亞絲娜丟出的紙團產生反應的「狡猾老鼠人」，應該是從另一側的通道跑進湧泉小房間了吧。

「喂，別到處亂竄啊！」

第一個人叫嚷著，單手劍使則笑著說：

「啊哈哈～請把那邊的出口擋起來吧～」

先是鏘一聲拔劍的聲音，接著是發動劍技的聲音。通道一瞬間迸出藍色閃光，然後響起老鼠人的悲鳴。

「哎呀哎呀，真是會給人找麻煩的老鼠男。剛才應該也是這傢伙的腳步聲吧～」

聽見收劍的聲音後，亞絲娜才細長地吐出憋在胸口的氣。接著靜靜彎下身子，撿起腳邊的紙屑。這段期間，黑斗篷們的對話依然持續著。

「這群可惡的撿拾者……封測的時候也有這些傢伙出現嗎？」

「還用說嗎，武器不小心掉了的話就不得了了。不過打倒之後，偶爾可以撿到其他玩家的武器而大賺一筆喲……咦，哎呀哎呀？話才剛說完，好像有什麼東西掉下來嘍～」

一聽見單手劍使這麼說的瞬間，就有一股不祥的預感在亞絲娜嘴裡擴散開來。

道具實體化的聲音和短劍使的歡呼聲重疊在一起。

「喔喔，真的假的！好像是超稀有的細劍耶！」

他們對話的意思經過數秒的延遲後滲透到意識的瞬間，亞絲娜就感覺全身的血液都變冰了。

不會吧，那怎麼可能，雖然重複在心裡這麼念著，但除此之外就沒有其他的解釋了。亞絲娜為了脫離困境而用紙屑吸引過來的老鼠人，正是一開始那隻撿走她騎士細劍的個體。而黑斗篷們打倒了牠，細劍就變成了掉寶。

不情不願地承認這個事實後，亞絲娜腦袋裡想的是，這種時候道具所有權與裝備權是怎麼判定。在第二層遇上強化詐欺騷動時，桐人教給自己的情報瞬時隨著他的聲音重新復甦。

——掉落的武器被撿走或者直接交給別人，裝備人偶的武器欄就會變成空欄。就像剛才亞絲娜把風花劍交給鐵匠時一樣。

——重要的是就算武器欄像這樣變空，乍看之下似乎沒有任何裝備……其實韌煉之劍的「裝備者情報」並沒有被消除。這所謂的裝備權呢，比一般的道具所有權受到更強力的保護。比如說我把沒有裝備的武器從道具欄裡拿出來並交給亞絲娜，我對那件武器的所有權就只有三百秒……也就是五分鐘就會被清除，接下來在進入其他人道具欄的瞬間，就會變成那個人的所有物。但是裝備中道具的權利持續時間就相當長了。要在放置或者交付狀態經過三千六百秒之後，或者同一隻手裝備上下一把武器的時候才會被清除。

同一隻手裝備上下一把武器的時候。

這句話就像閃電一樣打中亞絲娜的意識。騎士細劍被撿走之後，亞絲娜已經把殘留在道具欄裡的鋼鐵細劍裝備到右手上。那個瞬間，騎士細劍的裝備者所有權已經被清除。

不對，在那之前，老鼠人擁有「強奪」技能，物品被撿走的時間點所有權很可能就已經消滅了。而黑斗篷的單手劍使又打倒了那隻老鼠人，所以掉寶的騎士細劍所有權怎麼想都是屬於他了。

被絕望打垮，整個人靠在岩壁上的亞絲娜，耳朵又聽見黑斗篷一號尖銳的鼓譟聲。

「嘿，讓我拿一下吧……唔喔，好重！能力是…………哇咿，真的假的！這ＡＴＫ是怎麼回事！跟還不錯的兩手武器一樣了嘛！」

「咦，是真的嗎～」

「喂喂，反應太淡薄了吧。你沒興趣的話就給我吧！」

「咦～但你不是短劍使嗎～筋力真的足夠嗎～？」

「能使用這把劍的話，轉職成細劍使也無所謂啦！名字是……武士細劍嗎～很拉風嘛！」

「請看仔細一點，是騎士喲～」

「名字不重要啦！喔喔，已經強化成＋５了耶！」

亞絲娜忍耐著蓋住雙耳蹲下來的衝動，繼續聽著黑斗篷們的對話。

因為自己的不小心而踩到陷阱，掉落最為重要的主武器，結果又被怪物撿走，因為失去怪物蹤跡而又讓牠被其他玩家打倒了，這個時候也沒辦法再主張所有權。這些亞絲娜都很清楚。

但是，無論如何都沒辦法就這樣放棄。

被屬於ＰＫ集團的他們使用的話，騎士細劍有一天可能會殺害玩家……不對，應該說是殺人。這一點是自己絕對無法接受的。

就從躲藏的地點現身，然後拜託他們讓自己買下細劍吧。就算被他們發現自己偷聽的事實，為了保持祕密而舉劍相向也無所謂。

這麼下定決心後，亞絲娜就為了聚集全身的勇氣而不斷地深呼吸。她稍微從凹陷處探出頭，凝視著背對這邊的黑斗篷們，以及握在其中之一手上的愛劍。當她把力量集中在因為緊張與恐懼而不停顫抖的腳上，準備往通道踏出腳步的時候——

湧泉小房間的另一側，通往迷宮北側的通道黑暗處就像水面般開始搖晃，然後有一道身穿黑衣的人影無聲地滲出。

「喔啊？」

依然拿著細劍的短劍使發出怪聲，單手劍使則迅速擺出備戰姿勢。但是黑斗篷們的動作幾乎無法映入亞絲娜眼中。

新出現的第三個人身上那件黑色皮革大衣。斜背在背上那把造型優美的長劍。那雙在略長黑髮下露出銳利光芒，比黑暗還要濃厚的眼睛。那種模樣烙印在虛擬的視網膜上，讓她完全無法眨眼。

「……哎呀哎呀……」

第二名黑斗篷以口氣依然輕挑，但溫度略為下降的聲音這麼說道：

「還是一樣會在奇怪的地方碰到你耶。」

接著第一個人也憤怒地聳起肩膀，似乎想大叫些什麼，但第二個人迅速用右手手背敲了敲他的胸口讓他安靜下來。第一個人像是要遮住搭檔的身影般往前走之後，就以更加嚴厲的聲音質問：

「可以問你一件事嗎～……你到底從什麼時候就待在那裡了？」

「剛剛才來的喲。因為聽見你們說話的聲音。」

這時候一身黑的劍士終於開口，而一聽見那不知不覺間已經熟悉的聲音，亞絲娜就快要全身脫力而癱坐到地上。但是，現在不是放鬆的時候。按照情況的發展，必須從藏身處衝出來給搭檔提供援護才行。

「哎呀～這可真是糟糕。原本認為是用傳不到主要通道的音量在說話，看來是因為稀有武器的掉寶而太興奮了，啊哈哈～」

「關於那把稀有武器……剛才你們說了騎士細劍＋5對吧？我沒聽錯吧？」

「嘿～竟然聽一次就記住了耶。這把武器怎麼樣了嗎～……？」

面對以演戲般動作張開雙手的黑斗篷二號，同樣是黑衣的單手劍使也以更加冰冷的聲音回答：

「那把細劍，是我搭檔裝備的武器。」

下一刻，一號又有了很大的身體動作，而二號趕緊又塞住他的嘴巴。似乎無論如何都不想讓一號出聲。

確認伙伴雖然露出心不甘情不願的表情但還是安靜下來後，二號再次以誇張的動作歪著頭說：

「哦～～是這樣啊～這是剛才從拾物Ｍｏｂ身上掉下來的寶物～你的意思就是說，這是你朋友的武器，要我們還給你嘍？」

「沒有，我不會找這種麻煩。不過……我無法判斷你的話是真是假。」

黑髮劍士右腳稍微往前之後，又以沉穩但冰冷到極點的聲音說：

「你也有可能對我的搭檔使出單挑ＰＫ的手段來獲得這把劍吧，摩魯特？」

被叫出名字的黑斗篷二號，隨即緩緩抬起左手把兜帽撥下。從底下露出來的，是邊緣綻開的鎖子頭罩。垂下來的鎖鏈輕聲晃動著，然後他便發出明顯與剛才質感完全不同的笑聲。

「啊哈……原來如此。來這招嗎？就像我在第三層時對你所做的那樣嗎……桐人先生？」

雙方叫出對方名字的瞬間，亞絲娜便感覺到洞窟的空氣變得極為緊繃。明明兩個人都沒有拔出武器，卻好像能看見兩人之間爆出交手的火花。

摩魯特。

這樣的話，那個鎖子頭罩男，就是在第三層對桐人提出半損勝負模式的單挑，在ＨＰ半損之前讓他受到特大傷害，想藉此殺害他的「單挑ＰＫｅｒ」。

黑大衣與黑斗篷的單手劍使，就這樣默默地對峙了一陣子。就連那個吵雜的短劍使，都像是被氣氛震攝住一樣慢慢往後退。

亞絲娜依然處於與桐人組隊的狀態，因此他的左上角應該還表示著亞絲娜仍剩下九成左右的HP條才對。也就是說，剛才那句「也有可能對我的搭檔使出單挑PK的手段來獲得這把劍」，完全是在虛張聲勢，但是他全身卻又散發出不像是這樣的壓力。另一方面，摩魯特也散發出只能用殺氣來形容的刀刃般氣息，而且連退都沒有退一步。

亞絲娜確信只要有哪一邊拔劍，那個瞬間戰鬥就會開始了。由於不是單挑，所以攻擊最先命中對方的人浮標會變成表示犯罪者的橘色，在恢復成綠色前都無法進入城鎮。但他們兩個人應該都知道這件事吧。互相都認為對方是即使受到這種沉重的懲罰也要打倒的對手。

但是——

Sword Art Online刀劍神域在創造者茅場晶彥的改造下，已經不再是尋常的遊戲世界了。它變成HP歸零的話就連玩家本身生命也會消逝的，冷酷無情的死亡遊戲。所以PK也就是真正的殺人行為。

不能讓桐人在這種由亞絲娜的失誤所造成的情況下弄髒了手。

得想辦法在戰鬥開始前解決眼前的事態才行。

為了達成這個目的，能做的恐怕就只有一件事了。就是以戰鬥之外的手段，取回黑斗篷一

號拿在手上的騎士細劍。這樣的話桐人和摩魯特就會先失去攻擊的理由，看過細劍突出性能的摩魯特他們，應該會對二對二的戰鬥感到猶豫才對。

背對著這邊的一號，沒有注意到亞絲娜的存在。如果這裡是現實世界的話，或許可以從後面偷偷靠近把它給搶過來，但不確定這個世界裡能不能用這種強硬的手段來奪取道具。而且單純搶過來的話，系統上的所有權還是會留在摩魯特身上。

沒錯……浮遊城艾恩葛朗特，是被現實世界不存在的遊戲系統這個絕對法則所支配。要了解這個系統，並且利用它。這就是在這個世界活下去最為重要的一件事。

怎麼做才能完全取回騎士細劍呢？

首先是要物理上回收道具，之後重置所有權。除此之外就沒有別的辦法。但要做到這一點，就必須在三百秒內持續擁有道具。在這種狀況下，這會是一段極為漫長的時間，而且要從一號手上把細劍搶過來也絕不容易。

持續拚命思考著的亞絲娜，右眼以及右耳……

同時捕捉到兩個事象。

右眼看到的是，黑斗篷一號的左手在斗篷底下觸碰左腰的武器。

右耳聽見的是，通道的南側——亞絲娜從二樓掉下來的方向，正傳出「咻哇」的細微湧出音。

　這兩件事在她腦裡產生化學反應，然後導出了一個作戰。雖然不確定能否成功而且有危險性，但這個時候已經想不出除此之外的方法了。

　無言對峙著的桐人與摩魯特似乎正互相探查對方的態度，但這樣下去的話，看起來沒什麼耐性的一號將會搶先爆發吧。到了那個時候就無法停止戰鬥了。亞絲娜想行動的話，就只有現在這個時候。

　在胸口吸進滿滿的冷空氣並且憋住。

　黑斗篷一號這時用左手悄悄甩開斗篷，露出腰間的短劍。

　在這個時候，依然握在亞絲娜右手的紙屑再次掉落到地面。南側立刻有啪噠啪噠的細微腳步聲靠近。

　一號為了空出右手而準備把細劍移到左手上。就在灰色劍鞘從這隻手要移動到另外一隻手的瞬間——

　亞絲娜從隱身處衝出去，邊拔出鋼鐵細劍，邊把累積在肺部的空氣轉換成最大音量的喊叫聲。

「哇————！」

從背後傳來足以讓牆壁紛紛落下小沙粒的喊叫聲，這時不只是黑斗篷一號，就連摩魯特都露出嚇得快要跳起來一樣的反應。騎士細劍從一號僵住的雙手上滑落，整個掉到地面。

在零點幾秒內就迅速撿起它的，不是亞絲娜、摩魯特或者是一號，而是從通道後面跑過來的全新狡猾老鼠人。亞絲娜隨即使出最快的劍技「傾斜突刺」，命中轉身就想逃走的老鼠人。

怪物的身體變成藍色碎片爆散開來，抱在懷裡的細劍也消失了。亞絲娜立刻全力往後跳，同時打開裝備人偶。選擇主武器欄，把鋼鐵細劍變換成剛才掉寶獲得的武器。右手的細劍變成光芒後消失，左腰上多了讓人信賴的重量。

從隱藏的地點衝出來到完成這些動作，只花了三秒多一點的時間。

當亞絲娜著地的時候，已經從左腰的劍鞘裡拔出騎士細劍＋5了。和鋼鐵細劍相比當然是沉重多了，但是卻有種劍柄自己吸附在手掌上的熟悉感。亞絲娜將物理上以及系統上都再次成為自己物品的愛劍穩穩擺在身體前方。

雖然是還不能大意的狀況，但亞絲娜還是一瞬間透過兩名黑斗篷之間看了一下搭檔的臉。桐人雖然也露出驚訝的表情，但立刻咧嘴笑了起來，並且輕輕點了點頭。

最先開口的是到現在還搞不清楚究竟發生什麼事的黑斗篷一號。

「怎……怎……怎麼……妳……妳是從哪裡冒出來的……？」

那是完全變調，而且刺耳的尖銳聲音。摩魯特迅速伸出左手，邊以手掌遮住一號稍微從斗篷底下露出來的嘴角邊回過頭來。

亞絲娜貫注所有力量到眼睛來凝視著首次正面相對的單挑ＰＫｅｒ容貌。在發光蘚微弱的亮光底下，雖然無法看清下垂的鎖子深處，但還是可以把握住大概的長相。對方有尖尖的下巴以及歪向單邊的單薄嘴唇。他的容貌有點像是撲克牌裡的鬼牌，而這時亞絲娜已經把它深深烙印在視網膜上。

他的嘴唇靈活地動著，然後就傳出圓融態度下藏著刀刃的笑聲。

「啊哈哈～沒想到會因為『哇～』而嚇一大跳耶～黑漆漆先生也是一樣，你們怎麼都喜歡忽然衝出來啊～然後妳到底是從什麼時候就待在那裡呢～……？」

雖然真的很想回答「從頭到尾都聽得一清二楚啦」，但摩魯特身後的桐人很快地搖了搖頭，亞絲娜看見之後就一直保持沉默。

「哎呀呀，沉默是金嗎～從後面被威脅後壽命已經縮短了三秒，這點小事應該可以告訴我吧～」

摩魯特依然以旁若無人的態度這麼說道，而一號則是粗暴地用右手把他的左手壓下來。他的手又移動到左腰的短劍上，一邊撫摸著烏亮的柄頭，一邊發出生鏽金屬互相摩擦般的聲音。

「那個啊，我真的很火大了。應該說不是跟他們閒聊的時候了吧。只能在全部被聽見的前提下對付他們了，不是嗎？」

聽見他這麼說的摩魯特，像要表示很無奈般邊聳了聳肩邊呢喃著：

「小不忍則亂大謀喲～而且你應該看過那把稀有細劍的性能了吧？就算由我來對付黑漆漆先生好了，你單獨對付她能夠獲勝嗎～？」

「別小看我了。我才不會輸給PvP外行的女人呢。」

聽見一號丟出來的話，亞絲娜就感覺到自己的呼吸稍微變得急促。但是這樣的情形在聽見下一句話時就消失了。

「而且，我才不會讓使用靠運氣的卑鄙手段奪走我稀有細劍的傢伙就這樣離開呢。」

——什麼時候這把劍變成你的東西了！明明還說成武士細劍啊！

在腦袋裡憤怒地大叫後，害怕的心情也消失無蹤了。

雖然從後面大吼來嚇人或許有欠謹慎，但絕對不是賭博式的行為。亞絲娜是依照一定的根據來看準那個瞬間。

從他們的對話裡，亞絲娜幾乎已經確定撿到的羊皮紙是黑斗篷一號寫錯後所丟棄。而從他犯下簡單的數字錯誤來看，就可以知道雖然不至於嚴重到FNC判定，但至少是不擅長在完全潛行環境下用手進行精細的操作——換言之就是笨拙的證明。在從右手換到左手的時機讓他嚇一大跳的話，劍一定會掉下來。做出這樣的判斷後，亞絲娜才會實行大喊作戰。

而且讓掉在地面的細劍先讓老鼠人強盜撿走，然後立刻把牠幹掉來轉移所有權，所以系統上與觀念上這把劍都已經完全是屬於亞絲娜的東西了。她再也不願意失去這把武器，也願意為了愛劍進行對人戰。

為了顯示自己的意志，亞絲娜把騎士細劍的劍尖稍微往前傾。

黑斗篷一號嘖一聲咂了一下舌頭，然後緊握住短劍劍柄。

但是，事態這時再次朝難以預料的方向發展。

後方的桐人才剛瞄了一眼自己的背後，就猛然衝過摩魯特左側，直接朝著亞絲娜突進。

「嗚……？」

桐人隔著胸甲用力抱緊亞絲娜因為驚訝而後仰的身體，然後跳進之前她藏身的凹陷處。他把亞絲娜按在牆壁上，然後以黑大衣蓋住自己的瞬間，就發動了隱蔽技能。

即使這麼做，也無法躲開黑斗篷們的耳目。

但桐人行動的理由，立刻也傳到亞絲娜耳朵裡。從通道北邊有大量「喀鏘喀鏘」的金屬摩擦聲湧至。這無疑是來自於怪物群，但為什麼會突然……剛覺得不可思議，亞絲娜就了解是怎麼回事了。

難怪會出現這種情形。在迷宮裡發出那麼大的音量，不變成這樣才奇怪呢。

雖然看不見黑斗篷們的身影，但可以聽見一號用憤怒的聲音罵著：

「可惡，呼叫Ｍｏｂ又將其推給別人的ＭＰＫ嗎！手段實在太卑鄙了！」

「啊哈哈～你能說這種話嗎～」

摩魯特的笑聲，聽起來也不像之前那麼輕鬆了。雖然聽見連續拔劍的聲音，但怪物的氣息終於來到附近後，就連他也以緊張的聲音對伙伴做出指示。

「這樣不行，那樣的數量太不妙了～我們還是先撤退吧。」

「嘖，沒辦法了。」

「哎呀，那邊是死路喲～我要衝到樓梯那邊，請盡力跟上來吧～」

「喂……喂，等等我啊！」

這樣的對話與兩道跑走的腳步聲重疊在一起。而怪物集團則是發出吵雜的聲音追著他們而去。聲音慢慢、慢慢遠去，最後完全消失——

寂靜。

不對，不是寂靜。只有一道急促響著的低音殘留在耳朵深處。這是……心臟的聲音。亞絲娜胸口深處，虛擬心臟急速送出血液的聲音。還是說放置在現實世界裡的真正心臟，跳動聲傳到這裡來了呢？仔細聽著的期間，鼓動緩緩、緩緩變慢，緊繃到極限的精神也開始逐漸放鬆。

意識一瞬間遠去，右手上的細劍差點又要掉到地上。但是，再也不願意犯下掉落武器的錯誤了。在手上貫注力道之後，從覆蓋住自己的長大衣底下把劍收回劍鞘裡。

或許是被這個動作觸發了吧，身體覆蓋住亞絲娜的桐人這時候也「呼——」一聲吐出長長一口氣，然後準備撐起身體。但是亞絲娜在無意識中舉起右手，越過肩膀按住桐人的左臂。比任何人都可靠的搭檔，就在伸手可及的地方。

啊……這樣總算可以放心了。已經沒什麼好怕的了。

認識到這一點的瞬間，從陷阱洞穴掉下來之後就一直壓抑住的各種感情就像快要溢出來一樣，讓亞絲娜的身體劇烈震動著。她的雙眼發熱，喉嚨也有一股熱氣上湧。膝蓋失去了力量，似乎當場就要蹲下去。

但是在那之前，桐人的右手已經撐住她的背部。同時在她耳邊說道：

「……妳很努力了。平安無事……真是太好了……」

這句話瞬間浸透她的腦袋深處，把一切抑制沖走。

必須變強才行的強迫觀念。

老是倚靠對方的的自責。

以及示弱的話，說不定就會被丟下來不管的恐懼。

雖然只是暫時性，但還是把這些感情全部解放開來，亞絲娜就這樣把頭用力靠在桐人胸口。從她發抖的嘴唇裡，吐露出幼小孩子般的淚聲。

「……好害怕……真的好害怕……」

亞絲娜緊閉雙眼，任由情緒性發言從嘴裡溢出。

「出現妖怪，又掉進陷阱裡……完全不知道路，連細劍都掉了，原本以為已經不行了…………要在這麼暗的洞窟結束一切…………然後，就很害怕、很害怕……真的，很害怕…………」

她全身斷斷續續發著抖。雙手抓住桐人的上衣，想在虛擬空間裡尋求直接的接觸。

忽然間，頭部被溫柔的感覺包裹住。

桐人用左手撫摸著亞絲娜的頭。以雖然僵硬，但是帶著真心的動作，不停、不停地摸著。

「不要緊……已經不要緊了。」

即使是近似無聲的呢喃，但是包含在裡面的堅定意志，卻比這個世界的任何東西都要值得信賴。

「如果再遇見走失的狀況，我一定會找到並且來救妳。因為亞絲娜……是我的搭檔啊。」

「…………嗯。」

輕輕點了點頭的亞絲娜，就像這個動作是開關一樣，身體的震動倏然停止。但是亞絲娜沒有移開雙手，桐人也沒停下撫摸頭部的動作。在地下墓地迷宮的一角，兩個人有很長一段時間就這樣默默靠在一起。

6

二〇二二年十二月三十一日，星期六，上午十一點。

亞絲娜在艾恩葛朗特第五層北部的小村莊「夏亞」裡。

這裡是所謂的圈外村，不受禁止犯罪指令的保護。但是亞絲娜沒有帶劍，也解除所有防具，甚至在把所有衣服脫掉的狀態放鬆著全身。

之所以沒有武裝，是因為夏亞村是只有小隊成員才能進入的暫時性地圖。

而沒有穿衣服，則是因為她的肩膀底下整個浸在熱水裡——也就是入浴當中。

「哈呼嚕咻咿——…………」

她發出這種聲音，一邊用力伸直雙手雙腳。洗澡水的溫度雖然有點不足，但水面漂浮著水果以及整束香草，感覺——連身體深處都慢慢變得暖呼呼。

而且浴槽特別寬廣。即使比不上第四層約費爾城的大浴場，但看見應該可以十人同時共浴的花崗岩浴池，就覺得黑暗精靈本質上應該很喜歡洗澡吧。

「……森林精靈的村子，浴室果然也很大嗎……」

以指尖玩著熱水隨口這麼呢喃後，就從稍遠的地方傳來了回答：

「好像沒有喔。森林精靈那一邊，浴室雖然窄，但伙食似乎很棒。」

讓四肢脫力，整個人漂浮在熱水上的是情報販子「老鼠」亞魯戈。成為她註冊商標的兜帽短斗篷就不用說了，她現在也跟亞絲娜一樣解除所有裝備，不過臉上的鬍子圖案就算浸在水裡似乎也不會消失。

「哎呀，我覺得黑暗精靈的伙食也很美味了呢……」

亞絲娜一歪頭這麼說，依然漂浮著的亞魯戈就嘻嘻笑了起來。

「好像是會推出跟某間三星級餐廳差不多豪華的餐點喲。不過呢，體驗過這間浴室後，我個人也覺得黑暗精靈這邊比較好呢。小亞，謝謝妳讓我加入你們的小隊。」

這句話讓亞絲娜將視線往左上角移動。來到第五層後一直只有兩條的ＨＰ條，現在增加為三條了。

「沒什麼啦，我也想向亞魯戈小姐好好道謝。謝謝妳，為了查探出地下墓地魔王的攻擊模式而一整天在迷宮裡野營。」

「哎呀哎呀，這沒什麼大不了的喲。我才不好意思呢，讓小亞和桐仔替我擔心了。而且來找我的時候，妳還遇上了危險的情況對吧？」

亞魯戈的話讓兩天前發生的事情又鮮明地浮現在腦海裡，亞絲娜的臉瞬間熱了起來。

——沒有變紅吧？不對，就算變紅，在洗澡也看不出來吧……

邊這麼想邊往右邊瞄了一眼，就看見浮在水面的情報販子像是看透一切般，發出咿嘻嘻嘻的笑聲。於是亞絲娜把鼻子以下都浸到水裡，讓熱水發出噗咕噗咕的聲音來把事情帶過。

兩天前的晚上，在地下墓地三樓被桐人救離險境，好不容易恢復冷靜的亞絲娜，就直接和果然是來尋找亞魯戈的他同行。

幸好，之後過不到一個小時就找到亞魯戈，也沒有發生訊息無法傳遞時兩人所想像的那種不測事件。

亞魯戈在迷宮最深處，區域魔王房間前面的一個小小安地房間野營。理由是因為，魔王的名字和外表都和封測時期完全不同。一開始是打算只確認魔王房間的位置就回到城鎮裡發行攻略冊第一集，但注意到魔王是從未見過的新型後，就想都既然來到這裡了乾脆搜集資料吧……結果卻出乎意料地困難，在鍥而不捨地繼續努力當中就過了一整天。

魔王怪物是巨大到讓人想抱怨生前絕對不是人類的僵屍，對於斬擊、突刺、貫穿有很強耐性的強敵，但操縱設置在魔王房間各處的拉桿來解開天花板的石板拼圖後，陽光就會照進房間，而僵屍就會因為這樣的機關變弱——當然僅限於白天。就是拼圖的解法讓亞魯戈這麼辛苦，途中似乎根本是賭氣來完成解謎的工作。

託她的福，在三十日白天時，攻略集團的選拔成員沒花多少功夫就打倒了魔王，但是對於亞絲娜來說，這是一場留下不少不安的魔王戰。依然露出明顯對抗意識的ＤＫＢ與ＡＬＳ當然令人不安，但更重要的是，她也再次體認到，攻略集團有多麼依賴亞魯戈的情報——而為了取得這些情報，亞魯戈必須冒著多大的危險。

雖然不對他人的行動方式多做評論是這個世界的禮貌，但很難得有這樣的機會，想到這裡的亞絲娜就把臉從熱水裡浮上來，有些顧忌地叫著對方：

「那個，亞魯戈小姐……」

「嗯？怎麼啦？」

可能是從亞絲娜的口氣裡感覺到什麼了吧，亞魯戈也停止漂浮，讓身體回歸垂直。

「……能夠順利打倒地下墓地的區域魔王，全是靠亞魯戈小姐努力調查情報的福，對於這件事我真的很感謝……但是遇上首次出現的魔王還單獨收集情報，我覺得有點太危險了。」

亞絲娜就讀的女校裡，（被人認為）以高高在上的身分給人建議，就等於是主動去踩地雷般的行為，所以口氣無論如何都會變得有點畏縮，但亞魯戈只是維持著淡淡微笑，無言地催促她繼續講下去。雖然有反而被對方鼓勵了的感覺，但亞絲娜還是拚命地繼續說道：

「我以前也是自己一個人潛入迷宮區，所以也沒資格對妳說什麼……但是，亞魯戈小姐的情報不只是對我們這些攻略玩家，也給之後才離開起始的城鎮的中級玩家很大的幫助。甚至可以說如果亞魯戈小姐有個三長兩短，攻略行動就會停下來了。所以……不對，那個……身為妳的朋友……單純是我個人擔心亞魯戈小姐是不是一直在勉強自己。」

如果是對現實世界的朋友，實在很難說出這樣的話。想不到被關進虛擬世界之後，終於能夠說出自己想說的話了……亞絲娜一邊這麼想，一邊等待亞魯戈的回應。

雖然做好一定程度的心理準備，覺得就算惹對方不高興也沒辦法了，但亞魯戈抬起兩頰的鬍鬚咧嘴露出笑容後，可能跟在浴室也有關係吧，說話聲音聽起來似乎比平時更加響亮。

「謝謝妳，小亞。」

平常總是隱藏在長捲髮後的圓滾滾眼睛筆直凝視著亞絲娜，接著又用以她來說算有點慢的口氣繼續表示：

「很高興妳這麼擔心我。老實說我也覺得前天住在迷宮裡的行為有點太過火了。不過……我有必須挺身而出不斷收集情報的責任。」

「那是因為……妳是情報販子的緣故……？」

「不是。」

灑著小水滴搖了搖頭後，亞魯戈這麼回答：

「是因為我是封測玩家喲。」

「…………！」

原本就覺得她說不定是封測玩家，而桐人也做過同樣的推測，但這還是第一次從她本人嘴裡宣告這個事實。雖然稍微屏住呼吸，但亞絲娜還是立刻回答：

「……就算是這樣，亞魯戈小姐也不需要獨自背負如此危險的任務。同樣是封測玩家的桐人，在樓層魔王攻略戰時也都會參加攻略集團的聯合部隊……亞魯戈小姐至少也可以要他們派一些幫忙偵查的成員……」

「那個攻略集團的稱呼，實在有點拐彎抹角。我覺得『開拓者』比較酷耶。」

像是要中斷一下話題般嘻嘻笑了一下後，亞魯戈就邊用手指戳著朝眼前漂過來的香蕉般果實邊反問道：

「嗯……小亞會這樣擔心我的安危，是因為我的能力構成並非戰鬥型的緣故對吧？」

「咦……嗯，算是吧……」

雖然有些猶豫但還是點了點頭。

在練功區遭遇時，亞魯戈身上雖然裝備了最低限度的防具與爪子，但能力構成與熟練度絕對不適合戰鬥。優先提升情報販子需要的「隱蔽」「搜敵」「竊聽」等技能的熟練度的話，應該就無法顧及武器技能才對，能力值方面也很可能犧牲HP量而把AGI提升到界限。就算可以避開雜兵怪物，前去偵查攻擊方法多元的魔王怪物還是相當危險──

像是看出亞絲娜一瞬間的思緒般再次咧嘴一笑，接著亞魯戈就抓起漂浮在自己附近的香草束，然後默默地丟過來。亞絲娜反射性將其接住後，她自己也握住剛才那根類似香蕉的水果，然後嘩啦一聲迅速站起來。

「所謂事實勝於雄辯……小亞，讓我們來試試看吧。」

亞魯戈說完就爬到花崗岩泳池，不對，應該說浴池邊，而亞絲娜只能啞然望著她。

「要……試什麼？」

「那當然是單挑……好像有點太誇張了，應該說是過招吧。」

她右手靈活地轉動香蕉，走到寬敞的沖洗身體處。

總而言之，就是「亞魯戈用香蕉，亞絲娜用香草束代替武器來模仿單挑」這樣的邀請吧。雖然很樂意接受，但問題是亞魯戈和亞絲娜都處於完全的無裝備狀態。老實說，光是一起入浴就有點害羞了，直接進行模擬戰鬥的話……不覺得自己能夠完全集中在戰鬥上。

「那……那個……可以穿泳裝嗎？」

忍不住這麼詢問後，情報販子就以驚訝的表情默默往下看著自己的虛擬身體，然後輕鼓起臉頰。

「我說啊，我都毫不在意地露出這種迷你的身體了，那種體態的小亞為什麼會覺得害羞哩！」

「不……不是這個問題吧！」

「嗯，是沒關係啦……」

「然後，希望亞魯戈小姐也能穿上……」

「咦？我沒有泳裝喲。」

「那現在做給妳！」

經過這樣的對話以及亞絲娜實際表演裁縫技能的時間後，兩人就在夏亞村大浴場的沖洗身體處互相對峙。

亞絲娜穿的是簡單的白色洋裝式泳裝。

亞魯戈穿的則是她訂製的黃色小背心比基尼。

事到如今心裡才想著事情怎麼會變成這樣的亞絲娜，試著輕輕揮了一下香草束。

那是把三根長七十公分左右，而且有彈性的細長香草莖綁在一起，所以意外地給人堅固的手感。當然可靠度和真正的細劍相比還是有天壤之別，不過這時候也無法要求太多。因為亞魯戈拿在手裡的，怎麼看都是綠色的香蕉。

「那麼，要用什麼樣的規則……？」

「最先啪嘰一聲打中別人者獲勝妳覺得如何？」

「了……了解了。」

亞絲娜點點頭，拉回左腳擺出備戰姿勢。另一方面，亞魯戈則是輕垂下雙手，依然直挺挺地站著。

「那麼，隨時可以開始嘍。」

雖然對方這麼說，亞絲娜還是完全沒有鬥志。但既然已經接受比試，就只能全力以赴。她的視線往左右兩邊瞄了一下來確認地形。

沖洗身體處大概是長十公尺，寬八公尺左右。右側是將地板往下鑿空的浴槽，左側牆邊排著木製的椅子。地板也是磨得光亮的花崗岩，潮濕的地方看起來相當滑溜。

這樣的立足點，就算是亞魯戈也很難運用她的腳力吧。看來會是一場停下腳步來互相突刺的比賽……當亞絲娜這麼想的時候，腦袋就開始有點進入戰鬥模式，於是她深呼吸後大叫：

「那麼……我要上了！」

右腳隨著宣言猛烈踏出的亞絲娜，視界當中的亞魯戈……

「咻啪！」一聲留下白色水煙後就消失了。

——好快！

至今為止對峙過的任何怪物……甚至過去最強的對手，精英Ｍｏｂ「森林精靈．聖騎士」都沒有甩開過亞絲娜的視線。但亞魯戈的衝刺，速度已經快到像是瞬間移動一樣。亞絲娜之所以能立刻抬起左臂並且將身體往右傾，靠的不是視覺而是聽覺——因為唯一從左側聽見一聲踩到水窪的腳步聲。

下一刻，黃色殘像就掠過亞絲娜左側腹，傳出細微「嗶嘰」一聲後穿越到後方。

「嗚……！」

被打中了……？咬緊牙根這麼想著的亞絲娜全力跳起，在空中轉過身子。利用光滑的地面，在著地瞬間雙腳平滑來拉開更遠的距離。

舉起香草束擺出戰鬥姿勢的亞絲娜，首先看見的是在身體沖洗處另一側，左手扠腰右手食指指尖轉動香蕉的亞魯戈。

「哎呀，真不愧是小亞。本來想一開始就決定勝負，但不是『啪嘰』而是『嗶嘰』啊。」

「……那麼，要繼續過招嘍？」

聽見亞絲娜的問題，情報販子咧嘴露出笑容。

老實說，光是展現剛才恐怖的高速機動力，這場單挑的目的就可以說已經達成了。但光是嚇一跳就結束的話，就浪費了亞魯戈的邀約了。

——咦，我……

怎麼好像有奇怪的想法——一瞬間有這樣的感覺，但她立刻甩開猶豫集中精神。移動速度絕對比不上對方，但是戰鬥不是只靠快速移動。

前天在地下墓地迷宮的體驗，雖然恐怖到再也不願意回想起來，但也給了亞絲娜很貴重的教訓。就是戰鬥並非只注意自己與對手就可以了。不論你願不願意，周圍的環境都會與戰鬥產生密切的關聯。亞絲娜掉落陷阱門的時候、利用強盜老鼠人取回細劍的時候，結果都是環境左

右了狀況。沒錯，剛才亞魯戈的一擊，也是靠地板上的小水窪告訴自己方向才能夠躲開——

如果能像搶回細劍時一樣，再更深入一點把環境也變成自己伙伴的話。

亞絲娜的視線不離開站在遠處的亞魯戈，以周邊的視野再次確認狀況。和剛開始站立的位置互換，巨大浴槽目前在左側。她的腳底在濕濡的地板上慢慢滑動，一點、一點往對方靠近。

鑿空地板的浴槽與身體沖洗處地板的境界沒有像邊緣那樣的突起物，而且熱水持續一點一點往外溢出，很難看出從哪個地方開始是水面。小心翼翼地把香草束前端對準亞魯戈，以一定的速度橫向移動，最後左腳腳尖碰到了浴槽的角落。但亞絲娜沒有停下腳步，又往左邊橫移了十五公分左右。

現在亞絲娜的左腳已經完全離開身體沖洗處，只是觸碰著水面而已。只靠一隻右腳支撐全部體重，而且還擺出不會被對方輕易發現的姿勢。如果是真正的身體，這樣的姿勢不可能完全靜止不動，但這個世界的「肌肉疲勞」與現實世界的呈現方式並不相同。具體來說，做出超越自己筋力值的行動——嘗試搬運超越可能負荷重量的道具、硬是想舉起極沉重的岩石等——屬於隱藏數值的疲勞度就會上升，到達界限後全身或者某一部分就會陷入微弱的麻痺狀態，但在那之前光憑外表是很難看出那個人是不是在勉強自己。

從右腳的感覺來判斷，大概再過十秒左右就會往左側傾倒，接著亞絲娜就等待著亞魯戈的行動。

點。

就在累積在天花板的水滴聚集在一起，變成較大的水球後落下，然後從地板上彈起的時間

亞魯戈腳下再次冒出白色水煙。

這次不是從側面，而是打從正面筆直衝過來。就算以普通的姿勢站著，也很難對應這樣的速度。雖然試著用右手的香草束進行反擊，但亞魯戈已經鑽過尖端來到亞絲娜懷裡——

但是突然間，黃色泳裝整個往左傾。

「什麼！」

說出這句話的同時，亞魯戈的右腳就沉進水面當中。而這就是亞絲娜設下的陷阱——把左腳放在浴槽水面，看起來宛如該處有地面一樣。結果正如她的計畫，亞魯戈一腳踩空，右腳整個陷進浴槽裡。

——贏定了！

對準快要沉沒的亞魯戈，香草束往下突刺。亞絲娜當然沒有發動劍技，不過這樣已經足以在亞魯戈身上打出「啪嘰」聲——

但是。

亞魯戈再來就只能沉進浴槽裡的身體，忽然不自然地動了起來。

香草束的一片葉子，「嗶嘰」一聲掠過小背心比基尼的肩帶。亞絲娜的身體失去平衡，一

面向右旋轉一面倒下。

一屁股坐在浴槽邊緣的亞絲娜，眼睛看見了不可思議的光景。

亞魯戈在水面行走著。

在右腳完全沉下去前就以左腳踢向水面，而在這隻腳沉下去前又用右腳踢向水面。雖然「啪啪啪！」的濺起一大片水花，但總共還是在水面走了四步，才像到達極限般從臉部撞進水裡，一會兒後輕輕浮出水面。

「……喵哈哈哈哈！」

看見只從熱水裡探出頭的情報販子愉快地笑著，亞絲娜心底自然也湧起一股笑意。「噗哧」一聲之後，也同樣笑了起來。

整整笑了十秒以上，兩人才同時站起身子。這次很正常地從水裡走到身體沖洗處的亞魯戈，把右手上的香蕉丟進浴槽，然後大大地伸了個懶腰。

「嗯～～……哎呀，真是有趣。互相讓對方發出一次『嗶嘰』聲，這次過招就算平手，可以吧？」

「嗯……嗯，當然可以了。」

亞絲娜點完頭也把香草束放回浴槽裡。眺望水面擴散開來的波紋一陣子後，才抬起頭對亞魯戈問道：

「那個……剛才那招在水面行走，是什麼技能的效果呢……？」

「沒有啦……」

亞魯戈邊拉著濕濡的捲髮，雙眼眼珠邊轉了一圈。

「嗯，平常的話會跟妳收取情報費，不過這次就算了。這不是技能，是修行的成果喲。我在第四層不是使用了『浮板拖鞋』嗎？」

「嗯……」

「那東西真的很有趣。我就穿著它東奔西跑，等習慣了之後，有一次一不小心就在忘了裝備的情況下把腳踩到水面上。當然人就沉下去了，不過那個時候，我在水面走了短短的一步……那個，小孩子的時候，妳沒在泳池之類的地方挑戰過嗎？就是『右腳沉下去前伸出左腳就能在水面跑動的理論』。」

「……好……好像有試過……」

「一想到……那在這個世界或許能實現，我就忍耐不下去了。從那天起每天都在河川或者浴室裡練習，現在好不容易練到能走四步。嗯，這應該是所謂的系統外技能。」

「…………」

一瞬間對應該感到傻眼還是感動覺得猶豫，接著亞絲娜才又先問道：

「我也能在水上跑嗎？」

「嗯，很難說喲。當然我都辦得到了，系統上來說應該是沒問題……但實際上，如果不像我這樣是輕量小型虛擬角色，而且能力點數全加在ＡＧＩ上的話可能很困難喲。以小亞那種不得了的身材可能就……」

「才……才沒什麼不得了的呢！」

亞絲娜忍不住用雙臂遮住身體前方這麼大叫，而亞魯戈則是再次嘻嘻笑了起來，然後打開視窗。解除黃色泳裝後，以交易視窗還給亞絲娜。

「謝謝妳的泳裝，還給妳吧。」

「不用了……就當成是情報費收下來吧。」

「真的嗎？那就謝謝啦。」

亞魯戈消除了交易視窗，亞絲娜也跟著脫下白色泳裝。將有些變冷的身體沉進浴槽裡，「呼」一聲吐出一口氣。

在透明熱水中放鬆全身，內心的水面也浮現小泡泡般的思緒。

——我……很享受剛才的單挑。

不對，武器是香蕉和香草束，甚至根本沒有申請與接受，所以不算正式的單挑，不過玩家之間的對峙是無庸置疑的事實。而且至少從中途開始，為了能夠擊中亞魯戈，亞絲娜已經變成百分之百認真的模式。但是她完全沒有畏縮，甚至還有點興奮。

「……亞魯戈小姐，跟人單挑的經驗多嗎？」

稍微往旁邊看並且這麼詢問後，金褐色捲髮就稍微左右動了一下。

「嗯～沒有很多喲。尤其是正式營運之後完全沒有跟人單挑過。」

「不過妳看起來倒是很習慣呢……」

「是嗎？我覺得可以即興設下那種陷阱的小亞，才是比我還習慣戰鬥呢。姊姊我完全被騙過去了。」

被提出單腳站在浴池境界線引發誤認的機關，亞絲娜忍不住縮起脖子。

「那……那是因為一心想獲勝，臨時就……」

「我不是在抱怨。那是很有效的方法，也可以讓我使用嗎？」

「那……那是當然了，請盡量用吧。」

「咿嘻嘻，謝謝。那我得付情報費才行了。」

露出滿臉笑容的亞魯戈，在亞絲娜回答些什麼之前，就提出了意想不到的問題：

「小亞妳害怕單挑嗎？」

直接被看透卡在內心深處的刺，亞絲娜佩服地想著「不愧是一流的情報販子」並點點頭。

「…………嗯。說是害怕，來到這層之後，也只有跟桐人單挑過一次而已……——不對，正確來說，連開始單挑都辦不到。倒數一結束，舉劍相向的瞬間，身體就無法動彈了……」

一想起那個瞬間，即使到肩膀都浸在熱水裡，還是覺得有一道寒氣輕撫過背部。她以雙手抱住身體，努力試著正確傳達當時的心境。

「……我不是害怕桐人。他雖然認真，但絕對不是用威嚇的態度。是我主動要他教我對人戰的訣竅……單挑也是初擊勝負模式，但卻感到很害怕……覺得絕對不願意繼續這樣下去……」

這時她把嘴巴沉到水面，輕嘆了一口氣。連續產生的泡泡紛紛在她鼻子前端破掉，柑橘系的香味開始往外擴散。

「……我也不是不能了解妳的心情。剛才的過招，果然還是和真正的單挑不同。就算是初擊勝負模式，ＨＰ也還是會減少。」

亞魯戈的話讓亞絲娜在水裡點了點頭。接著抬起臉來轉向左邊。

「……稍微把話題拉回來……亞魯戈小姐之所以能單獨進行偵查，就是因為身負剛才所展現的神速對吧？因為有自信可以躲過任何攻擊，才會單獨潛入危險的迷宮……在單挑裡想傳達給我知道的，就是這件事吧？」

「聽妳這這麼一說，就有很強烈的自大感耶。」

露出苦笑的情報販子，聳了聳肩後就繼續表示：

「不過確實是這樣，有一部分是覺得緊急時只要加快速度逃跑應該就沒問題了。不過今後也得特別注意腳下才行呢。」

這麼說完就眨了眨單邊眼睛，這次就換成亞絲娜露出苦笑。但她馬上就恢復表情，以認真的口氣問：

「……但是，AGI極端型的HP很少，也沒辦法裝備堅固的防具對吧？要是一個不小心受到怪物的重攻擊，或者掉入某種陷阱而無法動彈的話……妳都不會這麼想嗎？」

「當然會嘍。」

露出和至今為止不太一樣，看起來有種透明感的笑容，擁有「老鼠」異名的一流情報販子這麼說了：

「我也很怕HP減少啊。因為現在的艾恩葛朗特，死掉就不能復活了……只考慮存活下去的話，就應該加入大型公會，把技能點數全加在STR上然後當個坦克吧。不對，乾脆不要離開起始的城鎮，可能這樣才是最聰明的做法吧。但是……對我來說，跟只是活下去比起來，現在做的事情可能優先度比較高一點吧。」

「那是因為……妳是封測玩家的緣故……？」

「可以說是，也可以說不是。」

咧嘴笑一下後，亞魯戈再次眨了眨眼睛。

「抱歉，繼續問下去就要另外收費了。不過，為了謝謝妳帶我來這麼棒的浴室，我就再免費告訴妳一個情報吧。」

「咦……嗯，嗯……」

「剛才小亞說我不需要單獨進行危險的偵查，因為連同樣是封測玩家的桐仔也參加攻略集團對吧？」

亞絲娜默默點了點頭，接著亞魯戈就豎起右手食指，發出嘖嘖的聲音並且左右揮動。

「不過呢，我覺得桐仔放棄當個完全獨行玩家的理由，不是因為危險會減少喲。」

「那是為什麼……？」

「那還用說嗎？」

亞魯戈的手指在空中迅速移動，輕輕戳了一下亞絲娜的鎖骨附近。

「因為有小亞在啊。」

7

「除夕夜嗎……」

我躺在草地上，一邊往上看著上層帶著藍色的底部一邊這麼低聲自言自語著。

日期確實是十二月三十一日，但現在還是上午，陽光依然十分明亮，微風也不會太過寒冷，再加上也沒有需要大掃除的自家，所以過年的感覺相當稀薄。我閉上眼睛，探索著去年過年是什麼情形的回憶。

雖然很想參加當時著迷的網路遊戲所舉辦的跨年活動，但是在從美國回來的老爸嚴命之下，只能夠因為大掃除而忙得不可開交。尤其打掃院子角落的劍道場更是一大工程，記得連平常不太講話的妹妹直葉，這個時候也拚命使喚我。

在累趴了的情況下回到客廳，媽媽便搶先拿了甜甜的黃豆粉蕨餅給我，那真是好吃到差點連舌頭都吞下去。放棄參加活動的我和家人一起看著電視，吃著跨年蕎麥麵，聽完除夕夜的鐘聲後就到附近的神社去新年參拜……

我在這裡中止回想，緩緩抬起眼瞼。

看見的是覆蓋上空一百公尺處，由鋼鐵與石頭製成的蓋子。

現在的現實世界，三個家人應該跟去年一樣正在大掃除吧。沒有我的幫忙，直葉也正為了擦拭道場的打掃而活受罪吧。

五十五天前，茅場晶彥宣布死亡遊戲開始的那個時候，完全沒想到會在這個世界迎接除夕。雖然想要到達艾恩葛朗特的第一百層，但是對於到達那裡需要花多少時間沒有明確的展望。不過真的沒想到過了將近兩個月的現在，我們甚至連第五層都還沒有突破。

假設今後也持續同樣的進度，那麼明年就不用說了，甚至後年的除夕都要在這個世界度過吧。不對……可能連這都是過於樂觀的推測。以攻略集團成員的身分持續作戰的話，根本無法保證能活到下一個除夕。

至今為止，確實有「因為和怪物作戰而喪命的話那也沒辦法」的想法。之所以死亡遊戲一開始就比任何人都快衝出起始的城鎮，都是為了運用封測玩家的知識與經驗來拚命拉開與眾人的距離，藉此提升存活下去的機率，但老實說這不是全部的原因。我大概是害怕比自己還要強的玩家出現吧。身為等級制ＭＭＯＲＰＧ的ＳＡＯ，只要被哪個人拉開距離就再也趕不上了。就是這種自私的恐懼在驅動著我。為了一直保持頂尖玩家的身分，持續冒著與魔王怪物戰鬥的風險……這實在是很難理解的思考回路。

但是。

我在兩天前，自覺自己心中不知道什麼時候已經產生了新的動機。

即使躺在安全的黑暗精靈村子正中央，只要想起那個瞬間的事情，就會有內臟整個移位的感覺。在主街區卡魯魯茵的地下墓地二樓，為了尋找情報販子亞魯戈而趕往下一層的樓梯時，一直表示在視界左上角的亞絲娜HP條忽然減少了一成左右。

一下子無法理解，原本以為一定是在「BLINK & BRINK」的房間裡睡覺的暫定搭檔，究竟是因為什麼理由而受傷。一開始想到的是，在圈內接受了某個人的單挑申請，現在正在戰鬥的可能性。但等了幾秒鐘後HP也不再減少，但是也沒有恢復。

這樣的話，就只有一個答案了。亞絲娜恐怕追著我，也下到地下墓地迷宮來了。這麼想的我，立刻壓抑下想盲目往前跑的衝動，開始推測起亞絲娜的現在位置。

地下墓地第二層會湧出的怪物裡，不厭其煩進行毒氣攻擊的木乃伊男「霉味木乃伊」，或者是靈魂系的「淒厲死靈」算是強敵，但他們都沒有能夠一擊就減少17級的亞絲娜一成HP的攻擊力。從之後HP條就沒有動靜來看，應該不是戰鬥受到的傷害，而是掉入陷阱所造成。這座迷宮裡沒有能夠直接造成傷害的陷阱，所以大概是掉到洞穴裡了吧。而存在這種陷阱洞穴的，就只有剛下二樓後遇見的納骨堂。

雖然從同一個陷阱洞穴掉落比較確實能找到人，但那個時候我已經來到二樓相當深處的地方，往下的樓梯反而距離我比較近。我衝到地下三樓，一遇見怪物就把牠砍倒，一溜煙朝陷阱洞穴正下方的區域跑去。

最後在前方感覺到人類的氣息，但出現的卻是兩個無記名浮標。雖然兩個都是綠色，但為了慎重起見還是邊發動隱蔽技能邊靠近，結果洞窟途中是一間小房間，裡面可以看見兩名身穿黑斗篷的男人。

下一刻，「掉下騎士細劍＋5」這道尖銳的興奮聲音就傳進耳朵裡。

絕對忘不了看見其中一名黑斗篷握住的白銀細劍映入眼簾的瞬間，全身的血液霎時凍結住，同時又開始沸騰的感覺。

視界左上角明明顯示著亞絲娜的HP條，但我還是忍不住要認為是黑斗篷們PK了她把細劍搶奪過來。一想像HP條只是因為檔案的更新較慢，馬上就要無聲地消滅，我的全身就開始劇烈地抖動。

就在這個時候，躲藏在延伸到小房間另一側的洞窟裡窺看情況的亞絲娜，似乎認為解除隱蔽技能逼問兩名黑斗篷的我是在虛張聲勢，但我其實有一半是認真的。之後突然衝出來的亞絲娜非常機靈地搶回細劍時，我真的很感謝應該不存在於這個世界的神明。

差不多得要承認了吧。我現在依然在最前線戰鬥的理由——動機，已經不只是渴望數值上的強度而已。很巧地，這時我又想起自己在通往第五層的往返階梯上曾經說過的話。

——你要和我待在一起到什麼時候？

被亞絲娜這麼問的我，直接說出浮現在心頭的答案。

——等到妳充分變強，再也不需要我的時候。

令人驚訝的是，那似乎是我的真心話。我希望明明只是暫定搭檔的細劍使，能在這款死亡遊戲裡生存到最後……為了達到這個目的，我願意盡力完成所有自己能辦到的事情。現在我的心裡，確實存在這樣的感情。

繼續這樣成長下去的話，不遠的將來亞絲娜在知識以及能力上都會超越我吧。「再也不需要我的時候」遲早一定會來臨。那個時候，我絕對不能留住她。和我不同，亞絲娜擁有只有在團體裡才能發光發熱的才能。將來她會以大公會上級成員的身分，成為率領眾人攻略死亡遊戲的真正頂尖玩家。

我的任務是在那天之前保護她的安全，並且毫不保留地把知識傳達給她。

這就是我該做的一切，除此之外就沒有別的事情了。

當我這麼對自己說完，準備從草地上起身的時候，就聽見從後方叫我的聲音。

「桐人，你可以用浴室嘍。」

轉過頭去，就看見細劍使正爬上夏亞村中央這座小山丘的身影。來到我坐的頂端之後，她也在我身邊輕輕坐下來。

雖然是暗紅色兜帽斗篷——這時當然沒有戴上兜帽——加上皮革裙這種熟悉的打扮，但這時栗色長髮還殘留了一些濕濡效果，在接近正午的陽光照耀下發出水光。雖然忍不住有了想摸摸看的想法，但是當然沒有加以實行，稍微瞄了一眼建造在山丘西側的大浴場後才問道：

「咦，亞魯戈呢？」

「說要先回瑪那那雷那村去。還要我跟你打聲招呼。」

「這樣啊……」

才剛回答完，第三條ＨＰ條就無聲地從視界左上角消失。離開村子的亞魯戈算脫離了我們的小隊。就算是「老鼠」，也沒辦法連精靈戰爭活動任務都進行，所以為了傳達相關情報就順便邀她一起到這座村莊來，結果留在這裡的時間幾乎都用來和亞絲娜一起入浴了。

「妳們也洗太久了吧，都在聊些什麼？」

隨口這麼一問，亞絲娜不知為什麼以有些慌張的樣子把視線移開並且說：

「別……別探聽女孩子之間的談話啦。」

「咦……？也就是說，那個亞魯戈，和這個亞絲娜做了類似女孩間私密對話的行為嘍……？」

「都說不要打聽了吧！還有『這個亞絲娜』是什麼意思！」

「抱……抱歉抱歉。不過總覺得有點意外……」

「話先說在前面，沒有什麼女孩間的私密對話喔！」

亞絲娜用鼻子哼了一聲，然後叫出視窗來確認時間。

「哎呀，已經中午了嗎……桐人也要洗澡的話，還是快一點比較好喔。」

「不了，我下次再洗吧。因為我們也差不多該有行動了……」

把視線往北方移動，看向聳立在三公尺之外的迷宮塔。亞絲娜也眺望同樣的方向，默默點了點頭。

「說得也是。但是……是真的嗎，只靠ALS就要挑戰討伐樓層魔王……」

「喂喂，這是亞絲娜獲得的情報吧。」

「是沒錯啦……」

亞絲娜對著露出苦笑的我微微歪著頭。

正如我的推測，在卡魯魯茵的地下墓地迷宮裡踩到陷阱的亞絲娜，應該算是因禍得福吧，竊聽黑斗篷們的對話後就獲得了連亞魯戈都不知道的重要情報。組成攻略集團的兩大公會之一，由刺蝟頭牙王率領的「艾恩葛朗特解放隊(ALS)」，將爽約今天晚上預定於卡魯魯茵裡舉行的跨年倒數派對，企圖單獨攻略樓層魔王。

正午的現在，ALS以及另一大公會「龍騎士旅團(DKB)」應該都停留在距離此地夏亞不遠的瑪那那雷那村裡。村子幾乎是在樓層的中央，從地面上移動的話，要到卡魯魯茵得花半天的時間，但使用那條地下隧道的話就不用兩個小時。我事前也聽說，兩大公會將一起在傍晚回到卡魯魯茵，準備食物、飲料與拉砲等物品，晚上九點就開始艾恩葛朗特首次的跨年慶祝派對。

但是ＡＬＳ的主力將不會從瑪那那雷那村回到卡魯魯茵，而是筆直朝樓層東北的迷宮區前進，然後直接到達第六層……而且這不是公會所有成員的意願，似乎是在摩魯特所屬的謎樣ＰＫ集團煽動下的結果，這樣的話就不能放著不管了。

昨天晚上，我、亞絲娜加上亞魯戈為了該如何處理這件事討論了很長一段時間。理想的情形是ＡＬＳ放棄魯莽的計畫，按照原定的行程參加卡魯魯茵的跨年派對，但那群傢伙不是那種會乖乖聽話的人。反而很可能會被牙王逼問「你是從哪裡得到這個消息的！」。

這樣的話，乾脆不著痕跡地把ＡＬＳ的計畫透露給ＤＫＢ知道，讓他們一起朝著迷宮區前進……雖然也有這個方法，但那個時候派對就一定得中止了。

說起來，這次的倒數派對似乎是ＤＫＢ的席娃達和哈夫納等比較穩健派的幹部，以及ＡＬＳ這邊還算和睦的幹部共同提出的企畫。活動如果成功的話，應該能夠縮短不少兩大公會之間的距離。所以摩魯特他們才會想毀了計畫，派對無法舉行的話，那些傢伙的目的也算完成了一半。

該如何是好呢……把嘆息聲吞進肚子裡的我，耳朵聽見了亞絲娜的呢喃。

「如果基滋梅爾跟我們在一起就好了……」

不知道她這麼說的意圖，我一面眨眼一面問道：

「咦……為什麼？」

結果細劍使一臉認真地宣布有點恐怖的主意：

「那還用說嗎？就是我們和基滋梅爾先去打倒樓層魔王啊。這樣的話，ＡＬＳ就沒有偷跑的理由了吧。」

「…………嗯，確實是這樣。」

被她影響也跟著點了點頭後，我隨即又搖了搖頭。

「不……不對不對，就算基滋梅爾再怎麼強，這樣實在太魯莽了。」

昨天來到夏亞村時，已經和黑暗精靈騎士基滋梅爾重逢了。

但應該說——很可惜的是，精靈戰爭活動任務第五層篇相當簡單，結束幾個連續任務之後，再打倒森林精靈的將領就完成了，而基滋梅爾也就出發前往第六層去了。

我一邊回想著和她之間簡短又快樂的冒險，一邊繼續說道：

「……第四層的馬頭魚尾怪，是攻略集團的聯合部隊加上基滋梅爾與約費利斯子爵才好不容易獲勝的喲。而且第五層算是與之前幾層做出區隔的樓層，應該會出現比較強的魔王……」

「這樣啊……封測時期是什麼樣的樓層魔王？」

「設定上是古代遺跡的守門人，是一隻超巨大的魔像。不過，地下墓地迷宮的區域魔王已經和封測時完全不同了。說不定樓層魔王也整個變更了。不進行偵查的話，我也沒有把握……」

「說得也是……應該說，原本……」

亞絲娜一邊露出複雜的表情凝視著遠方的迷宮塔，一邊像自問自答般呢喃著：

「ＡＬＳ就沒有進行魔王任務吧？但是竟然不等待亞魯戈小姐的攻略本，馬上就直接挑戰樓層魔王……這股自信到底從何而來……」

所謂的魔王任務，就是設置在各層裡的，與樓層魔王相關的連續任務。進行之後，可以獲得魔王的種類、能力以及弱點等提示。但內容應該說偏重故事取向吧，不好好融入故事當中做出符合要求的言行就無法完成，而且報酬少又花時間，所以ＡＬＳ和ＤＫＢ的態度都逐漸傾向把它交給情報販子……具體來說就是等待「亞魯戈的攻略冊．樓層魔王篇」。

我和亞絲娜進行精靈戰爭活動任務之後，也沒有空再去處理魔王任務，所以也不能批評些什麼，但正如亞絲娜所說的，這次的ＡＬＳ實在是太急躁了。就算有ＰＫ集團的間諜從中煽動，但確實有必要知道，到底是什麼樣的過程讓他們承認這種魯莽的作戰……

「嗯……ＡＬＳ的成員裡，有沒有可以告訴我們詳情的傢伙呢……」

聽見我的沉吟聲，亞絲娜就露出複雜的表情。

「應該不可能吧。現在攻略集團的主要來源，是第一層時迪亞貝爾先生召集的聯合部隊吧？那個迪亞貝爾先生在第一層的魔王戰裡死亡，凜德先生就繼承他的遺志建立了ＤＫＢ對吧。但是不滿凜德先生重視指揮系統的作法，牙王先生才不加入ＤＫＢ，自己找了一群伙伴建立了重視連帶性的ＡＬＳ……經過這樣的歷程，所以ＤＫＢ成員都有自己才是『攻略集團中心流派』的意識，而ＡＬＳ則有從ＤＫＢ手中奪取攻略主導權的悲壯心願。」

「哦哦……就像執政黨與在野黨一樣……」

對流暢的說明感到佩服的我點了點頭，這時亞絲娜臉上憂鬱的神情依然沒有消失。

「實際的勢力差距可以說相當小。從這方面來看，ＡＬＳ確實是相當努力了。但問題是，我和桐人都是所謂的『迪亞貝爾組人馬』。ＡＬＳ的人，好像都認為我們比較偏袒ＤＫＢ。」

「咦……咦咦？我們偏袒ＤＫＢ，哪有這種事……」

啞然失聲一陣子後，我才不停地搖著頭。

「不是吧，因為真要說的話，會長的牙王一開始也是迪亞貝爾組的人吧。而且那傢伙好像還很尊敬迪亞貝爾喲。一定都稱呼他迪亞貝爾先生呢……」

在這樣的對話當中，就想起第一層的城市托爾巴納裡舉行的第一次攻略會議。

那場會議是在十二月四日召開，所以距離現在還不到一個月的時間。但是情景卻好像已經是很久以前的事情。

背對廣場的噴水池站著的藍髮英俊青年。在傾斜日照下閃閃發光的銀色金屬鎧甲以及親切的笑容。

——我叫「迪亞貝爾」，心理上認為自己的職業是「騎士」！

靠著這句開朗的招呼，迪亞貝爾就確實地抓住現場所有玩家的心。然後因為單獨突擊第一層樓層魔王狗頭人領主．伊爾凡古並且喪命這樣英雄性的殞命——不論背後有什麼樣的隱情——「騎士」迪亞貝爾就這樣成為攻略集團神聖的偶像。

這時亞絲娜的話又印證了我的想法。

「我覺得……正是因為牙王先生尊敬迪亞貝爾先生……所以才會認為現在率領DKB的凜德先生，是在利用迪亞貝爾先生的存在吧。」

「嗯……或許吧。牙王從一開始的攻略會議就提出對封測玩家的不滿了。那傢伙應該無法允許，在變成死亡遊戲的SAO裡，還像普通的MMO一樣由一部分玩家來獨占資源吧……從這方面來看，DKB因為幹部成員與一般成員的待遇完全不同，所以無法相容也是沒辦法的事……」

「嗯……」

點頭的亞絲娜，低頭看著包住自己雙腳的全新靴子。這帶有魔術效果的逸品是約費利斯子爵送給她的獎賞。

只要進行精靈戰爭任務的話誰都有機會可以獲得，所以絕對不是獨占，但是全身裝備逐漸變成稀有道具的狀況，以及牙王提倡的分配主義還是在她心裡起了衝突吧。

我無意識當中把手伸向亞絲娜膝蓋附近，一邊遮住她延伸往靴子的視線一邊說：

「確實牙王主張不論是情報還是道具，獲得的東西都得公平分配的主張也有他的道理。因為在變成死亡遊戲的這個世界裡，最重要的資源就是玩家的性命，所以盡最大努力來保護本來就是理所當然的事。但是在像魔王戰那樣的極限狀況裡，要平等看待自己與他人的生命根本不可能。先保護自己，接著才保護與自己親近的玩家，大家都只能這麼做……所以我希望亞絲娜也盡最大的努力保護自己。包含裝備高性能的防具在內。」

「…………嗯。」

難得乖乖地這麼回答完，亞絲娜就輕輕乾咳了一下。

「我知道了，不用這樣一直按住啦。我也很喜歡這雙靴子。不會想把它送給別人啦。」

「這樣啊……」

鬆了一口氣的我看向自己的右手，這才發現手正隔著膝上襪抓住亞絲娜外形姣好的膝頭。

「嗚哦哇！」

邊叫邊光速把手抽回來，一面把手藏進懷裡，一面對這失禮的行為道歉。

「抱……抱抱抱歉！我不是故意要摸妳的腳，只是想要……」

「想要怎麼樣？」

「想要……碰一下靴子……」

「那還不是一樣！」

被嚴厲指責的話，我也只能趴下來說「您說得是」了，幸好亞絲娜沒有再追究，直接又回到剛才的話題上。

「……總之呢，對於ＡＬＳ的成員來說，我們也是該改正的對象。我想沒有會隨便對我們說出內部情報的人…………不對，等一下…………」

她皺起眉頭，稍微瞄了我一眼。

「…………今天晚上的倒數派對，企劃的人不只有ＤＫＢ的人而已吧？」

「的確是這樣……主導的雖然是ＤＫＢ的席娃達等人，但目的既然是兩大公會的親睦，ＡＬＳ那邊應該也有協助的成員之類的吧。」

我一邊回想四天前斧戰士艾基爾寄來的即時訊息一邊點著頭，結果亞絲娜忽然就把臉湊過來。

「那麼，那個ＡＬＳ方面的人應該會告訴我們詳情吧？因為好不容易企劃的派對，已經快要被偷跑的魔王攻略作戰給毀掉了吧？就算是同一個公會的成員，內心也不會願意看見這種事情發生吧。」

想起艾基爾傳來的訊息裡，結尾還加了一句「也邀請你的伙伴來吧」後就發出「唔唔唔」聲音的我，遲了一秒鐘後才了解亞絲娜的話，於是輕輕拍了一下膝蓋。

「原來如此，的確是這樣……如果偷跑作戰是強硬派硬是促成的決定，那麼穩健派的派對企劃者的意見大概是被封殺了吧。也應該有許多想說的事情……但是……」

「但是什麼？」

亞絲娜以疑惑的表情看著口氣減慢的我。我把視線從她臉上移開，開始一邊噗滋噗滋地拔著手邊的青草，一邊張開變得沉重一些的嘴。

「……或許是我想太多，也有可能派對只是作戰的一部分。因為對ＤＫＢ提出共同舉辦跨年派對的企畫，讓他們停留在主街區的話，偷跑的成功率就會大幅度地提升……如果是這樣，就算和ＡＬＳ這邊的企劃者接觸，對方也不會透露情報給我們。反而會提高他們的警覺，讓事態變得更加惡化也說不定……」

「…………」

即使我結束發言，亞絲娜還是好一陣子沒有任何回答。保持沉默的她動著左手，像在和我比賽一樣開始拔起青草。像這種小型植物都不會被當成個別物體來管理，拔起的葉子雖然立刻會消滅，但地面上的葉子也完全不會減少，所以只要願意的話可以無限地發出噗滋噗滋聲。

持續了數十秒噗滋噗滋噗滋噗滋的聲音，亞絲娜才終於說道：

「……我不願意認為ＡＬＳ會做到這種地步。在地下墓地三樓的那個摩魯特之外的黑斗篷，絕對是潛入ＡＬＳ的間諜。就算因為那傢伙的煽動而讓強硬派暫時占優勢，也一定還有想和ＤＫＢ和睦相處的玩家。」

這次輪到我沉默下來思考了。

老實說，我提出的「派對企畫者即是間諜」與亞絲娜主張的「ＡＬＳ穩健派確實存在」可能同時成立。企畫者是強硬派的間諜的話，可能會在所有穩健派不知道的情形下進行這樣的作戰。

大概繼續這樣思考下去，也無法在這裡得到答案。因為最後還是得回歸到是否相信ＳＡＯ的玩家是人性本善了。

但我一定沒有相信這一點的權利。因為我從ＳＡＯ正式開始營運當天，茅場的規則說明一結束後就最先衝出起始的城鎮。甚至沒有想像過一萬名玩家團結一致來攻略死亡遊戲的未來景像，就為了對抗仍未出現的惡意，追求起數值的強化了。

但亞絲娜不一樣。她拿起劍來離開城鎮，並非為了變得比別人強。在托爾巴納的巷弄裡吃完抹上奶油的黑麵包後，被我詢問為什麼離開起始的城鎮時，她是這麼說的：

——為了……能保持自我。與其躲在起始城鎮的旅館裡慢慢等死，我到最後的瞬間都想要保持自我。

亞絲娜是想要和自己戰鬥。相信內心的堅強，並且證明這一點。這份堅強現在也還在她心中發出燦然的光輝，照耀著坐在她身邊的我。

「……去聽他們怎麼說吧。」

停止噗滋噗滋的拔草並低聲這麼說完，就感覺到亞絲娜迅速看向這邊。稍微將視線與她相對，一邊感受她淺褐色眼睛裡的眩目光芒一邊繼續說：

「ALS的單獨魔王攻略作戰太危險了，就算成功也只會加深與DKB之間的龜裂。只要有阻止的可能就不應該坐著，我們必須有所行動。而且這時候什麼都不做的話，感覺好像會挨迪亞貝爾的罵……」

「……說得也是。」

點了點頭後，亞絲娜浮現些許微笑的嘴唇輕輕動了起來。感覺好像聽見了「謝謝」，但我沒有什麼反應就站起身——正確來說只是不知道該如何回答而已——接著啪一聲拍了一下手。

「好吧，那麼我們就順便去瑪那那雷那吃午飯吧！」

「了解了……但是，你要怎麼找出ALS那邊的派對實行委員呢？」

亞絲娜也站起來拍著皮革裙上臀部的灰塵並這麼問道，而我則是咧嘴笑著對她說：

「雖然也可以讓亞魯戈去調查，但那傢伙現在應該在進行魔王任務……這時候我們就用正攻法吧。」

相對於符合精靈村莊形象而有豐富水源與綠地的夏亞村，瑪那那雷那這座建築在古代礦山遺跡的村莊則有許多灰塵。從地面呈擂缽狀往下陷的大洞穴斜坡上並排著店面與民房，最底端可以看見坑道迷宮張開黑漆漆的大嘴。裡面雖然可以撿拾許多礦物系、化石系素材與遺物道具，但我和亞絲娜決定留待下次的機會，於是先朝著最大的餐廳前進。

雖然繞著螺旋狀階梯最後還是會到達目的地，但我們還是以四處設置的階梯作為捷徑來趕路。最後在斜坡的中段，看見發出熱鬧音樂以及香氣的大型建築物。

雖然烤肉的香氣直接攻擊空無一物的肚子，但我還是先從窗戶窺探內部的情形。正如我所預料，店內雖然有許多玩家，不過大部分都是ＤＫＢ的成員。ＡＬＳ雖然也停留在這個村子裡，但應該以更低處的其他餐廳作為根據地。

就我從窗戶窺探所見，ＤＫＢ眾成員的表情相當開朗。即使透過玻璃，也可以聽見不絕於耳的啤酒杯碰撞聲、乾杯的喊叫聲以及熱鬧的笑聲。應該是至今為止潛入迷宮後獲得大量金錢與經驗值的充實感，以及對於接下來將在主街區盛大舉行的倒數派對的期待感，讓他們露出這樣的笑容吧。

「……我可能是第一次看見凜德先生露出那樣的笑容……」

由於在旁邊亞絲娜這麼呢喃，我的視線就朝餐廳中央的桌子看去。

在上座舉著啤酒杯，把藍髮往後綁成一條馬尾的男性，無疑就是ＤＫＢ的公會會長凜德。總是給人眉頭深鎖印象的他，現在確實露出燦爛的笑容。

「不會是中了持續大笑的詛咒吧。」

當我這麼回答的瞬間，亞絲娜的手肘就戳了戳我的腹部。

「現在不是開這種無聊玩笑的時候吧。」

「是……」

把視線從凜德身上移開，持續在店內搜尋，馬上就看見了目標的人物。離開其他伙伴，在深處櫃台和NPC點了些什麼的高瘦男子，正是DKB的幹部席娃達。

「機會來了！」

我邊呢喃邊打開視窗，移動到訊息標籤。迅速完成在收件者欄打入Shivata，完成即時訊息並且傳出去。

店內的席娃達立刻有了反應。在背對著這邊的情況下窺看視窗，接著僵硬地回過頭。看見在窗邊窺看的我，就露出極為明顯的困擾表情，但還是直接離開櫃檯跟其他幹部們說了些什麼，接著來到外面。

這時候我和亞絲娜已經離開窗邊，躲在旁邊建築物的陰影底下。

「在這邊。」

小聲這麼呼喚，席娃達就大步走了過來，但是沒有停下腳步直接經過我們面前。由於擦身而過時聽見「跟我來」的低沉發言，我們就等隔了一段距離後才追上去。

席娃達爬了數十公尺呈圓弧形的坡道後，在某間空屋裡消失了。確定周圍沒有其他玩家，我也打開同一扇門踏進微暗的內部。

身後的亞絲娜關上門，就在這個瞬間——

「你有什麼目的？」

帶有百分之百焦躁感的聲音從前方黑暗處飛過來。

靠在深處牆壁上，雙手環抱胸前的席娃達，眉毛已經上揚到現實世界絕對不可能出現的角度。亞絲娜用力戳了一下我的背部並在耳邊呢喃著：

「喂，你傳了什麼訊息？」

「沒有啦……單純就寫希望他告訴我一起企劃倒數派對的ＡＬＳ成員……」

「咦……那樣就如此生氣了？沒有寫其他無謂的內容？」

「大……大概沒有吧。」

可能是聽見我們之間的對話了吧，席娃達眉毛的角度開始變化。從顯示憤怒的Ｖ狀態通過水平線，在變成顯示困惑的微八字形情況下停止。

「…………你們不是知道我和那傢伙的事情才來跟我接觸的嗎？」

被這麼一問，我也皺起眉頭。

「那傢伙是……？是知道今天晚上你們和ＡＬＳ共同舉辦派對，但除此之外就……」

結果席娃達不知道為什麼露出「糟糕」的表情並閉起嘴巴。他的視線在天花板上游移，像是要把什麼事情帶過一樣乾咳了兩三聲。

我雖然無法理解DKB幹部為何會露出這讓人摸不著頭腦的反應，但亞絲娜卻像是有了什麼靈感一樣。她低聲說著「哦哦～……」並走到我前面，把兜帽從頭部撥下，然後以沉穩的聲音說道：

「不要緊的，席娃達先生，我們只是想知道出現這個派對企畫的經過而已。只要告訴我們這一點，我們不會探索其他任何事情，在這裡知道的事情也絕對不會洩漏給任何人知道。」

聽見她這麼說的席娃達似乎稍微恢復了一些平常心，但雙眼裡的猜疑神色並沒有完全消失。他瘦高的身軀微微往前傾，發出沉吟般的聲音：

「為什麼我要相信妳這種口頭上的約束？」

「我們也希望派對能夠順利舉行喲……雖然是我的猜測，但我想ALS那邊的企劃者，應該傳來不太妙的訊息吧？」

「妳……妳怎麼知道……？」

面對很驚訝般瞪大雙眼的席娃達，亞絲娜又往前靠近一步。

「我們願意幫忙解決問題。所以可不可以告訴我們詳情？可以的話，希望ALS的人也能夠一起過來。」

覺得這樣實在有些太急躁的我感到一陣慌亂，但席娃達短髮底下像是田徑社社員般的臉露出一陣子苦惱的表情後，就低聲再強調了一遍：

「……真的會保守祕密吧？」

「以我的劍發誓。」

亞絲娜的回答雖然有些誇張，但是卻對席娃達發揮出意想不到的效果。他像是放棄掙扎一樣點點頭，接著打開視窗。

趁DKB的男成員以僵硬的手勢打著全息圖鍵盤的空檔，我小聲地對亞絲娜問：

「剛才那究竟是怎麼回事？」

結果細劍使露出得意的笑容，低聲回答我說：

「你馬上就知道了。」

但是——

大約三分鐘後，一名略顯嬌小的ALS成員敲著空屋房門，但我無論怎麼凝視對方，都無法解開疑問。

應該是坦克的他，全身包裹在低層相當少見的鋼鐵板甲底下，頭部也戴著堅固的頭盔。武器是裝備在背上的長鎚矛。明明是在城鎮裡還是緊緊蓋著面甲，所以完全看不到直向狹縫後面的容貌。

萬一不利於我方的預測為真，那麼這個全身板甲男就是ALS強硬派的間諜，到了現在也還是騙著席娃達。而最糟糕的情況是，他可能是摩魯特另一名潛伏在ALS的伙伴。不對，也有可能鎧甲底下的人就是地下墓地和摩魯特待在一起的那個黑斗篷本人。

如果是這樣，就有可能忽然拿起長鎚矛來揮舞。在全力保持警戒的我面前，全身板甲男就透過面甲往這邊瞪了一眼，然後才轉向席娃達。

「席娃，這是怎麼回事？」

發出的第一道聲音帶有金屬頭盔特有的強烈金屬質特效，讓我無法判斷他與另一名黑斗篷是不是同一人物。席娃達搔著留著短髮的頭部，像是要辯解一樣說：

「抱歉硬是把妳叫出來。但是，這兩個人好像願意幫忙舉行派對。而且……細劍使好像已經注意到了。」

嚇了一跳的我雖然一瞬間看向亞絲娜，但還是完全不清楚她知道了什麼。

聽見席娃達這麼說的全身板甲男，隨即做出讓全身關節發出喀鏘聲的動作，然後仔細端詳著亞絲娜在較高處的容貌。

「……真的嗎？是怎麼注意到的？」

聽見對方的問題，亞絲娜不知為何露出極有自信的笑容並回答：

「看見席娃達先生的態度就知道了。實在太明顯了。」

「………………」

沉默了一陣子的金屬頭盔，又喀鏘一聲轉向席娃達。

「所以我才說席娃你的臉透露太多情報了。」

「有……有什麼辦法嘛，是NERvGear自己讀取然後改變表情的啊。」

「這樣的話，你也戴密閉型頭盔吧。」

「別……別做這種無理的要求好嗎……」

在聽全身鐵板男與席娃達的對話當中，某種莫名的不對勁感覺逐漸膨脹，於是我拉了拉亞絲娜斗篷的衣角。

「我說啊……這到底是怎麼……」

但這次細劍使依然只是露出淺淺的微笑，然後就往前走出一步對全身板甲男搭話道：

「那個，我們真的沒有其他意思。我們也很期待今天晚上的派對，而且也知道ＡＬＳ那一邊出了問題。就是為了解決那個問題，才希望能夠告訴我們詳情。」

「………………」

即使如此，全身板甲男還是靜默了五秒鐘左右，最後才緩緩點了點頭。

他舉起穿戴巨大護手的右手，打開了視窗。用手指碰著裝備人偶，然後輕揮了一下。

灑下鋼鐵色粒子後，頭盔消失了。

從底下露出來的，是一名將泛橘色頭髮在眉毛上方剪齊，給人有點像木芥子般印象的，非常可愛的女孩子臉龐。

——等一下等一下，ＳＡＯ裡不能用長相來判斷性別。所以不能說絕對沒有這種長相的男性……

跟剛才的金屬質聲音有很大差距的，極為可愛的女孩子聲音切斷了我這樣的思考。

「我相信妳。因為我……很尊敬亞絲娜小姐。而且我也希望讓和席娃拚命準備的派對能夠順利舉行。」

聽見這段話的席娃達，那類似田徑社社員的臉，就浮現出很適合「陶醉……」這種形容詞的表情。

總而言之是這麼一回事。ＡＬＳ的全身板甲男，其實是全身板甲女。而她和ＤＫＢ的席娃達，不知道從什麼時候發展出不尋常的關係——

「…………為什麼啊！」

這時我只能抱住頭這麼大叫。

寫著「Ｌｉｔｅｎ」唸成「莉庭」的全身板甲女，就穿著拿下頭盔的鎧甲，坐到老舊的椅子上。

旁邊坐著席娃達，而我和亞絲娜則坐在他們對面的椅子上。雖然長年放在空屋裡的椅子已經老舊到讓人擔心，但ＮＰＣ房屋的家具基本上是不可破壞物體，所以就算全身鎧甲的重量壓在上面也不會被壓壞。

我從同樣老朽的桌上探出身體，提出了第一個問題：

「嗯……莉庭小姐是什麼時候加入ＡＬＳ……？」

「十二月二十二日。」

橘色的妹妹頭沒有絲毫移動，立刻這麼回答。我打開腦袋裡的月曆，低聲說著：

「這也就是說，第四層開通的隔天嗎……是志願加入？還是……」

「是被挖角的。因為這個的關係。」

莉庭再次堅定地回答，然後低頭瞄了一下全身的鎧甲。

其實剛才也有這種感覺，她身上的鋼鐵製板甲，確實在第四以及第五層附近是很難入手的裝備。首先ＮＰＣ商店裡沒有販賣完成品，也想不出有什麼怪物會掉下這樣的寶物。

這樣的話就只剩下製造這個手段，但自己製作就不用說了，連要委託ＮＰＣ鐵匠或者擁有製作金屬防具技能的玩家都有相當高的難度。光是必要的素材道具，數量就足以讓人在收集前感到厭煩了。

金屬系素材的入手方法，基本上是從以鶴嘴鋤在岩山或者洞窟的牆壁上敲打來採集「礦石」開始。

把又重又占空間的礦石裝滿道具欄後回到街上，然後讓NPC打鐵舖的熔鐵爐將其熔化為「板金」或者更大的「鑄塊」。需要兩個鐵礦石才能製成鐵板金，而要製造鐵鑄塊的話就需要六個鐵礦石。

艾恩葛朗特裡的鐵如果在現實世界的話算是生鐵，性能應該只比青銅要好一點吧。但是鐵鑄塊可以製成更高級的素材，也就是鋼鐵鑄塊。方法是只要再熔化鐵鑄塊即可，不會花什麼時間，但是產出的效率相當低。我記得要製造一個鋼鐵鑄塊就需要四個鐵鑄塊，所以直接就需要消費四倍的鐵礦石。

而如果要湊齊全身的鋼鐵製重金屬鎧甲，總共需要多達六十個鋼鐵鑄塊。也就是說作為原始材料的鐵礦石要六十×四×六……總共一千四百四十個。

很難想像究竟得花幾天才能從山裡掘出這麼多礦石。如果封測時期的設定沒有改變的話，從一個地方的礦脈所能掘出的礦石最多也只有十個左右，而這樣的礦脈在低層也很難發現。所以自製的可能性也相當低。這樣的話，莉庭究竟是怎麼——

除了亞絲娜與亞魯戈之外就很久沒聽過的女性聲音，這時候直接否定了我這樣的瞬間推測。

「這件鎧甲是玩家所打造。雖說如此，當然不是我自己打造的。」

「真……真的嗎……這就表示，莉庭小姐挖掘了一千數百個的鐵礦石對吧？這樣到底花了幾天的時間呢……？」

嚇了一大跳的我一這麼問，莉庭就用靦腆的表情輕輕搖了搖頭。

「桐人先生和我講話不用這麼客氣，因為你是攻略集團的老前輩。」

「這……這樣啊……」

我忍不住往旁邊看去，結果席娃達平常像田徑社社員的臉，這時以洩漏出些什麼般的表情點了點頭。

「這樣應該沒關係，因為我和你是以平輩論交，對小莉……莉庭講話太客氣也有種奇怪的感覺。」

「呃……喔，那就這樣吧……」

倒是你剛才說什麼啊，「小莉」是怎麼回事啊喂喂，雖然很想這麼追究，但為了要事還是先隱忍下來。

「那麼，剛才提過的事情……」

我剛這麼提起，莉庭就一瞬間閉起嘴巴，然後才用略為沉重的口氣開始說道：

「那個，因為這件事也還沒跟席娃提起過，希望不要把消息洩漏出去……」

「那是當然。一開始就說好是這樣了。」

亞絲娜立刻這麼回答，我也點了點頭。莉庭也對我們點頭然後再次開始說明：

「……我大概是在一個多月前離開起始的城鎮。當然我還是第一次玩VRMMO，不過之前已經有許多網路遊戲的經驗，所以不願意只在城市裡等待遊戲被完全攻略，也想自己加入攻略集團。和席娃以及亞絲娜小姐你們比起來，起步算是相當晚，但正式營運開始後就取得了『重金屬裝備』技能，所以實在費了不少功夫才湊齊防具……」

「這麼說，打從一開始就想擔任坦克嘍？」

聽見亞絲娜的問題，莉庭毫不猶豫就回答：

「是的，因為至今為止的遊戲裡，我大概都是擔任坦克……在起始的城鎮周邊狩獵山豬等怪物，好不容易在商店裡買了『銅製鎖子甲』，想說這樣好不容易能夠往上層前進，但接下來卻一直找不到願意讓我加入的小隊。在這種狀況下也是沒有辦法的事，好幾次都被人說無法信任女性坦克。」

「這跟戰鬥能力明明就沒有關係。」

亞絲娜很憤慨般這麼說完，莉庭就像看著什麼耀眼的東西般瞇起眼睛。

「我也很想這樣反駁他們……最後就賭氣覺得那就乾脆單獨以坦克的身分奮鬥到最前線，一邊挖掘製造防具用的礦石一邊提升等級……」

「坦克的STR比較高，道具欄容量也比較寬裕，不過真虧妳能夠掘出一千個以上的礦石耶。」

大感佩服的我夾雜了這樣的評論，結果莉庭不知道為什麼就伏下視線。但是，當她身邊的席娃達對她呢喃「不想說的話沒關係喔」的時候，妹妹頭就左右晃動了一下並且再次開始說道：

「的確，我是自己一個人收集了製作這件鎧甲的鐵礦石。正如桐人先生剛才所說，我挖了一千五百個以上。但是……這完全不是什麼可以對人炫耀的事情。」

「這是什麼意思？」

在亞絲娜能令人安心下來的溫柔聲音（很可惜的是很少對我發出這樣的聲音）催促下，莉庭又繼續表示：

「……那是我在第二層的馬羅梅村附近提升等級時發生的事。在小小山谷深處的岩壁上發現了鐵的礦脈，所以就把鎚矛換成鶴嘴鋤，像平常一樣開始挖掘。一般來說，挖出七八個礦石差不多就結束了，但那個地方怎麼挖礦脈都不會枯竭……一開始認為是『中大獎的礦脈』而覺得很高興，但之後就越來越害怕……超過一百個的時候我終於發現了。這就是所謂的……」

「無限湧出Bug……？」

我茫然這麼呢喃，莉庭也輕輕點頭。由於旁邊的亞絲娜露出狐疑的表情，我就簡短地說明了一下。

「就是怪物或者道具，即使超過正常數量還是會不斷出現的程式異常。SAO裡還是第一次聽見……嗯，會發生的時候就是會發生吧……」

「這樣啊……也就是可以在同一個地方挖掘出無數個鐵礦石嘍。還有像這種中了樂透彩頭獎的事情啊。」

亞絲娜天真無邪的評論，讓其他三個人都露出苦笑。這時席娃達就代表遊戲廢人組為她解說：

「亞絲娜小姐，事情不是這麼簡單喔。利用Bug被稱為『Glitch』，如果是單機遊戲的話就只是看當事人怎麼想的問題，不過MMO的話要是營運方發現了，可能會把檔案回溯，甚至有時候會被砍帳號。」

「那麼……莉庭小姐……並沒有放棄礦石對吧，因為鎧甲就在眼前……」

妹妹頭上下點了一點，肯定了亞絲娜說的話。

「是的……雖然猶豫，但我還是無法停止鶴嘴鋤。鐵礦石無限湧出的話，不要說鐵製了，甚至能製造鋼鐵製的全身裝備……當時腦袋裡只有這個想法……」

「也難怪妳會這樣，我要是找到那樣的地點，當然也會拚命挖掘。」

我的話讓席娃達產生莫名的對抗意識，只見他也說了一聲「當然我也會挖喔」。不害怕亞絲娜照射過來的「受不了你」的視線，我又繼續問：

「那個，我還是先問一下，那個無限湧出地點，現在還是一樣……？」

「不是……」

這次莉庭的瀏海橫向動了起來。

「挖了三十分鐘左右，岩壁的表面一瞬間像崩壞了一樣，雖然立刻就恢復了，但之後就再也沒有礦石出現了。」

「營運方發現Bug並加以修正……了嗎？不對，說是營運方……」

在歪著頭的我面前，席娃達聳了聳肩。

「Bug被修正了，那應該就是了吧？」

「不過，現在ＡＲＧＵＳ的員工也沒辦法碰到ＳＡＯ的伺服器了吧？擁有管理者權限的就只有茅場晶彥一個人……」

「那就是茅場修正的吧。」

聽對方這麼一說，我也沒有加以否定的根據。於是點頭說了句「或許吧」，就把話頭拉回主題上。

「也就是說，莉庭小姐的板甲是用那時挖掘出的鐵礦石所製成。但是，虧妳一個人能搬超過一千個以上的礦石……礦石腐朽的時間雖然比較長，但這也是一件相當費工夫的事情吧？」

結果莉庭再次搖了搖頭。

「不是……那些礦石不是我一個人搬的。應該說，那是就算搬回村子裡，也無法放入旅館保險箱的數量……」

「噢，說得也是……」

只要確實付住宿費租借房間，就能夠使用設置在裡面的道具保險箱——也就是名符其實的外部道具欄，但價格便宜的旅館，保險箱的容量也較小。當然如果只是保管剩餘裝備或者食品、藥水等的話就沒有問題，但實在沒有能夠容納數百個礦石的空間。沉重的礦石系道具的保管方法是每個人煩惱的問題，也被認為是想成為鐵匠的玩家會碰到的最初且最大的障壁。

「這樣的話，把小熔礦爐帶到挖掘現場，然後在那邊把它們全都熔化掉呢？變成鑄塊的話，就應該可以拿走不少的量吧。如果沒辦法這麼做，就直接拿到ＮＰＣ打鐵舖去，依序熔化的話……」

亞絲娜所提出的第一個點子，是我在封測相當初期時也曾經試過的方法。我一邊回想令人懷念的Try and Error的日子，一邊反駁她提出的兩個點子。

「很可惜的是，能帶著走的攜帶式熔鐵爐只能辦到武器防具的製造與強化，礦石的精鍊一定得用固定的大型爐。拿到打鐵舖去是沒問題，但被其他玩家看見的話應該會很麻煩。戰鬥職不斷拿大量的礦石去熔解的話，就等於告訴其他人城鎮外面放了一大堆礦石……」

「我也很害怕這一點……因為剛好是第二層發生強化詐欺事件的謠言正在流傳的時候，所以擔心要是被恐怖的人跟蹤的話怎麼辦……」

席娃達似乎也是第一次聽見莉庭的這番話。由於他正是被強化詐欺奪走主要武器的當事者，這時就用擔心的表情對旁邊的莉庭說道：

「小莉，那個強化詐欺背後有許多錯綜複雜的內情，雖然沒辦法跟妳說詳細的內容，但做這些事的那些傢伙其實不是什麼壞人。他們所有人都向受害者道歉並且賠償了，所以作惡的傢伙已經消失了。」

「這樣啊……席娃，謝謝你告訴我這些事。」

如果我是小學男生的話，這時候就算對彼此凝視的兩個人叫一聲「喂喂太火熱了吧！南極的冰都要被融化了！」，或許也可以被原諒，但我明年就是國三生了，所以這個時候還是自重一些吧。

而且很遺憾的是，席娃達的話這個時候已經無法說完全正確了。攻略集團裡或許只有我和亞絲娜知道，但現在的艾恩葛朗特當中，有一群身分不明的煽動PK集團這種「真正的壞蛋」正在暗中活躍。之所以會請席娃達安排這場會談，說起來也是為了對抗摩魯特等人的企圖。

雖然很想盡快進入主題，但還不確定能不能百分之百信任莉庭。板甲底下是女性——而且和席娃達還是那樣的關係雖然令人驚訝，但也有因此而產生的懷疑。雖然很不願意這麼想，但也無法確定對方絕對不會設下美人計這樣的陷阱。至少也想先把入手高價重金屬防具的方法完整聽完。

「……這樣的話，最後鐵礦石是如何搬運的呢……？」

把話題拉回來後，莉庭就重新面向正面，再次開始說明：

「是的……嗯，除了實際的搬運手段之外，我也不知道該不該使用這些礦石。身為坦克的我當然是求之不得，但這很明顯是無限湧出Bug……不但對於使用由Glitch製造出來的裝備感到猶豫，也因為害怕被營運方發現進而砍帳號嚇得無法動彈……——這個時候，我就下定決心跟一位在第一層認識，而且幫我保養裝備的朋友商量。」

「保養裝備……？也就是說，妳那位朋友是鐵匠嘍？」

我的腦袋裡立刻浮現剛才在話題裡出現的，身為強化詐欺中心人物的打鐵匠涅茲哈，並且開口這麼問道，結果莉庭輕輕點點頭。

「嗯。說是鐵匠，也不過是一點一點地修習武器與防具的製作技能，並沒有開設店鋪……不過那個鐵匠也是女孩子所以和她的感情不錯，保養或者簡單的製作都會委託她。」

「哦，女鐵匠嗎……」

光是這一點，就可以確定不是涅茲哈了。起始的城鎮裡，也還有許多試圖挑戰這款死亡遊戲的玩家呢……我一邊這麼想一邊等待莉庭繼續說明。

「……以朋友訊息跟她商量鐵礦石的事情，結果立刻有了回應……她說在SAO之前雖然沒什麼網路遊戲的經驗，但那時候真是給我快刀斬亂麻的感覺。」

莉庭的嘴角浮現淡淡的微笑。

「她說現在不是猶豫的時候了吧，這個世界最重要的事情就是活下去，再來就是完全攻略遊戲，所以不論是Bug還是什麼，利用它來變強就對了。而且就算被砍帳號，就表示能夠離開這裡，所以根本沒有必要害怕吧……我也覺得她說的一點都沒錯，所以就請那個女孩子幫忙搬運礦石，幸好沒有被人注意到，就成功到馬羅梅村的打鐵舖裡把它們全都變成鐵鑄塊了。」

「那麼，妳身上的板甲不是由ＮＰＣ，而是由身為妳朋友的鐵匠所製作的？」

聽見亞絲娜的問題，莉庭就有些驕傲地點點頭。

「是的！由於熟練度只是剛好合格，所以她也說委託ＮＰＣ比較好，但我無論如何都想拜託她……結果失敗了好幾次又熔回鑄塊，然後又繼續打造，最後花了一整晚的時間確實地造出身體、腳部、護手、靴子以及頭盔等五個部分。」

「哦……真是個好朋友，同時也是個好鐵匠……」

我一這麼說，莉庭這次就真的浮現出明亮的笑容。看見她的笑容後，就覺得沒有必要懷疑她是摩魯特那邊的間諜了。

接下來的發展就很簡短了。莉庭身穿攻略集團裡也幾乎無人擁有的五件式重裝備，以第三

層的樹妖為對象不斷提升等級，而ＡＬＳ就對她提出加入的邀請。結果她這次也在身為鐵匠的朋友建議下加入公會，接著在攻略第四層當中與對手公會的席娃達相遇，經過一連串事情後培養出感情……事情好像是這樣，但這個部分不喝酒的話就聽不下去，所以就省略掉了。

總而言之，在避開耳目不斷地幽會當中，開始想促進兩公會和睦的兩個人，就企劃了今天晚上的倒數派對作為第一步。ＤＫＢ這邊的凜德出乎意料地願意配合，其他成員似乎也相當期待——但問題是ＡＬＳ。

話題好不容易來到最前線時，我就從道具欄裡拿出四小瓶萊姆水。很可惜的是它們並不冰涼，不過四個人同時滋潤聊到口乾舌燥的喉嚨後，我終於提出了主題：

「那個……首先，關於ＡＬＳ那一方的問題……莉庭小姐跟席娃達說到哪裡了？」

席娃達比莉庭還快對我的問題產生反應。

「就是這件事。小莉，妳昨天傳來發生一些問題，我會想辦法解決的訊息後就沒有再跟我聯絡了吧？我一直擔心是不是發生什麼事了……」

「對不起喔，席娃……」

莉庭雖然這麼謝罪，但是她的臉上還是明顯滲出被夾在中間的苦惱。

關於ＡＬＳ的「樓層魔王偷跑作戰」，一定對所有成員下達了嚴格的禁口令吧。身為公會成員必須得遵守這個規則，但莉庭她又是和席娃達一起企劃倒數派對的實行委員長。很容易就能夠理解她的痛苦。

「如果發生了什麼問題，為什麼不找我商量呢，小莉？我確實是DKB的成員，但在那之前，大家都是SAO的玩家啊。明明是小莉讓我發現這一點的……」

席娃達把手放在板甲的肩頭，試著以直率的說法來說服她，但莉庭依然只是低著頭。

一瞬間和亞絲娜交換了一個眼色後，我乾咳了一聲才再度開口：

「莉庭小姐沒辦法說出詳情的話，就由我來說明吧。席娃達……你冷靜聽我說……ALS的主力，將在今晚的倒數派對裡爽約，試圖單獨攻略樓層魔王。」

這時露出驚愕表情的不只是席娃達而已。

因為向後仰而快要從椅子上跌下去，板甲喀鏘響了一聲後止住身子的莉庭，與頭髮類似的黃玉色眼珠瞪大到極限。

「桐……桐人先生，為什麼知道這件事……？」

「抱歉，這我還不能透露。不過，這不是從ALS內部洩漏出來，也不是跟情報販子買來的消息。」

「…………這樣嗎……——不，沒關係了。像兩位這樣的人，情報收集能力一定也是最高等級……」

「妳……妳太看得起我們了。」

和亞絲娜面面相覷露出苦笑後，我才繼續說道：

「我是攻略集團的邊緣人，平常總是任意而為，所以也知道沒有立場對ALS與DKB的人說什麼大話。但是……我和亞絲娜真的都不希望兩大公會的感情繼續變差下去了。適度的敵對意識，或許可以成為樓層攻略的原動力……但是，這次的偷跑實在太過火了。如果成功的話，和DKB之間的爭執將再也無法解決，萬一失敗的話……最糟糕的情況，ALS甚至有可能整個崩壞。因為是一支公會單獨挑戰作為區隔的第五層魔王……」

我一閉上嘴巴，在對面抱著短髮頭的席娃達就像呻吟般說道：

「但是……為什麼會變成這樣？牙王雖然是個魯莽的男人但絕對不是笨蛋。那傢伙應該也知道，單獨挑戰樓層魔王是何等有勇無謀的事情吧……」

我和亞絲娜就是為了知道這個疑問的答案，才會來到這個瑪那那雷那村。

承受著三人的視線，莉庭有好一陣子緊咬著嘴唇，最後才像下定決心般點了點頭。

「……既然桐人先生你們已經知道這麼多事情，那我就把知道的部分說出來吧。」

以萊姆水滋潤了一下喉嚨，ALS的新人坦克就挺直背桿緩緩開始說了起來。

——ALS因為重視成員的平等性，所以不論什麼會議都是在全員參加的情況下進行。但是，決定剛才的魔王攻略作戰的會議，卻只有十幾名元老級成員被叫去參加……我還只是最底層的成員，當然也就不在現場。所以接下來的事情，是從我們小組的班長那裡聽來的。

——召開那場會議的三天前，也就是二十八日的晚上。元老級成員的某個人，好像從封測玩家那裡得到重要的情報。由於那是很敏感的情報，所以牙王先生在沒辦法的情況下，才會在限定元老參加的會議裡進行討論。

——所謂的情報，是從第五層的魔王身上會掉落極為重要……是由ＡＬＳ還是ＤＫＢ入手將會讓今後的情勢產生重大變化的稀有道具。我們的班長和其他幾名幹部，也主張過如果是如此重要的道具，那麼應該在魔王戰之前向ＤＫＢ提出由兩公會共同管理的要求。他們表示，如果是在派對的宴席上，ＤＫＢ應該會接受這個要求才對。

——但問題是那個稀有道具，好像是原理上無法共同管理的物品。結果便出現這樣的話，乾脆在舉行派對的時候單獨打倒魔王，確實獲得道具的意見……甚至發展成不這麼做的話ＡＬＳ就會被ＤＫＢ吸收的情況，最後牙王先生好像也不得不承認魔王攻略作戰。這就是我知道的所有事情了。」

莉庭閉上嘴後，席娃達就把整個上半身轉往左邊，以沙啞的聲音質問：

「小莉，那個稀有道具究竟是什麼……？」

但是全身板甲的少女只是悄然搖了搖頭。

「抱歉，席娃。我也是今天早上才被通知魔王攻略的事情，雖然拜託班長告訴我詳情，但他說其他都是極機密情報……班長雖然支持我們企劃的派對，但對我低頭說抱歉之後，我這個新人也沒辦法多說些什麼。不過我還是想做些事情而和同班的人商量，當他們說事到如今只有直接跟牙王先生表達訴求時，就接到席娃的訊息了。」

「…………是這樣啊……」

深深呼出一口氣的席娃達，抬起頭來筆直地看著我。他以極為嚴肅的表情吞了一大口口水，才擠出沙啞的聲音：

「……封測玩家的你應該知道吧？從第五層魔王身上掉下來的重要道具究竟是什麼？」

「等等…………咦咦…………？」

我把雙手環抱在胸前，把頭歪到可動範圍的界限。

「第五層魔王身上掉下來的超稀有道具……？雖然參加了魔王戰，但是重點道具應該是雙手劍吧……從魔王身上掉下來的寶物性能當然都算高，但應該不是能破壞公會間力量平衡的東西啊。說起來如果是武器的話，就可以共同管理了吧……」

我把歪著的頭移回來並閉上眼睛，試著重新播放遙遠的記憶。

封測時期第五層的魔王，是與構成遺跡的建材相當類似的藍色大型岩石魔像。當然防禦力相當高，要攻略那幾乎有魔王房間天花板那麼高的巨大身軀雖然很困難，但當時就算陣亡也不過是笑話一場。在將近一百人的玩家以蠻力猛攻下，魔像變成岩塊並且碎裂，有十個左右的道具掉落在幸運玩家身上，經過一陣子的道具評鑑會後就爬上通往第六層的樓梯。祭典般的熱鬧氣氛可以說與之前的樓層魔王攻略沒有什麼兩樣。

——不對。

那個時候確實有某樣奇妙的物品掉落到某個玩家身上了。外表看起來是威風的長兵器但攻擊力卻很低，大家當時都笑著說這是什麼東西啊，所以獲得的玩家就氣得把它丟掉，後來被某個人把它撿走，幾天之後發現它真正的價值後引起了一陣大騷動——腦袋的角落依稀記得有過這樣的情節發生。說起來因為是對我沒有用的道具，所以我就不是太注意，但那的確………

「Flag………」

我一這麼呢喃，其他三個人就一起露出疑惑的表情。

「Flag？旗子怎麼了？」

一聽見亞絲娜這麼問的瞬間，在戰場上飄揚的三角旗就重新出現在我腦海裡。我猛烈地吞了一口氣並握緊雙手，稍微從椅子撐上身子然後發出呻吟。

「啊……啊啊……那東西的確很不妙……！」

「喂，到底是什麼啊，桐人？你說Flag是指什麼特定的條件嗎？」

同樣變成半蹲姿勢的席娃達這麼大叫。說不定這是這名田徑社社員首次以名字而不是用

「你」來稱呼我，但根本沒有多餘心思注意到這一點的我只是不停搖著頭。

「不是啦……不是Flag，而是真正的旗子……」

「旗子？為什麼那種東西會是稀有道具？」

「那不是一般的旗子。而是公會旗。具有只要把它立起來，半徑十五還是二十公尺以內的所有公會成員，全部能力都會上昇的支援效果……」

席娃達本來略細的眼睛瞪得老大，接著從嘴裡發出沙啞的聲音：

「你說……………什麼……………？」

8

雖然不知道是不是因為此處是漩渦型的地形，但瑪那那雷那村的知名商品，是在薄薄的海綿蛋糕上塗了滿滿香蕉口味的奶油後捲起來的巨大瑞士捲。原本懷抱著來到此地時一定要吃它的期待，但真的到了那一刻卻又沒有任何食欲。

當我把眼睛繞著眼前盤子上，那直徑應該有二十公分的瑞士捲漩渦打轉時，坐在對面的亞絲娜就以嚴肅的表情呢喃：

「……結果，那兩人是在交往吧？」

「………………咦？」

完全出乎意料的發言讓我的腦袋陷入混亂，不由得這麼反問。亞絲娜依然保持嚴肅的表情，再次開口說道：

「我是說席娃達先生跟莉庭小姐啊。認識的契機以及之後的經過，這些重要的地方都被很簡單地帶過去了。」

「嗯……嗯，確實是這樣……」

對我來說，就算聽見那些事情也不知道該露出什麼樣的表情，所以席娃達省略掉後我其實鬆了一口氣，但亞絲娜似乎頗有興趣。我用叉子切了一大塊香蕉口味瑞士捲，慎重地選擇用詞遣字來回答她：

「……不過，那個古板的田徑社社員都稱呼她『小莉』了，我看應該是在交往吧？」

「咦，席娃達先生是田徑社的嗎？」

「沒有啦，是我自己的想像。」

「喂喂，虧我相信了你兩秒鐘！」

揚起眉毛的亞絲娜也吃了一大口瑞士捲。可能是知名甜點的靈驗顯現了吧，當她眉間的直向皺紋消失時，我就提出忽然浮現在腦海裡的疑問：

「……但是，在這個世界交往，具體來說不知道是什麼狀態喔？」

「哪有什麼狀態……不就跟外面的世界一樣嗎？」

聽對方乾脆地如此回答後，如果說不對細劍使小姐在現實世界的經驗值有些在意的話就是在說謊了，但總不能直接詢問這種事情，所以我就把腦袋裡的疑問消除，繼續著我們之間的對話。

「但是……基本上沒辦法做和外面世界相同的事情吧……」

「咦？啊……對喔。就是那個防範規則……」

亞絲娜一邊瞄著周圍，一邊壓低聲音這麼說。

在空屋前先和席娃達他們分開的我和亞絲娜，就移動到瑪那那雷那村屬於內行人景點的咖啡廳。和DKB與ALS聚集的餐廳不同，由於沒有面對螺旋階梯，所以不知道的話就沒辦法來到這家店。正如期待店內沒有先到的客人，但彼此還是能夠了解想壓低聲音的心情。

所謂的那個防範規則也就是「性騷擾防範規則」，是SAO多數系統當中，成為話題時最讓人感到尷尬的物品。

我也了解需要這樣的系統。不這樣的話，應該會出現不少對充滿魅力的女性NPC有不適當行為的男性玩家吧。系統上的說明非常地單純，對於異性NPC或者玩家持續一定時間的不適切行為的話，首先會隨著警告出現反彈力，繼續重複這樣的行為就會被強制轉移到第一層起始的城鎮裡「黑鐵宮」的監牢區域。實際上，我也在第四層的船匠NPC羅摩羅老人的工作室裡，為了叫醒在搖椅上睡著的亞絲娜而搖了一陣子她的肩膀，結果忽然就被快要發動的強制轉移模式嚇得差點口吐白沫。

應該是想起同樣的場面了吧，邊摸著左肩邊狠狠瞪了我一眼的亞絲娜，乾咳了一聲後才繼續說：

「……的確可能無法觸碰到對方……但就算不做這種事，交往還是可以成立吧。」

「啊，是的，說得沒錯──但是，那個防範規則的條件實在太過曖昧了……不知道怎麼樣才是『不適切的接觸』，我那時候也沒有對我做出警告或者反彈，忽然就在亞絲娜眼前出現了強制轉移視窗……還是要找個機會好好地檢驗看看比較好吧……」

「那麼，那個時候按下YES的話，應該就能獲得貴重的資訊了吧。」

「我……我看還是不用了……」

猛烈搖了搖頭後，亞絲娜又輕瞪了我一眼，才以沉思的表情說：

「不過，話說回來，之前就連轉移視窗都沒有出現……」

「之前是指？」

「就是地下墓地迷宮裡，那兩個傢伙逃走後，桐人你……」

聲音突然在這裡就中斷，於是正準備再切一塊瑞士捲的我就抬起頭來。結果細劍使在視線與我相對前就迅速把臉轉開，因為她的臉頰有點變紅，所以我終於也想起來了。

「呃……啊，原來如此……」

聽她這麼一說，的確是這樣。被怪物群追著的摩魯特他們身影消失後，為了讓可能是突然從緊張當中解放出來而劇烈發抖的亞絲娜冷靜下來，我便將她抱過來並撫摸她的頭。雖然到了這個時候才不由得產生「真虧我敢那麼做」的感慨，不過那次的接觸至少持續了三分鐘以上，明顯比在工作室叫她起床時還要長。但是亞絲娜眼前卻沒有出現催促對我進行強制轉移的視窗，這的確是個謎團。

「嗯……這就表示肩膀不行而頭部可以嘍……？」

「但是，如果被摸的對象感到厭惡的話，頭和肩膀都是一樣喔。說起來那個時候，桐人也用左手碰著我的右肩啊。」

「哎呀，是……是這樣嗎……唔唔唔，真是個謎……是因為第四層時亞絲娜在睡覺的緣故嗎……」

「應該不是吧。就算對著睡覺的玩家出現視窗，不能按下YES鍵就沒意義了吧。」

「您說得是……啊，對了，下次問問席娃達吧。」

「要問什麼？」

面對驚訝的亞絲娜，我隨即披露了我的好點子。

「就是說，如果那個田徑社社員想要跟莉庭進行物理接觸的話，應該會調查過一定會發動防範規則的條件吧？」

下一刻，細劍使右手上的叉子就發出「咻啪」的聲音朝我鼻頭接近。如果拿的是刀子的話，說不定就發動「線性攻擊」了。

「我……我說啊，絕對不能這麼做喔，這種問題實在太粗魯了！田徑社社員也就算了，對莉庭小姐很失禮吧！」

「我……我知道了，不會再說了，妳先把那個收起來吧……」

看見叉子放回桌子對面後，我就「呼～」一聲吐出一口氣並把背部靠到高背椅上。

「嗯嗯～再來就只能想到發動條件因為對象玩家而有所變動了……」

「什麼意思？」

「也就是說，之前從來沒有接觸過的，初次見面的玩家之間會比較容易發動防範規則，雙方的關係加深後發動條件也會放寬……如果是這樣，也不知道要怎麼把玩家之間的精神距離感數值化就是了……」

這時我忽然把對著天花板的視線移回前面，就看見細劍使不知道為什麼一臉嚴肅地保持著沉默。雖然擔心自己是不是又說錯了什麼話，但不知為何，紅暈就從她斗篷領子露出來的脖子慢慢往上升到嘴角、鼻子。

這是毀滅性大爆發的預兆嗎？如果是的話得立刻逃走才行，想到這裡的我便抬起腰部，幸好此時門鈴傳來爽朗的喀啷喀啷聲，把這謎樣的緊張狀態消除了。

一看之下，走進店裡的是先一步來到瑪那那雷那的亞魯戈。這當然不是偶然，是我們跟席娃達他們的會談結束後，傳送了訊息給她。

「哈囉——」

長了三根鬍鬚的情報販子，以有點疲累的模樣打完這樣的招呼後，就在亞絲娜身邊坐下來。對白鬍鬚的NPC店長點了三倍厚切瑞士捲，接著「呼」一聲吐出長長一口氣。

「硬是把我叫到這裡來，應該是有比魔王任務更重要的事情吧，桐仔？」

「那……那是當然了。」

嘴裡雖然這麼回答，但我還是一瞬間檢討著這時候把性騷擾防範規則的事情提出來讓大家笑一笑這個可能的選項，但感覺應該不會有人笑，所以還是算了吧。

「嗯……大概知道ＡＬＳ計畫要偷跑的理由了。」

亞魯戈真不愧是以情報作為主食的生物，當我一這麼說完，她臉上就恢復了生氣。

「喂，真的嗎？連我的情報網都還沒收到消息耶，很有一套嘛。」

「結果理由讓人有點意外。」

「……為什麼意外？」

「亞魯戈的話應該會知道……妳還記不記得，封測時期的第五層魔王戰裡，有一件不妙的道具掉下來的事情？」

「不妙的道具……？」

可能是情報販子的自尊被刺激到了吧，兩頰的鬍鬚彩繪瞬間往中央集中。亞魯戈就在噘起嘴的情況下探索了一陣子回憶，最後才像投降了一樣輕舉起雙手。

「雖然很不甘心，但真的想不起來。不過，真要說藉口的話，我在封測時期正職不是情報販子喲。而且也不是開拓者，所以沒有參加第五層的魔王戰……」

「哎呀，這樣啊。那我就不再賣關子直接說了……ALS的目標大概是『公會旗』吧。」

「公會……旗？是旗子嗎？為什麼要那種東西？」

「確實以物品來說，只不過是攻擊力最低的長槍……但是把它像這樣……」

將右手握著的叉子垂直豎起來，以底端咚一聲敲了一下桌面。

「裝備玩家把它豎立在地面之後，其周圍……記得是半徑十五公尺左右的範圍內，所有公會成員都能獲得ATK、DEF以及耐阻礙上升的支援效果。」

「你說……什麼……？」

和席娃達露出同樣反應的情報販子，一邊指著我握住的叉子一邊快速提出一大串問題：

「拿……拿著那支旗桿的玩家可以移動嗎？還有，支援效果的時間呢？人數有上限嗎？」

「第一個問題的答案有一半是YES。像這樣把旗桿從地面移開，支援效果就會暫時消失，不過移動之後再次豎立到地面就會產生效果。」

「……嗯。」

「第二個問題的答案是，只要旗子豎著就一直有效果。」

「……嗯嗯。」

「第三個問題的答案是，只要是公會成員皆有效果，所以沒有上限。」

「……嗯嗯嗯。」

這時比我和亞絲娜的厚了足足三倍的香蕉口味瑞士捲被送到雙手抱胸發出沉吟的亞魯戈面前。雖然直徑二十公分，厚六公分的尺寸已經足以跟七號（註：約21公分）圓蛋糕的雄偉外表並駕齊驅，但亞魯戈在上空舉起叉子後，直接就切下四分之一塊左右然後一口氣吃下去，嚼了一嚼就把它消滅了。

「…………那的確很不妙啊，桐仔。」

「就是啊……」

「系統上的性能就不用說了，還會對玩家的精神面有很大的影響……假如ALS得到那面旗子，把它在戰場上這麼一插，ALS成員士氣就會不斷上升，而DKB成員則是會持續下降喲。當然反過來亦同……確實是足以讓現在的微妙平衡崩壞的物品。」

「也不是不能理解知道這件事的牙王，為什麼會下定決心要偷跑去攻略樓層魔王了……」

這麼呢喃完，我就將自己盤子裡剩下來的瑞士捲送進嘴裡。同一時間又消滅四分之一塊的亞魯戈，忽然把視線往左移。

「……怎麼了，為什麼這麼安靜啊，小亞？」

「…………咦……啊，沒有啦，沒什麼！」

由於意識好不容易再次起動的亞絲娜急忙開始吃起瑞士捲，亞魯戈也只好眨了眨眼睛回到原本的話題上。

「——但是，那個刺蝟頭是從什麼地方得到那個道具的消息呢……率先得知連我都不知道的情報，老實說真的有點受到打擊耶。」

「那……那還用說嗎，封測玩家又不是只有我和亞魯戈而已……」

我只能先這麼回答她。

我沒有對亞魯戈透露在艾恩葛朗特暗中活躍的PK集團，也要亞絲娜不能漏了口風。理由當然是因為，亞魯戈知道那些傢伙的事情後，一定會想自己一個人去收集情報。而這是比收集魔王的資料更加危險的工作。

我不是懷疑亞魯戈的能力。我認為如果是她的話，不論遇見什麼樣的險境都能夠以天生的衝刺力逃走。但是，指揮摩魯特他們的黑色雨衣男實力仍是未知數。至少在親自確認他是什麼樣的傢伙之前，都不想讓亞魯戈和那群傢伙扯上關係。

像是早就看透我這樣的思緒般，情報販子咧嘴笑了起來，然後老實地點了點頭。

「嗯，說得也是。現在重要的不是情報的出處而是該怎麼辦……如果是掉下這種相當不妙的道具，那就不可能直接說服ALS了。」

「那個，我有一個想法……」

遲了一會兒才吃完蛋糕的亞絲娜，喝了套餐的紅茶後開始發言：

「乾脆把公會旗的情報分享給DKB那邊如何？ALS之所以想魯莽地偷跑，與其說是無論如何都想獲得旗子，倒不如說是害怕被DKB給拿走吧。只要由凜德先生那邊提出公平的分配辦法……」

「…………嗯……我覺得是不錯的點子…………」

如果說席娃達像是田徑社社員的話，凜德那古板的容貌則更像武術系社團，不對，根本像書法社社員，我這時就邊想著他的長相邊點了點頭。

「再怎麼說凜德他也是能夠溝通的傢伙……或許可以讓他和去和ALS商量。只不過……公會旗這個東西無法共同管理或者是加以分割……一旦在道具上登錄公會名稱，就沒辦法再變更，當然分別持有旗子和旗桿之類的就更不用說了。感覺雙方最後還是只能靠猜拳或者擲骰子這樣的方式……甚至是進行五對五的團體單挑，然後由獲勝的一方取得。」

「……我不認為……牙王先生會接受這樣的提案……」

我和亞魯戈點頭同意亞絲娜的呢喃。

為了以最少的犧牲者攻略這個死亡遊戲，應該要把金錢、道具以及情報等所有資源做最大限度的平均分配——這就是建立ALS的牙王無可動搖的信念。

相對地DKB的凜德則是認為，必須由一群擁有深不可測的知識與強大戰鬥力的玩家作為希望的象徵，而讓這樣的一群人雄偉地站在前線，才能夠產生攻略遊戲的能量。

我也不知道哪種想法才是正確。能夠確定的是，兩個人都想成為「騎士」迪亞貝爾的後繼者。而這兩個人都會為了宣示自己的正統性而強烈想獲得公會旗吧。無論如何都不會想把它讓給對手。

——迪亞貝爾。你為什麼要死掉呢……

靠在椅背上，仰望著木板天花板的我這麼對死亡的騎士問道。

當然，沒有得到回答。但是耳朵深處，又微微響起他臨終前的話。

——接下來就拜託你了，桐人先生。打倒魔…………

沒有把話說完，迪亞貝爾的虛擬身體就四處飛散了。沒錯，他也託付了一些東西給我。牙王繼承了騎士的公平，凜德繼承了騎士的英雄性。而他交給我的是……同是封測玩家的現實主義。

我緩緩張開曾幾何時已經閉上的雙眼，依序看著亞魯戈與亞絲娜的臉，然後開口說道：

「…………打倒魔王吧。」

即使唐突的宣言餘韻已經完全消失，情報販子和細劍使還是有好一陣子不知道該說什麼。亞魯戈動著在空中盤旋的叉子，狠狠刺向還剩下一半的瑞士捲，像在變魔術一樣一口就把巨大海綿蛋糕與奶油塊消滅掉。像齧齒類動物鼓起頰囊一樣嚼了一陣子後，才緩緩地反問：

「你的意思是，靠我們三個人嗎？」

「當然不是了，怎麼可能嘛。」

不久之前亞絲娜說出同樣的提案時，我才斷言就算精英騎士基滋梅爾一同前往也不可能成功。記得這件事的亞絲娜，這時候就以疑惑的表情看著我。

「那麼，要找誰幫忙呢？」

「嗯……」

我一邊折著右手的手指，一邊列舉幫手候選人。

「首先是艾基爾組的四個人，再來涅茲哈也可能會幫忙……」

「…………這樣就沒了？」

亞絲娜一直凝視著我從姆指折到小指的右手。乾咳了一聲後，我才再度開口：

「……嗯，亞魯戈小姐，妳有沒有什麼人選……」

「喂喂，別強人所難啊，桐仔。」

但是，想倚靠的情報販子也露出傻眼的表情聳了聳肩。

「我當然是調查過以加入開拓者為目標而不斷努力的一群人，但正因為是潛力股，更不能邀他們參加危險的任務喲。你以為我是為了什麼才在下層免費發送攻略冊啊。」

「說得也是……——嗯，就算涅茲哈答應，我、亞絲娜、亞魯戈、涅茲哈以及大叔軍團也才八個人……沒有兩小隊，也就是十二個人的話會很困難耶……」

「等一下等一下，兩小隊也已經夠困難了。」

亞絲娜在臉前面不停揮動右手。

「說第四層魔王也是攻略集團湊齊聯合部隊上限，再加上基滋梅爾與約費利斯子爵才終於獲勝的人不就是桐人你嗎？第五層魔王比那隻馬頭魚尾怪還要強的話，光靠十二個人應該成不了什麼事吧……？」

「嗯～……確實光看數值上的能力的話，作為區隔的第五層魔王應該是更為強大的敵人。如果說至今為止的魔王，都是像這樣呈等差數列變強的話……」

我在等間隔的距離下，用手刀在桌子邊緣敲了四次，然後在第五次時稍微把間隙加大。

「……第五層魔王，我想應該擁有將近第六層魔王的能力值。但是，魔王強的地方不只有ＡＴＫ、ＤＥＦ以及ＨＰ而已。如果還是像封測時期一樣是大型魔像的話，就有十二人聯合部隊也能進行的攻略法。嗯……這就要看魔王任務的情報以及偵查魔王房間的結果了……」

當我的聲音被桌子反彈回來進入自己的耳朵後，才終於想起坐在斜前方的亞魯戈正在進行魔王任務。

「對……對了，魔王任務的情報，大概是什麼感覺？」

「喂，桐仔，你不會忘記我是情報販子了吧？」

聽亞魯戈這麼一說，我便急忙想打開交易視窗，但「老鼠」這時揚起一邊的鬍鬚笑著說：

「雖然……很想說謝謝惠顧。當就用剛才公會旗的情報來付吧。就結論來說……魔王好像還是魔像沒有錯。」

她一邊這麼說一邊打開視窗，移動到作為備忘錄的筆記標籤下。

「這個嘛……桐仔在精靈任務裡，不是獲得了『艾恩葛朗特創世的祕密』那樣的故事嗎？」

「啊……噢，是『大地切斷』吧？」

基滋梅爾告訴我的精靈族傳說，我已經告訴過亞魯戈大概的內容了。

全部共一百層的艾恩葛朗特不是打從世界的起源就存在，而是遙遠的過去從精靈、人類以及矮人的王國切下圓盤狀的大地後浮上空中，然後變成現在的浮遊城。那個時候所有魔法的力量都消失了——這樣的故事，至今為止除了在精靈戰爭活動任務之外，就沒有和攻略扯上關係了。

亞魯戈對我的話點了點頭，然後繃起臉來開始說明：

「嗯，我大概說一下重點……這個第五層呢，很久很久以前還在地面的時候，好像是人類王國的工業都市。人類以魔法挖掘出許多礦石、魔石之類的東西，製造成大量的武器防具後輸出到戰亂地區。但是，那個國家的國王沒有把真正強力的魔石輸出而是累積下來，企圖用它們製造巨大戰鬥兵器……也就是魔像。當終於完成魔像，準備進攻商業敵手的矮人王國時就發生了『大地切斷』，魔像和國王一起飄浮到空中去了。失去魔法的力量之後，也無法再進行採掘與精鍊……嗯，大概就是這樣的故事。」

「哦，原來如此……」

這麼呢喃著的我對面，亞絲娜像是注意到什麼事情般開口說：

「啊……話說回來，地下墓地迷宮的僵屍魔王……頭上好像戴著皇冠喔？」

「啊～嗯，好像是這樣…………──這也就是說，那隻大僵屍是以前的國王？但是，那種尺寸完全不像個人類耶。」

看見歪著頭的我們，亞魯戈隨即嘻嘻笑了起來。

「嗯，從以前開始，遊戲裡出現的邪惡國王型魔王都是會巨大化吧。」

「可能是長年躺在潮濕的地方而膨脹了吧。僵屍的吸水性好像很高。」

由於我這極有臨場感的玩笑讓兩名女性繃起臉來，只好趕緊回歸主題。

「那麼，最重要的樓層魔王……如果魔王任務的內容是這樣，那麼封測時期的魔像應該沒有被更換才對。」

「嗯，基本上是這樣啦……」

點頭的亞魯戈闔上視窗並一口氣把紅茶喝光。

「……只不過，至今為止的樓層魔王，就算外表和封測時期相似也一定會加入某種變更。拿第二層的牛頭人魔王來說，魔王本身就多加了一隻……」

「這部分就只能靠偵查來確認了……再來就是得先仔細確認從魔王房間脫離的程序……」

我準備把話題移到實際的魔王戰上面時，亞絲娜就迅速打斷了我。

「等一下，桐人。剛才你說過魔像魔王的話，就算十二人的聯合部隊也有機會成功，但是現在還差四個人吧？何況也還不確定艾基爾先生他們和涅茲哈能不能幫忙……」

「被大叔軍團拒絕的話就無計可施了。那個時候就只能向凜德說明公會旗的事情，祈求他和牙王商量後能夠和平解決這件事了。至於缺少的四個人嘛……」

隔了一拍後，我才說出自己的腹案。

「就拜託席娃達和莉庭吧。」

「咦……咦咦？」

亞絲娜瞪大眼睛，整個人往後仰。

「他……他們怎麼可能答應嘛……那兩個人是DKB與ALS的成員耶！」

「正因為這樣啊。如果兩個人是同一個公會的成員，就不可能會幫忙這種背叛公會的作戰……但正因為分屬不同公會，才有答應的可能性。」

聽見我的話後，亞魯戈露出原來如此的笑容並發出「哦哦～？」的聲音。

「你說的莉庭，是最近加入ALS的那個全身板甲的女孩子吧？那個女孩和DKB的席娃達是……哦～這件事就連我都不知道喲～」

「等一下，不行啦，亞魯戈小姐，不能把這個情報賣給別人。」

「喵哈哈，我知道啦。不過確實正如桐仔所說，那兩個人是這種關係的話或許就會幫忙。因為愛的力量比公會的規範還要強啊。」

這不符合她個性的評論讓我忍不住想吐嘈下去，但還是拚命忍耐下來。

「總……總之呢，席娃達他們各自帶一名伙伴過來的話就有十二個人了。幸好那兩個人是派對實行委員，馬上就要從瑪那那雷那移動到卡魯魯茵了。趁那個時間點離開村子直接到迷宮區的話，就不會被所屬公會知道他們參加魔王攻略了……我想應該是這樣吧……」

「這部分應該要確定才行吧。應該說……就算席娃達先生與莉庭小姐願意幫忙，要是被公會發現而被開除的話，你要怎麼補償他們兩個人？不好好說明這一點的話，我就無法贊成把他們兩個人拉進來的計畫。」

斬釘截鐵地說完後，亞絲娜就以沒有絲毫動搖的視線看著這邊。

我們之所以會訂立以兩小隊進行樓層魔王攻略這種魯莽的作戰，就是為了迴避ＡＬＳ與ＤＫＢ決定性的決裂，無法實行作戰的話席娃達與莉庭終究得被迫在公會與對方之間選擇其一……雖然有這種感覺，但亞絲娜所說的不是道理而是信義的問題吧。那兩個人是信任我們才會說出內情，不論如何，都不能做出把他們當成棄子一般的行為。

「……艾基爾的小隊剛好只有四個人。我拜託看看能不能讓他們加入。如果不行的話……

就邀他們來我們的小隊。」

隨著一定的覺悟表明意見之後，亞絲娜也露出滿臉微笑並點點頭。

應該同樣在第五層的艾基爾與席娃達應該能用即時訊息取得聯絡，但是在第二層分手後就沒見過的涅茲哈就不一定了。無法傳遞的話，就必須先經由地下隧道回到主街區，轉移到下層後再傳送訊息了。

如果涅茲哈剛好潛入迷宮的話，即使這麼做也無法傳遞，到時就只能放棄尋求他的幫助。我以祈禱般的心情，首先試著跟他聯絡。

傳送了「好久不見，現在人在哪裡？」的簡單訊息，短短十五秒後——

就收到「好久不見了。在第五層主街區的迷宮裡撿拾遺物喲」的回信。

我忍不住握緊拳頭，感謝著卡魯魯茵的遺物祭典依然在進行並對著亞絲娜說：

「我到主街區去跟涅茲哈見面。亞絲娜可以幫忙和艾基爾、席娃達以及莉庭聯絡嗎？」

「我……我嗎？」

「妳說服技能的熟練度應該比我高吧。」

「咦，是這樣嗎…………等等，根本沒有這種技能吧！」

在雖然鼓起臉頰還是打起全息圖鍵盤的亞絲娜旁邊，亞魯戈咧嘴笑了起來。

「桐仔，那我要做什麼？」

「亞魯戈就幫忙去購買消耗品。這次完全不考慮花費，盡量多買一些高價的藥水吧。」

叫出交易視窗，把充分的金額傳送給亞魯戈後，我便衝出咖啡廳。

由於聯結瑪那那雷那村與主街區卡魯魯茵的地下隧道，會有一些還算可以的怪物與寶箱湧出，所以小隊邊戰鬥邊探索來移動的話，大概得花一～二小時，但單獨衝刺的話就能節省許多時間。

路途約五公里左右的隧道，我在遇見怪物群就迴避，只有一隻的話便以突進系劍技將其粉碎的情況下，花了二十多分鐘就跑完全程，在來到地下墓地迷宮地下一樓的大廳時便開始尋找涅茲哈的身影。

但是在我找到他之前……

「桐人先生！」

就從背後傳來呼叫我的聲音。一轉過頭，右手就被用力地握住。

「好久不見，能見到你真是太高興了！」

這麼說著並輕輕低下頭的，無疑就是在第二層遇見的鐵匠，不對，應該說是前鐵匠了。不過他開朗的笑容裡，已經看不出當時總是像在害怕些什麼的陰影。

忍不住也露出笑容的我，跟著同樣用力回握他的手。

「我才很高興見到你呢，涅茲哈……不對，哪吒。」

結果寫作「Ｎｅｚｈａ」原本應該唸作哪吒的他，笑容裡參雜著靦腆之意來回答我說：

「叫我涅茲哈就可以了，伙伴們也都還是叫我涅仔。」

「是……是嗎？」

我稍微瞄了一下四周，但是沒看見公會「傳說勇者」的成員。放開手的涅茲哈，這時把視線往上移。

「撿拾遺物時是和公會的伙伴們在一起，不過我先讓他們回城鎮了。」

「這樣啊……」

雖然對傳說勇者的奧蘭多他們很不好意思，但我本來也想這麼拜託涅茲哈，所以稍微鬆了口氣。雖說人手是越多越好，不過實在沒辦法牽連為了賠償而剛交出所有強化道具的他們參加危險的魔王戰。

「……抱歉，忽然跟你聯絡。」

「不會啦，沒關係的。那麼，找我有什麼事呢？」

涅茲哈微微歪著頭，而我則是輕拉著他的手臂移動到廣場的角落。成為撿拾遺物基地的這個地方，雖然不像城市開拓時那麼多，但也聚集了十幾名玩家。

即使和他們拉開充分的距離，依然壓低聲音的我立刻就說出主題：

「涅茲哈……很抱歉突然這麼說，但我有點事想拜託你。」

「嗯，只要是我能力範圍內的事，你盡量說沒關係。」

「那我就不客氣了……接下來，和我一起去打倒第五層的樓層魔王吧。」

下一刻，他中分的瀏海底下那一雙眼睛就瞪得像一千珂爾的金幣那麼大，嘴巴也吸了一大口空氣。接著在他發出驚叫之前，我就伸出左手緊緊塞住他的嘴巴。

「唔咕～～～～？」

等待涅茲哈盡情叫完，我就把手移開。前鐵匠喘息了一陣子後，才用幾乎快聽不見的音量質問我：

「這……這是怎麼回事？攻略樓層魔王是由兩大公會主導吧，這已經獲得他們的同意了嗎？」

「完全沒有喔。」

「完…………」

涅茲哈頓時說不話來，我用力把他的肩膀拉近，同樣小聲地說出一串話：

「因為有些事情，讓我必須得在ＤＫＢ等公會之前先打倒魔王。我不會讓你做危險的事情。只要從最後方看準時機打擊魔王的弱點就可以了……拜託，助我一臂之力吧。」

「…………」

涅茲哈再次花了一段時間吸氣，接著又細又長地把氣吐完後，這名前鐵匠就瞄了一眼自己的腰部。

上面裝備著直徑二十公分左右的薄金屬環。那是飛劍類的稀有武器「圓月輪」。

過去握著鐵鎚的手指，輕輕撫摸過環刃的側面。接著握緊拳頭，把手舉到自己的胸前。

「……是很重要的事情吧？」

我用力點頭來回應他的呢喃。

「嗯，是啊。甚至足以左右攻略集團……以及SAO這款死亡遊戲的未來。」

「我知道了。」

涅茲哈也點頭，拍了拍我的肩膀。

「看你似乎很急，詳情就邊移動邊跟我說吧。就麻煩你帶路了。」

「…………謝謝你。」

一道完謝，我的腳就朝剛才走上來的樓梯前進。

老實說，我內心還是有一絲不安。就涅茲哈的裝備看來，等級應該是12或13左右吧。雖然就與第五層魔王戰鬥的安全範圍來說，這不是絕對不足的等級，但也很難說是綽綽有餘。

當然，我並不打算讓涅茲哈到隊伍前方。想拜託他的是，利用環刃從隊伍後方進行遠距離攻擊。魔像魔王只會用雙手雙腳進行物理攻擊，只要確實拉開距離的話，HP條應該就不會減少——

但是，在這之前的四次戰鬥裡，已經切身體驗過魔王戰裡沒有「絕對」了。

第一層的魔王狗頭人領主．伊爾凡古，使出了封測時期不曾擁有的大刀劍技，奪走了「騎士」迪亞貝爾的生命。

第二層的魔王公牛國王．亞斯特里歐斯，在封測時期根本不存在，整個攻略集團差點因為首次見到的閃電吐息而毀滅。

第三層的魔王邪惡樹妖．涅里烏斯，不斷發出與封測時期不同的廣範圍毒化攻擊，如果不是準備了一大堆解毒藥水，聯合部隊早就崩壞了。

而第四層的魔王馬頭魚尾怪．威茲給，則是使出讓魔王房間整個沒入水裡的大技，聯合部隊的成員差點就全部溺斃了。

第五層的魔王魔像，一定也會出現某種與封測時期不一樣的地方。必須在事前的偵查中正確地找出不同之處，排除所有預料之外的危險才行。既然像這樣把涅茲哈牽連進來了，就絕對不允許有「沒注意到」的情況發生。

「我跟伙伴聯絡好了。今天一整天都沒問題。」

在旁邊打著全息圖鍵盤的涅茲哈以爽快的聲音這麼回答。我凝視著他這種與過去的印象完全不同的臉龐，然後開口說：

「那我們走吧。」

9

距離瑪那那雷那村稍遠的森林空地裡，除了我和涅茲哈之外的所有成員似乎很快就完成了集合。

應該是亞絲娜的說服技能發揮出效果了吧，除了艾基爾率領的大叔軍團以及席娃達、莉庭之外，兩人身邊各站著一名身穿ＤＫＢ色服裝與ＡＬＳ色服裝的玩家。雖然我表示席娃達他們能夠帶伙伴過來就太好了，但內心其實有九成認為不可能成功，這只能說是令人高興的誤算。

和到亞絲娜他們那邊去打招呼的涅茲哈分開，我直接走向席娃達他們四個人。

「抱歉來……」

在把「遲了」兩個字說完之前。

席娃達身邊背對著我的高大ＤＫＢ成員，迅速轉過來後就緊緊抓住我大衣的領口。

「喂，黑漆漆先生啊。」

以代表全身黑意思的綽號來稱呼我的，竟然是等同於ＤＫＢ副會長的雙手劍使哈夫納。那有點像足球社社員的臉孔朝我靠近，然後以恫嚇的聲音呢喃著：

「你這傢伙，如果這次的事情是假的，我一定會把你轟飛出去。」

雖然在這個世界要把人轟飛不是這麼簡單的事——圈內會被禁止犯罪指令阻止，圈外認真揍人的瞬間浮標就會變成橘色——但我還是輕輕點了點頭。席娃達馬上苦笑著抓住哈夫納的肩膀，邊從後面把他拉開邊說：

「哈夫，這次反而可以說是從我們這邊引發的事件。桐人提供的就只有公會旗的情報，我不認為那是謊言。因為就算說這種謊，對這個傢伙也沒有任何好處啊。」

「……嗯，或許是這樣沒錯。但是，那為什麼這個傢伙要計畫如此危險的作戰？這傢伙有什麼理由要防止ＡＬＳ獲得那面旗子呢？」

「稍等一下。」

這次換我舉起右手，打斷了ＤＫＢ幹部們的對話。

「話先說在前面，這次的作戰目的不是要妨礙ＡＬＳ獲得公會旗喔。掉寶的公會旗，也不能交給ＤＫＢ。因為不論哪一邊入手，另一邊的公會都有可能會因此而崩壞。」

這個大前提，哈夫納似乎也事先從席娃達那裡聽過了。這次輪到我對這名雖然繃起臉但保持沉默的足球社員發問：

「我才想問哈夫納先生真的可以參加這次的作戰嗎？雖然真的很感激你能夠幫忙，但某方面來說，身為副會長的你也算是背叛了公會喔。」

結果哈夫納撩起髮際附近用繩子壓住的略長金髮，以沉吟的聲音回答：

「我當然也不願意，但攻略還是最重要的……想完全攻略這個狗屁遊戲，ＤＫＢ與ＡＬＳ是缺一不可。就算背叛了公會和凜德先生，也不能背叛在下層等待解放的幾千人啊。你們也是這麼想，才會到這裡來的吧。」

最後一句話是對站在稍遠處的莉庭以及另一名ＡＬＳ成員所說。

這時背上揹著斧槍，年紀大了許多……恐怕是三十多歲，有著中等身材的男性也緊閉著長著淡淡鬍鬚的嘴巴點了點頭。

「嗯，是這樣沒錯。ＡＬＳ（我們）的偷跑攻略作戰，是一部分強硬派拚命煽動幹部的不安後造成的結果，就像是失控一樣的狀態。牙王先生雖然也理解這一點，但是為了避免公會分裂，只能夠承認這次的作戰。但是，就算能獲得公會旗好了，因此而讓與ＤＫＢ之間早已搖搖欲墜的信賴關係崩盤的話，也就沒有任何意義了。」

以冷靜口氣這麼說道的槍斧使，朝我走過來後就伸出右手。

「在魔王戰時已經碰面好幾次了，我是在ＡＬＳ的招募班擔任班長的『歐柯唐』。請多指教，桐人先生。」

「啊……你……你好，請多指教……」

從他鬍子紳士的外表看起來，實在很難想像是這種有點可愛的名字，一瞬間愣了一下的我好不容易才一臉認真地回握對方的手，這時我又因為忽然發現的事情而開口問道：

「那個，招募班的意思也就是說，挖角莉庭小姐的……？」

「嗯，就是我。」

歐柯唐瞄了一眼後方全身板甲的鎚矛使，他的年紀加上這時候的表情，看起來就像是父親一樣，雖然擔心他知不知道莉庭與席娃達正在交往的事情，但這當然不是可以由我主動提出來的話題。

打完招呼，我就往後退了一步，而哈夫納則用力往我的背部拍了一下。

「黑漆漆先生啊，我和歐柯先生都清楚說明過動機了。你為什麼要主導這次的作戰……在開始行動前，首先告訴大家這件事吧。」

「咦咦？」

我不由得把視線從開始說出麻煩事的足球社社員身上移開，結果亞絲娜、亞魯戈、涅茲哈、艾基爾以及眾大叔也不知道什麼時候聚集在附近，擺出等待我回答的態勢。知道無路可逃的我放棄掙扎，乾咳了一聲後就開口表示：

「那是因為我也跟哈夫納先生與歐柯唐先生……不對，應該說跟聚集在這裡的大家一樣啊。持續在最前線戰鬥的ＡＬＳ與ＤＫＢ好比攻略集團的兩個輪子。不好好用車軸聯結在一起的話集團就無法往前進，少了哪一邊的話立刻就無法移動。為了防止這樣的事態，只能比ＡＬ

S先打倒魔王……就是因為這樣的想法，才會請大家幫忙。」

其實這些只不過是一半的動機。

歐柯唐雖然說ALS的偷跑是一部分強硬派的失控，但其中又隱藏著連他都不知道的隱情。就是存在滲透到公會裡，故意煽動公會與DKB對立的「外部的惡意」。由謎樣黑色雨衣男率領的煽動PK集團……防止這些傢伙的企圖才是我真正的動機。

但是現在還無法揭露他們的存在。不先找出摩魯特之外的成員叫什麼名字的話，只會造成兩公會疑心生暗鬼而已。

幸好，除了早已知道實情的亞絲娜之外的十個人，似乎都能接受我這樣的說法。哈夫納雖然露出複雜的表情但還是點了點頭，就在他往後退了一步的瞬間——

像初次見面時一樣，把頭盔面甲整個蓋下來的莉庭，喀鏘一聲舉起右手，以分辨不出性別的金屬質聲音提出問題：

「那個，桐人先生。我之前就想問問看了……既然你這麼為攻略集團著想，為什麼不加入公會呢？我認為像桐人先生這樣的人才，不論加入哪一個公會都馬上能成為小隊長才對……」

聽見這個問題的所有人，立刻產生一陣騷動。這應該是身為新人才會有的純樸問題，但實在無法簡單地向連「封弊者」這個名詞都不知道的她，說明我和牙王、凜德之間複雜的關係。

花了一‧五秒左右搜尋適切答案的我，就把必須被問到這種事情的責任推到兩名公會會長的身上。

「那是因為，凜德和牙王表示，我和亞絲娜不分開的話就不能加入公會。」

下一刻，眾人再次產生一陣騷動，在我浮現「咦，我說錯什麼話了嗎」的想法前，亞絲娜就用紅透的臉叫喚著「忽……忽然說這是什麼話！」，接著莉庭則大叫「不愧是桐人先生……太感動了！」，至於艾基爾則是發出「哈哈哈」，而亞魯戈是發出「喵哈哈」的大笑聲。

「不是啦，不是你們想的那樣！」，已經沒有給我像這樣訂正的機會了。

適當地分配亞魯戈收購來的大量藥水，並把所有人剩餘的防具拿出來借給還能加強能力的人，結束這樣的事前準備後，時間剛好來到下午三點。

根據歐柯唐表示，ＡＬＳ的主力將趁著夜色從瑪那那雷那出發，假裝要回主街區實際上是前往迷宮塔的預定時間似乎是晚上六點，所以我們搶先了三個小時。就算仔細偵查，魔王戰應該也花不了三個小時，雖然有相當充裕的時間，但能盡量節約的話總是沒有壞處。

因此我就把帶路的工作交給亞魯戈，一邊和亞絲娜並肩跑在集團的最尾端一邊在筆記板上按照等級順序寫下即席攻略部隊的陣容。

1、桐人，等級18，單手直劍。皮革防具。

2、亞絲娜，等級17，細劍，輕金屬防具。

3、艾基爾，等級16，雙手斧，輕金屬防具。

4、哈夫納，等級16，雙手劍，重金屬防具。

5、席娃達，等級15，單手直劍，重金屬防具，備盾牌。

6、歐柯唐，等級15，雙手斧槍，輕金屬防具。

7、渥爾夫岡（艾基爾組），等級15，雙手劍，皮革防具。

8、羅巴卡（艾基爾組），等級15，雙手斧，輕金屬防具。

9、奈伊嘉（艾基爾組），等級14，雙手鎚，重金屬防具。

10、莉庭，等級13，長鎚矛，重金屬防具，備盾牌。

11、涅茲哈，等級12，環刃，輕金屬防具。

12、亞魯戈。等級不明，爪子，皮革防具。

「唔唔唔～～嗯……」

我眺望著這跟樓層魔王聯合攻略部隊相比已經相當簡短的名單，小聲地沉吟著。

森林之間的小徑上鋪設著常見的藍色岩石，所以踩在上面的腳步聲聽起來相當響亮，即使這樣還是聽見我沉吟聲的亞絲娜把臉湊過來。

「你在『唔～』什麼？」

「沒有啦……」

我把筆記板可視化後展示給亞絲娜看。

「在到達迷宮區前必須要決定隊型，雖然早就知道，但隊伍裡的ＤＤ特別多啊……」

「ＤＤ是？」

「噢，Damage Dealer，也就是攻擊手。照這張名單來看，十二個人當中我、亞絲娜、艾基爾、哈夫納、渥爾夫岡、羅巴卡、奈伊嘉等一半以上都是攻擊手。純正的坦克就只有席娃達與莉庭，歐柯唐、涅茲哈與亞魯戈算是ＣＣ吧……」

「那ＣＣ是？」

「Crowd Controller，就是控制怪物群的人。其他遊戲的話大多是魔法師，但在沒有魔法的ＳＡＯ，就是以附帶阻礙效果的劍技來停止怪物腳步或者令其弱化的角色。」

「啊，所以長武器才會有比較多帶有阻礙效果的劍技。」

點頭的亞絲娜，在以前傾姿勢奔跑下還靈活地雙手抱胸，和剛才的我一樣發出「唔～～」的聲音。

「…………只有兩個小隊而已，只好拜託席娃達先生和莉庭小姐各自擔任一支小隊的坦克，再來就平均分配ＤＤ與ＣＣ就可以了吧？」

「嗯，這樣算是標準的方法吧。不過，魔像魔王雖然只有雙手雙腳的直接攻擊，但是威力也特別大……通常攻擊也就算了，劍技攻擊的話光靠一面盾牌無法完全抵擋下來。說起來只有這種攻擊一定得避開，不過席娃達還不要緊……」

「……把這麼艱困的任務全交給剛加入公會的莉庭小姐，還是會有點不安……」

這次我和亞絲娜同時發出沉吟聲，而且不知不覺間連我也雙手抱胸瞪著名單。

就算只有兩小隊十二個人的配置，也沒有所謂唯一的正確答案。變成八小隊四十八個人（聯合部隊上限）的話，就可以想出無限的組合。凜德與牙王每當要攻略練功區魔王或者樓層魔王時，都會進行這樣的工作。

當我這麼想時，就湧起對他們的敬意，不過這次實在沒辦法讓他們兩個人加入。當我發出「唔～唔～唔」的聲音煩惱著該怎麼辦時，左右兩邊的枯樹森林已經結束，前方出現長大的石壁。

規模雖然讓人想起第一層的起始的城鎮，但那道牆壁後面不是街道。即將出現的是第五層最大的遺跡同時也是超巨大迷宮，必須通過它才能夠到達迷宮塔。

裡面當然會有怪物湧出，所以如果想標示所有地圖的話就得花一兩天以上的時間。但是只要解開幾個謎題就能通過幾乎是一直線的捷徑，而且這次還有一名相當可靠的伙伴。

我放開抱在胸前的雙手後開始加速，從兩列縱隊右側趕上最前頭的亞魯戈。

「亞魯戈大師，那個迷宮的地圖……」

「當然有嘍。」

側目看著鬆了一口氣的我，情報販子開始咧嘴笑了起來。

「是剛獲得的熱騰騰的情報，應該值五千珂爾吧。」

「咦……咦咦！要付費嗎？」

「爪子使的小亞魯戈可以免費幫忙魔王戰，但情報販子的亞魯戈大師就沒那麼便宜嘍。」

「唔，唔唔唔……」

當我咬緊牙關想著「早知會這樣，就在卡魯魯茵拚命撿拾遺物」時——

「喵哈哈哈！別擔心啦，為了答謝你剛才放的閃光，稍微調侃你一下而已。」

短短笑了一下後，亞魯戈就對我眨眼睛。

「雖然迷宮的地圖都已經標示清楚了，但根本不需要那種東西喲。」

「咦……這是什麼意思？」

「到了你就知道了。」

這麼說完後，亞魯戈就把前進的方向移往右邊。

第五層迷宮區聳立在樓層東北邊角落，另外有半徑五百公尺的巨大迷宮呈半圓形包圍著它。也就是說，高大石牆的外壁兩端，各自接續著樓層的外圍部分。

亞魯戈的目標是東南側這一端。由於離開了道路，所以數次遭遇到練功區Ｍｏｂ，但我們有十二個人，其實只要全力戰鬥就能瞬間殺敗怪物。不過為了看各個成員的組合而稍微花了一點時間來打倒牠們，所以到達目的地的時間是下午三點四十五分。

「辛苦了，首先練功區的移動就到此為止嘍～」

亞魯戈的聲音讓所有人感動地停下腳步。

我大大伸著懶腰並且環視周圍，就看到一片甚為寂寥的光景。近處的北側垂直聳立著高二十公尺左右的石壁，南側與西側則是寸草不生的灰色荒野。荒野後面是一大片剛才通過的枯樹森林，開始傾斜的冬日把它們染成了單一色調。

將視線轉往東方，便可以從附近的外圍開口部看見一望無際的天空，但是陰暗的藍灰色總讓人有種不祥的感覺，完全沒有在「BLINK & BRINK」的室外座位和亞絲娜一起眺望滿天星空時的高揚感。最後我又將身體轉回來，再次抬頭看著深黑的石壁。

根據亞魯戈在路上告訴我的傳說，巨大迷宮中心存在古代王國的祕密兵器開發設施，迷宮是為了防止入侵者而建造。知道這些故事後，就感覺高大的石壁變得更加冰冷，不過還是得想辦法通過它才行。

「嗯……要從哪裡進去？」

一如此詢問喝著萊姆水的帶路人，她就用力抹了一下嘴角並露出自信的笑容，從斗篷內側拉出某樣發光的東西。一看之下，那是長約十五公分左右的巨大鑰匙。

「喔喔……那是在魔王任務裡獲得的嗎？」

「正是如此。」

亞魯戈用食指勾著綁住鑰匙的皮繩，一邊轉動它一邊朝石壁靠近。她把臉湊到嚴重風化的岩塊旁邊，露出尋找什麼東西的模樣，然後把鑰匙插進某個縫隙裡喀嚓轉了一圈。

我也再次在同一時間與注視著的伙伴們發出「喔喔～」的聲音。原本認為之後石壁的一部分就會理所當然地，像魔法一樣打開來，然後出現祕密的通道，但是……

石壁「轟轟轟……」地震動，幾塊岩塊往後退了十五公分左右——然後一切就結束了。

「咦……亞魯戈，祕門呢？」

「沒有那種東西喲。」

再次將鑰匙收進某個口袋裡的情報販子，右手放到岩塊退後的凹陷處後，隨即靈活地往上爬了三公尺左右。啞然的我抬頭往上看，就發現交互退後的岩塊垂直地一路延伸到石壁頂端，變成像是梯子一樣。

「喂……喂喂，不會是要從這裡爬上去吧？」

艾基爾慌張的聲音，讓亞魯戈在單手單腳掛在石壁上的狀態下靈巧地回過頭，並且咧嘴笑著說：

「哎呀，開拓者當中數一數二的壯漢，竟然會怕高嗎？」

「不……不是這樣啦……不過，這要是掉下去的話就不得了了吧。」

我也不是不能理解艾基爾如此反駁的心情。ＳＡＯ裡雖然有各種受傷原因，但每個人都公認是最恐怖的就是落下傷害了。才剛在卡魯魯茵的地下墓地迷宮裡掉下陷阱洞穴的亞絲娜，這時就在我身邊微微發著抖。

石壁的高度是二十公尺，地面是參雜砂石的裸地，如果從頂點附近掉下來的話，ＨＰ較少的人確實有立刻死亡的危險。如此判斷的我，就想跟亞魯戈說要準備救命繩請等一下。但她卻搶在我之前……

「拿你們沒辦法，這是特別贈送喲。」

眨了眨一隻眼睛的亞魯戈，打開視窗後就不停把某樣巨大物體實體化。掉下來後在地面發出砰砰聲的，是現在這個時間點，幾乎所有玩家都與其無緣的家具相關商店內所販賣的大型坐墊。她似乎在道具欄裡裝滿了這個比外表看起來輕上許多的東西。

在梯子正下方穩穩疊起坐墊後，亞魯戈就從背部落到上面。雖然發出「啪嗡～」這種好笑的聲音，但看起來確實沒有受傷。結束展示之後亞魯戈立刻站起來，邊對我使了個眼色邊這麼說：

「我在最後面回收這些坐墊，打頭陣就讓給桐仔吧。」

「咦……我……我嗎？嗯，是沒關係啦……」

瞄了旁邊的亞絲娜一眼，就看見她默默地以動作表示「你先請吧」。現場唯一一名裙子裝備的亞絲娜，確實很難在眾紳士前面往上爬吧。我輕輕點點頭，踏過坐墊山後抓住石壁。

一旦開始攀爬，就發現凹陷處相當深而且交互的配置也很容易就能抓住，就動作本身來說不會很困難。但超過一半的距離後，心理上還是會感覺到很大的壓力。即使腦袋知道堆了那麼多坐墊，就算掉下去也絕對不會死亡，但手腳還是被滲出大量冷汗的感覺所襲擊。

想著這究竟是NERvGear所產生的虛擬冷汗，還是躺在現實世界的肉體也流了冷汗，終於爬完這二十公尺後，就是一條比石壁頂端邊緣低了一些的狹窄通道。我往下跳到通道裡，呼一聲鬆了口氣後，就呼叫地上的十一個人：

「沒有什麼困難的，冷靜爬上來就沒問題了！」

「好……好吧，接下來換我了！」

從如此回叫的哈夫納開始，到殿後的亞絲娜與亞魯戈爬上梯子，總共花了十分鐘左右。雖說最後沒有任何人掉下去，但那都是託亞魯戈準備的坐墊所帶來的精神安定效果吧。今後我也經常裝兩三個坐墊在道具欄裡吧……我邊這麼想邊幫助最後一個爬上來的亞魯戈，讓她降落到通道裡。

順利完成攀壁階段，所有人輕輕互相擊掌後，同時重新轉向北邊。

「…………真的要從頭攻略這個迷宮的話，的確得花一番工夫……」

這麼呢喃的，是大叔軍團的雙手劍使渥爾夫岡。主武器的類型和ＤＫＢ的副會長相同，但相對於哈夫納全身穿著金屬鎧的重騎士模樣，他的上半身只裝備著緊貼在強壯肌肉上的皮革，所以讓人覺得像是一名身經百戰的傭兵。

正如他所說的，從石牆上往下俯瞰的這個半徑五百公尺的巨大迷宮，就算擁有完整的地圖也無法輕易突破吧。看來跟封測時期的構造已經不同，所以當時的記憶也靠不住了。

「ALS打算第一次，而且還是在晚上就攻略這個地方嗎？」

席娃達以驚訝又難以置信的表情如此詢問歐柯唐。應該是現場最年長的斧槍使，留著些許鬍子的嘴巴露出苦笑並點了點頭。

「雖然覺得很不好意思，但好像是這樣……不過，似乎從封測玩家那裡得到解謎機關的情報。按照時間表，預定是一個小時要突破這裡。」

聽見他的話，我和亞絲娜忍不住面面相覷。

流出公會旗情報的，應該也是那名封測玩家吧。從歐柯唐的口氣聽起來，似乎不是公會成員，所以很可能是在地下墓地遭遇的另一名黑斗篷……也就是摩魯特。這樣的話，當時在那裡的另一名黑斗篷，就是以公會成員的身分潛伏在ALS裡。

難得有這個機會，實在很想對席娃達與哈夫納，以及歐柯唐表明黑斗篷們的策略，然後找出那個間諜的真正身分，但亞魯戈與艾基爾等人也在場的此刻很難這麼做。說起來，也沒時間在這裡慢慢說話了。

魔王攻略順利成功的話，就以慶功宴作為藉口，製造再次跟他們談話的機會吧……我邊這麼想邊把視線往右移，往上看著屹立在巨大迷宮中心的巨塔。

雖說總稱都是迷宮塔，但是規模與設計是每一層各有不同。共同之處只有全都高一百公尺，其他有的是寬度差不多的粗大圓柱，也有的是瘦削的細長角柱。第五層迷宮區是常見的圓柱型，寬度是高度的三分之一左右，以規模來說算是比較小的。雖然底部正面可以看見雄偉的大門，不過我們所站的石壁一直沿著浮遊城外圍延伸到迷宮區，接合的部分也有一扇小門。也就是說從那裡進去的話，大概可以縮短高一百公尺的五分之一距離。幸虧亞魯戈踏實地進行魔王任務，託她的福，我估計我們至少節省了兩個小時的時間。

「謝謝妳啦，亞魯戈。」

小聲道謝後，轉過頭來的情報販子先眨了眨捲髮底下的眼睛，才露出常見的調侃笑容說：

「你在說什麼啊，接下來才是重點喲。」

「說得也是……」

點了點頭的我，就為了催促一行人移動而大大吸了口氣。

排成一列在石壁上的通路前進，到了設置在與迷宮塔接合處的小望樓便再次稍做休息。接下來就是第五層裡最高難度的迷宮，所以得確實做好準備才行。

「各位，不嫌棄的話請用吧。」

亞絲娜從道具欄裡拿出來的，是之前的巨大瑞士捲。雖然是瑪那那雷那村唯一的知名甜點，但是只有知道那間隱密咖啡廳的人才能吃到，所以幾乎所有玩家都是初次見到。相對於大叔軍團以及哈夫納邊低聲說著「好吃！好吃！」，邊用手抓著大口咬下，莉庭和席娃達則是感情融洽地一起坐在牆邊動著叉子。有些擔心地看向歐柯唐，結果他也和不知什時變得熟稔的涅茲哈談笑中，於是我又產生「喂喂，別把他挖角到ＡＬＳ啊……」的另一種擔心。

把瑞士捲發給大家的亞絲娜，最後也確實發給了我，然後在旁邊一面吃著自己的份一面仰頭看著上方的巨塔。

「……終於要開始了……」

「嗯……」

我點點頭，用手抓住瑞士捲後咬了一大口。幾個小時前在咖啡廳吃的時候明明感覺相當濃厚的香蕉口味，現在不知道為什麼舌頭完全沒有感覺，我這時才終於發現自己相當緊張。

為了攻略ＳＡＯ這款死亡遊戲，為了有一天從這座電子監獄裡逃脫，這應該是唯一的選項。不管ＡＬＳ的偷跑作戰是成功還是失敗，攻略集團都會產生嚴重的龜裂，至今為止一邊縮短日數一邊推進最前線的能量也會煙消雲散。攻略會陷入停滯，像莉庭這樣想要加入集團而在下層努力的玩家們就會失去希望，艾恩葛朗特也會完全被陰暗的失望覆蓋。簡直就像絕對沒有閃爍的星光，也絕對沒有朝陽升起的永恆黑暗一樣……

把吃到一半的蛋糕放回紙盤後，忽然有種聽見細微音樂聲的感覺。由於知道是幻覺，所以為了將其趕走而閉起眼睛。

結果這次眼睛裡卻浮現出古怪的情景。

在血色夕陽的背景下，三道剪影乘著像在催促什麼、叫嚷著什麼、嘲笑些什麼的旋律，以輕快、奇妙的動作跳著舞。漆黑斗篷與雨衣的衣角，宛如蝙蝠的翅膀一般目不暇給地拍動著。只有最右邊的一個人稍微顯露嘴角，滲出那個熟悉的扭曲笑容。

……說不定連我的這種行動，都是被那些傢伙煽動後的結果……？

這樣的想法浮現在腦海，手腳頓時覺得冰冷與麻痺。

作為區隔的第五層迷宮區裡，將出現至今為止最強等級的樓層魔王。我已經數次跟亞絲娜提及這件事，也自認為完全理解這個事實。但是，先不管原因只看現在狀況的話，我是僅以兩支小隊共十二個人這樣的戰力就要挑戰魔王。

我們還是有勝算。也打算充分進行偵查。

真要說有問題的話，大概就是我選擇的行動，並非基於不可動搖的信念。

離開起始的城鎮後，我一直最視為最優先的，就只是自己的存活而已。現在雖然還加入了亞絲娜與亞魯戈，但絕對不是產生了要保護所有被囚禁在ＳＡＯ裡的玩家、要親手完全攻略這個死亡遊戲這樣的方針。

另一方面，待在這裡的其他玩家們，大概都是遵從各自的信條，在知道會有危險的情況下來參加這次突發性攻略作戰。

比方說哈夫納，就是依據攻略死亡遊戲比一切都重要的信條來行動的男人。在第四層主街區羅畢亞裡，看見一大群排隊等待貢多拉的觀光客後，強行將其推開的就是他，但他那時候一定是對觀光客感到不耐煩吧。我也可以理解他「有精神在這裡遊山玩水的話，為什麼不把它用在攻略遊戲上」的心情，而他這次也是把這個信條放在所屬公會的利益之前，所以行動算相當有一貫性。

還有像是席娃達，雖然這已經不是預測而是自己的想像，但他大概是因為莉庭而來到這裡。雖然不知道兩個人開始交往的經過，但他是為了防止各自所屬的公會陷入決定性敵對狀態而拿起劍來的吧。而這也是相當了不起的動機。

艾基爾他們、亞魯戈以及涅茲哈，應該也是捫心自問後找出了答案。這樣的話我——對大公會不屑一顧，只以自己利益為優先的獨行俠封弊者桐人，為什麼會違反信條加入這個集團，甚至是扛起指揮的責任呢？

答案恐怕是對於摩魯特他們這個煽動集團的敵意。

不能再讓對我提出ＰＫ，又讓亞絲娜感到膽怯的那些傢伙繼續為所欲為，就是這樣的憤怒在驅動我。

如果是這樣，就只能說這股憤怒之火是被他們所煽動。我是不是喪失冷靜了？因為敵愾心而變得意氣用事，甚至強行進行這種魯莽的作戰，也因此而正把相信我的人們帶向通往死亡的單行道……？

不知不覺間咬緊牙根，默默持續瞪著瑞士捲的我，又冰又麻痺的右手上——

突然產生了些許溫熱。

往下一看，就發現在黑色皮大衣與絲質斗篷掩蓋下大家都看不到的位置，有一隻雪白小手正包住我的手。將視線往上移，就看見細劍使的側臉。

雖然還是跟平常一樣的冷漠、滿不在乎的表情，但包裹我右手的溫度，讓我感覺就像觸碰到春天和煦的陽光一般。當我無法開口說些什麼只能茫然保持這種狀態時，稍微噘起的嘴唇就輕輕動了起來。

「……這是謝謝你在三層的野營地裡給我支援效果。」

「咦…………噢，還有那種事喔……」

想起熔解風花劍讓其重生為騎士細劍時的事情，我也用力回握著那隻小手。

話說回來，亞絲娜為什麼會贊成這次的作戰呢？公會旗帶來的影響、兩大公會反目成仇之類的理由應該都不充足才對。如果這也是遵從她無法妥協的信條後造成的結果，那麼那個信條

究竟為何呢……

雖然很想知道，但是也認為這個時候不應該問。

能夠打倒魔王，順利回到主街區的話，那個時候再問吧。然後把那個信條當成我必須戰鬥的最大理由。

這麼下定決心後，固執地在腦袋角落持續迴響的不祥音樂，以及跳著奇怪舞蹈的剪影也就迅速遠離並且消失了。

右手依然握著亞絲娜的手，以左手將紙盤拿到臉上方後翻轉過來，讓剩下的瑞士捲掉進嘴裡後，我就再次抬頭看著迷宮塔。

藍黑色的濃度比至今為止的遺跡都還要深的巨塔，左側在寒冬斜陽的照耀下，飄盪著一股極為冰冷的氣氛。就像在內部等待著的無數怪物，以及樓層魔王的敵意都變成冰霜渲染而出一樣。

但是，亞絲娜左手給我的熱氣，流進全身血管後讓寒氣整個遠去。我最後又握力握了一下她的手，緩緩放開後就把臉移回前方。

下一刻，馬上就跟滿臉笑容看著這邊的亞魯戈四目相對，所以我只能乾咳幾聲然後往前走了幾步。

「……那麼各位，我稍微想了一下編隊，請聽我說吧。」

當吃完蛋糕的眾人聚集過來後，我就發表自己的腹案：

「A隊是哈夫納、席娃達、歐柯唐、羅巴卡、奈伊嘉、莉庭。B隊是我、亞絲娜、艾基爾、渥爾夫岡、涅茲哈、亞魯戈。我想以這樣的分組來進行攻略，大家覺得如何？」

看來與大家所預想的編隊不同，一瞬間產生騷動的空氣在席娃達的發言下沉靜了下來。

「……也就是把坦克聚集在A隊，攻擊手聚集在B隊嘍？」

「大概是這樣。」

「和定律不一樣。為什麼不平均分配呢？」

「這樣的話，坦克的人數會有點不足。因為持盾牌的只有席娃達與莉庭而已，兩人分屬不同小隊的話，POT輪值可能會來不及。我想這樣的話乾脆把DEF高的人集中在一支小隊，然後讓怪物把目標集中在這支小隊上，如此一來HP也比較容易管理。當然，坦克部隊的負擔會變重就是了……」

聽見最後一句話後席娃達就輕輕搖了搖頭，先說了一句「這是沒關係」才又繼續冷靜地反駁：

「但是，坦克聚集在一起的話，就無法完全對應廣泛圍的同時攻擊喔。這一點沒有問題嗎？」

「現在說的只是封測時期的情況，但第五層的魔像魔王，沒有像吐息這樣的區域攻擊。基本上只有兩手的拳擊以及兩腳的頓足，而且時間點還是左右分開。所以只要確實管理仇恨值，我想就算只有一支小隊也能夠持續防禦。」

「原來如此……」

我把視線從點頭的席娃達移到其他人身上，然後又加了這樣的說明：

「當然，一開始先由我來仔細偵查魔王，確認是不是有預料之外的攻擊模式。即使開始實戰，也要採取每當魔王的ＨＰ條轉換的時間點就一定能退避到房間外的態勢，為未知的攻擊模式做準備。雖然是只有兩支小隊的魔王戰，但還是很有勝算，我也不想有任何犧牲者出現——為了讓席娃達與莉庭企劃的倒數派對成功，以及讓二〇二三年成為充滿希望的一年，各位……讓我們同心協力吧！」

不知為何後半段變成預定之外的演說，當我自己也覺得這樣實在太過火而有點尷尬時——

「好耶！我們上吧！」

艾基爾舉起拳頭來的大叫，就跟所有人「喔！」的唱和重疊在一起。

「謝謝你的幫忙，大叔」，我一邊在內心這麼感謝他，一邊和眾人一起高舉拳頭。

二〇二二年十二月三十一日，下午四點十五分。

急就章的樓層攻略部隊打開鋼鐵大門，踏進了迷宮塔。

10

「「切換────！」」

以併排在一起的兩面盾牌防禦小型魔像──雖是這麼說身高也有兩公尺──的三連拳攻擊後，席娃達和莉庭就異口同聲地這麼大叫。

哈夫納高舉著雙手劍，從利用拳頭衝擊力往後退的兩人中央往前突進。厚厚的劍刃帶著橘色光芒，系統輔助讓重裝劍士的速度更為加快。

兩手劍單發上段斬劍技「小瀑布」直接擊中小型魔像的額頭，把它還剩下三成左右的ＨＰ條轟飛。魔像先是從手腳接合部開始散開，在恢復成岩塊的下一刻，就又變成藍色多邊形往四處飛散。

「……好強大的攻擊力……」

身邊的涅茲哈露出極為佩服的表情，而我則對他呢喃：

「攻擊力是強大沒錯，但擊中的位置也相當準確。剛才的魔像，額頭的地方有類似紋章的東西吧？」

「嗯，有的。」

「那裡就是魔像族共通的弱點，而樓層魔王頭上同樣也有。當然魔王的身高高得嚇人，所以通常攻擊和絕大部分劍技都無法攻擊到……」

「對了，用這傢伙的話……」

涅茲哈舉起渥在右手的金屬環給我看，而我則對他回點了一下頭。

「嗯，環刃的話就能攻擊到了。就像面對第二層的牛頭國王那樣，算好時機擊中弱點的話，應該就能取消魔王的必殺技。」

「了解了。」

當我們進行這樣的對話時，Ａ隊也結束戰鬥後處理，小隊長哈夫納就對我們說了聲「走嘍」。先舉起右手來回應他，接著由我擔任隊長的Ｂ隊也再次開始移動。

到目前為止，是由兩支小隊交互與怪物戰鬥，以急就章的隊伍來說，Ａ隊與Ｂ隊的小組合作算相當不錯。跟能使用防禦↓切換↓攻擊這種黃金模式的Ａ隊比起來，我們這個充滿ＤＤ而只能不斷重複攻擊↓切換↓攻擊的Ｂ隊還比較讓我擔心，但艾基爾的雙手斧與渥爾夫岡的雙手劍也同樣以強大的攻擊力確實讓敵人後仰，所以我和交替衝進去的亞絲娜都有充裕的時間。

但重要的是兩支小隊之間的合作。在到這裡之前的幾處帶有小魔王的大廳裡，雖然嘗試了Ａ隊專心於防禦與施加阻礙效果，Ｂ隊由左右與後方攻擊的作戰，但果然還是會太得意忘形而累積過多的仇恨值，造成出現數次魔王攻擊的目標轉移成Ｂ隊的情況。由於怪物的仇恨值無法可視化，所以對上樓層魔王時只能夠意識性壓抑Ｂ隊的攻擊了。

真是的，不實際體驗還真不知道聯合部隊領隊的工作是這麼累人。除了稍微可以了解凜德以鐵一般的規律與上下關係來確實統率公會的心情之外，也不難想像牙王想提升連帶感而輸給公會旗誘惑的理由。

這次的作戰結束之後，又可以恢復輕鬆的獨行生……不對，是搭檔生活，我再也不會接近領隊的位置了。我一邊在內心下定這種堅強的決心，一邊走在微暗的通道上，這時亞絲娜輕輕戳了一下我的左臂。

「嗯……？」

「喂，好像有點那種氣氛嘍。」

她的話讓我環視起周圍，確實迷宮的氣氛逐漸變得與剛才不一樣了。

左右兩邊的牆上刻滿了謎樣古代文字，巨大柱子由下至上也全是由四角形的魔像頭部重疊起來的雕刻，地板與天花板則是磨得光亮的黑色大理石。通道的裝飾增加正是魔王房間接近了的證據。

打開視窗後，得知時間已經超過晚上七點。我們進入迷宮後已經過了三個小時，回想爬上樓梯的次數，也確實是差不多要到終點的時候了。

「呼……終於到魔王的房間了嗎？一口氣要突破迷宮區果然不是什麼輕鬆的差事。」

我對把雙手靠在光頭後面說出這種感想的艾基爾咧嘴一笑。

「別這麼說嘛，第五、第六層左右房間的數量還比較少，構造也算單純喲。第十層的迷宮大到難以置信而且又複雜，封測時期花了三天還沒辦法到達魔王房間呢。」

「嗚咿……」

以充滿感情的聲音這麼呻吟的，是艾基爾的伙伴渥爾夫岡。

「那麼，你就在那裡放棄攻略了嗎？」

「不是放棄而是時間到了。我應該是到達最上層的人吧，但是在那裡和強到像鬼一樣的蛇武士戰鬥時，就傳來封測結束的廣播，然後被強制轉移到起始的城鎮裡。」

「喂，你剛才說什麼蛇武士。我很討厭蛇耶。」

看見這肌肉棒子露出真的很厭惡的表情，亞絲娜就輕笑了起來。

渥爾夫岡是把蓬亂的茶色長髮往後梳，並且留著同樣顏色的長鬍鬚，所以算是名副其實，真的就像一隻狼一樣（註：渥爾夫的日文發音為狼的意思）。但根據本人所說，這個名字是來自美國知名的牛排館。他的夢想是賺到錢後，要在第二層的牛樓層開一間牛排館，所以跟有意經商的艾基爾應該是意氣相投吧。

「第十層出現的巨大蛇，牠的肉也很美味，你要開店的話就把牠加進菜單裡吧。」

「不……不行啦！牛排館就是要賣牛肉！我的店裡，就只賣完全熟成的乾燥熟成牛肉啦！」

「喂喂，這裡的話在等待熟化的時候耐久度就會歸零，肉也就消失啦。」

艾基爾的吐嘈讓亞魯戈發出喵哈哈哈的笑聲。

如果只限定牛肉的話，那麼在第二層迷宮裡出現的牛頭人，牠的肉也能賣嗎？當我說出這個疑問之前──

「喂，看那個！」

這樣的聲音就從走在前面一點的A隊那裡傳過來。

我急忙挺直背桿凝眼看著微暗通道的前方，結果那裡出現一半符合期待，一半出乎意料之外的存在。

至今為止的迷宮區，像這種恐怖的通道前方一定有一扇恐怖的大門，而後面就是魔王房間。但是現在我眼睛看到的不是大門，而是與整條通道同寬的大階梯。視線往上移就看見天花板開著漆黑的大洞，而樓梯就消失在裡面。目前剩下的通道以及樓梯上方都沒有怪物的氣息。

「小心地前進吧！」

對前方這麼呼喊後，就聽見哈夫納的回應。把前方交給A隊，一邊警戒左右與後方一邊前進了幾十秒。

我追上在大樓梯前停下來的A隊後，就越過集團走到最前方。

「……旁邊沒有縫隙耶……」

聽見我的話，左邊的哈夫納就點了點頭。

「也就是說，只能從這裡爬上去了。順帶一提，座標大概是在塔的中央。」

「嗯……是爬上去後還有通道和門，或者直接就是魔王房間呢……」

「封測時期不是這樣嗎？」

背後的席娃達如此詢問，我就轉動脖子向後點了點頭。

「嗯。之前就很普通的有一扇門，打開門後是魔像魔王的房間。嗯，到這裡為止的構造也幾乎都改變了，或許改變成階梯也不帶有什麼太大的意義……」

我把臉轉回來，再次凝視樓梯前方的四角形黑暗空間，但還是完全看不出什麼。直接丟火把進去看看吧……當我這麼想時，不知道什麼時候往前來到我右邊的亞魯戈就邊舉起左手的馬燈邊說：

「嗯，那就只有去看看了。」

「說……說得也是……那麼，就假設一上去可能就是魔王房間，按照預定由我自己一個人上去偵查吧。」

為了向伙伴們做出待機的指示而準備再次轉向後方，但在這之前亞魯戈就難得用嚴肅的聲音說：

「等等，這裡就交給我吧。」

「咦……？」

「這條樓梯很讓人在意。說不定是階梯上升堵住入口的陷阱。就算是這樣，我也可以在完全堵住前脫離。」

亞魯戈邊說邊用腳尖踢了一下石頭階梯。仔細一看之下，階梯側面也有古代文字的浮雕，讓人一看就覺得有什麼內情。

但是，才剛讓亞魯戈獨自在地下墓地迷宮裡完成魔王的偵查而已。那個時候雖然平安無事，但難保這次還會有同樣的結果。

「……這樣的話，我們兩個人一起去吧。這一點我不會讓步。」

「咦～～？」

「露出那種表情也沒用！雖然比不上亞魯戈，但我也是速度型喔，階梯一有動靜就立刻脫離這種事我也辦得到。」

「嘖，拿你沒辦法……」

亞魯戈雖然噘起嘴，但還是同意了，所以我就拜託席娃達他們幫忙監視樓梯。這時走向前的亞絲娜……

「小心點喔。」

對著我這麼呢喃，我也小聲回答「嗯，別擔心，我馬上回來」，然後右腳踏上最下方的階梯。

追著先走的亞魯戈，慎重地爬上大樓梯。前方的黑暗一點、一點地靠近。

最後樓梯陷入通道的天花板，然後繼續往前延伸。這也就表示，分隔亞絲娜他們等待的樓層以及上面樓層的地板異常地厚。光源只有亞魯戈手上的馬燈，但亮度應該大於火把的光芒，卻被濃密的黑暗推了回來。

進入洞穴後又爬了整整五公尺左右時，我就感覺氣溫有所變化。

沉悶的冷空氣不斷從頭上降下。這無疑是魔王房間的空氣。

「亞魯戈。」

這麼搭話後，情報販子也保持往上看的姿勢點了點頭。接著又往上爬了三階、四階，到了第五階時腳底踏著的材質就改變了。

打在靴底的鉚釘，敲打在堅固平滑的地板上發出銳利金屬聲的下一刻——

就傳來「噗嗡」的奇妙振動聲，接著很遠的地方出現幾道光芒。

簡直像ＬＥＤ燈泡般的藍白色照明，直接把黑暗驅散。可以看見周圍光景的瞬間，我就猛然倒吸一口氣。

好寬敞。

圓形的空間直徑大約三十公尺，而高度應該也有十五公尺吧。也就是說，恐怕迷宮塔整個最上層都是魔王的房間。彎曲的牆壁直接就是塔的外壁，而天花板則是下一層的底部。

但是，這樣的話還是有一個問題。

「……咦……沒有通往第六層的樓梯耶……」

我的呢喃，讓亞魯戈一邊收起馬燈一邊點著頭。她小心翼翼地把視線移到周圍，這時也以緊張的聲音回答：

「而且也沒有魔王湧出的感覺喲……」

這次則輪到我點頭了。

至今為止的情形是，進入魔王房間接著點亮照明等程序出現後，樓層魔王就會開始湧出。但是我和亞魯戈都已經從樓梯移動到地板上了，房間到處都還是沒有塊狀多邊形出現的感覺。地板和天花板是宛若黑水晶般帶有光澤的平滑面，另外還有纖細的線條像電路一樣四處縱橫。即使彎腰來觸摸這些溝槽，也還是沒有任何事情發生。

「難道說……ALS已經打倒魔王了……？」

「不可能吧。我們離開瑪那那雷那的時候，已經確認過那些傢伙還在村裡了。現在雖然已經出發，但我們可是比他們早了三個小時喲。」

完全否定我的推測後，亞魯戈開始一點、一點往前進。

「喂，喂……」

「大概不再往裡面走的話，魔王就不會湧出喲……桐仔就在樓梯的地方等吧。」

留下這句話，亞魯戈就踩著慎重的腳步繼續前進。

以視線望向她的前方，看見地板上的線條集中在十公尺左右前方畫出一個複雜的同心圓。雖然看起來應該有什麼機關，但同時也感到很不安。不過亞魯戈應該也知道這一點吧。這時候只能信任她，默默在這裡看著了。

情報販子像滑行一般，緩緩在藍白燐光照耀著的黑色地板上移動——快到圓形前先呼吸了一下，才把腳踏進去。

一秒……兩秒……三秒……

第四秒與第五秒中間，同時發生了幾件事情。

地板上的線發出藍光，同時整個房間出現瞬間但是極為強烈的震動。我立刻大叫「亞魯戈！」，而這個時候亞魯戈也準備往後跳了。

同樣的事情如果嘗試一百次的話，亞魯戈大概有九十九次會成功躲開吧。

但是，艾恩葛朗特裡面，所有事象看起來雖然像是隨機，但都是系統演算後的結果。系統如此決定的話，玩家就無法用意志抵抗。

亞魯戈的腳步因為一瞬間的震動而不穩，直接就倒在圓形當中。

下一刻，就像要包圍她一樣，從圓形當中隨著轟然巨響伸出五根四角柱。

其中有三根長柱。另外一根稍短。最後一根則更短一些。那樣的排列……以及配置。

那不是一般的柱子。而是五根手指。也就是某人的，巨大的手。

「亞魯戈————！」

我一邊大叫，一邊開始全速往前跑。亞魯戈也為了從手指裡逃開而站起身子，但是這個世界的翻倒是貨真價實的異常狀態。倒下之後將會被課以瞬間的昏迷狀態，在消失之前都無法行動。

表面閃過藍色線條的漆黑手指，正試著要抓住亞魯戈。為了衝進縫隙裡把她救出來，我直接朝地板……

「桐仔，別過來！」

隨著之前從未聽過的尖銳叫聲，依然倒在地板上的亞魯戈右手一閃。掠過我左頰飛過去的，是她總是裝備在右腰的鐵針。虛擬身體的雙腳，背叛了我自身的意志一瞬間僵住了。

抓住亞魯戈的黑手發出「轟轟轟！」這種類似爆炸的重低音，在我面前高高地從地板上伸起。

五根手指頭在空中緊緊地相握。

我只能茫然往上看著，從漆黑的拳頭縫隙裡，一些閃亮的藍色粒子隨著些許破碎聲飛散。

如果說不是前天晚上在地下墓地迷宮已經嘗過等質的恐懼感，這次一定就會慢了一步。

那個時候，看見其中一名黑斗篷手裡拿著騎士細劍＋５的我，已經完全失去冷靜。只籠罩在亞絲娜被這些傢伙ＰＫ了的想像之下，甚至無法立刻想到要確認她的ＨＰ條，之後就算確認了也害怕只是系統處理慢了一步。幸好，摩魯特他們被大音量吸引過來的怪物群逼退，但如果我能夠更冷靜一點，或許就能想出更加適切的對應方法了。

這次絕對不能再重蹈覆轍。

我硬是把視線從空中飛舞的光點上移開，確認視界左上角並排的六條ＨＰ條當中最下方的，也就是亞魯戈的ＨＰ。雖然受到一成左右的傷害，但ＨＰ條還確實存在。我看見的破碎特效並非她本身，而是由消滅的裝備所造成。

但是，現在要放心還太早了。雖然速度很慢，但亞魯戈的ＨＰ現在依然持續減少當中。必須盡快將她從巨大的拳頭裡解放出來才行。

「唔……喔！」

一從背部拔出日暮之劍，就朝從地板往上升起十公尺左右的漆黑手臂砍下去。先是刺耳的衝擊聲，接著是大量的火花，以及從手腕穿透肩膀的後座力。黑水晶般的表面雖然出現紅色受傷線條，但立刻就消失了。上空的拳頭也沒有放開的模樣。

壓抑焦躁的心情，把劍擺到左側腹後發動劍技。淺藍色閃光以超高速在眼前來回，造成超過剛才的衝擊。這是水平二連擊技「水平弧形斬」。

這次確實有了明確的反應。從上空降下宛如雷鳴的咆哮，黑色手臂一邊打開拳頭一邊縮回地板。

一道小小的人影咻一聲從還有八公尺高的手掌裡竄出，在空中轉了幾圈後才在我身邊著地。配合對方直接後空翻退後的動作，我也跟巨大手臂拉開距離。

手臂一隨著比出現時輕微的震動沉進地板裡，身邊……

「哎呀，嚇我一跳呢～」

就傳來這種極為優閒的發言。嘴裡雖然反駁「我才快被嚇死了」，但還是暗暗鬆了一口氣。亞魯戈本身雖然只受到百分之十五左右的傷害，但身為她註冊商標的兜帽短斗篷已經消滅，下方的皮甲也受到相當嚴重的損傷。看來我看見的粉碎特效，應該是來自於斗篷。

「還是先回……」

我準備說出「下面」兩個時，亞魯戈就猛然打斷了我。

「桐仔，底下！」

「…………？」

一看之下，在整片地板上竄動的光之電路圖，開始產生令人眼花撩亂的變化。藍色線條聚集在我腳邊，畫出幾重的同心圓——

「唔喔……！」

和亞魯戈同時全力往後跳之後，剛才那隻黑色手臂就再次從地板上聳立，然後在空中「喀鏘」一聲緊握住拳頭。

雖然差點就著了道，但這樣就知道一種模式了。只要注意線條的動向，就不會再被抓住……

「下面，下面！」

「……？」

亞魯戈再次這麼叫喚，而我則往下看去。剛才的手臂才長出來不久，竟然再次有同心圓形成。

「唔哇……！」

我再次跳躍。第二條手臂擦過靴子前端後屹立在地板上，接著捏碎大量的空氣。

「什麼嘛，有兩隻嗎！」

「手本來就都有兩隻嘍。」

亞魯戈以數十秒前才瀕死的人來說算相當冷靜的聲音吐嘈了我。

「看仔細一點，大姆指的位置不一樣。那是右手與左手喲。」

「喔……喔喔，確實如此……」

聽她這麼一說，並排聳立在那裡的兩條手臂，確實就像巨人從地板底下伸出來的一樣。

也就是說，這次抓擊真的要結束了。就在我要趁著這個空檔，移動到已經離相當遠的往下階低而踏出一步時——

忽然被不祥的預感襲擊，於是就往上瞄了一眼。我記得天花板上也產生了跟地板完全一樣藍色線條——

「————看吧！」

這麼大叫完，這次就換成我拉著亞魯戈的手臂。剛才的危險同心圓，宛如標靶一樣出現在我們的正上方。

從該處發出轟然巨響降下來的不是手臂，而是巨大的腳。在往前衝刺的我們後方，大小應該有兩百公分的黑色裸足直接用力踩下地板。雖然腳步快被產生的衝擊波影響，但還是在千鈞一髮之際避開翻倒。

「喂，桐仔，有兩隻手就表示腳也……」

「我知道！」

我沒有停下腳步，持續瞪著天花板看。結果果然不出所料，線條又忙碌地動了起來，開始畫出下一個標靶。

「要來嘍！」

這麼大叫的聲音被轟然巨響蓋過去。第二隻巨大的腳以超過第二層中魔王巴蘭將軍的魄力使出頓足，地板再次出現震動波。但這次已經預測到時機，所以和亞魯戈同時跳起來避開震動波，然後一邊轉頭一邊以雙腳煞車。

直徑三十公尺的大廳中央附近，兩隻手與兩隻腳像奇怪的塔一樣聳立在那裡。雖然好不容易避開抓擊、抓擊、踏擊、踏擊的四連續攻擊，但已經逃到了牆壁邊，所以距離階梯已經有十五公尺左右。如果是在城鎮裡，這點距離根本不算什麼，但這種狀況下就相當遙遠了。

目前地板與天花板的線條，以及巨大的手腳都已經靜止了，所以應該趁這個空檔往階梯衝刺，還是應該警戒是不是有第三隻手或腳，甚至是別的東西生出來呢……當我這麼想時——

「喂，桐仔，不要動啊。」

「咦？」

我反射性準備往旁邊看，結果又被斥責了一聲「不要動！」，只好急忙讓全身保持靜止。想著「線條都停止了到底怎麼回事」而屏住呼吸，結果新的指示又飛了過來。

「腳不要動，靜靜地往下看。」

「呃……嗯……」

按照指示，只移動最小限度的眼珠與臉龐，往下看自己的腳邊。結果看見了黑色地板與藍

色發光線條，以及愛用的皮革靴子。

「我看了……」

「看仔細一點啊。雖然是偶然，但是你的腳和我的腳都差一點才會踩到藍線對吧？」

聽她這麼一說，還真的是這樣。四隻腳全都只踩在被線條分割開來的黑色地板上。但是，最狹窄的地方只有不到一公分的空隙，只要身體一動似乎就會踩到線。

「……也就是說，踩到這條線的話那個標靶就會出現，然後大手和大腳就會從那裡發動攻擊？」

「我是這麼認為。」

「……這就表示，在不踩到線的情況下移動，就能不被攻擊而回到樓梯那裡了？」

「我是這麼認為。」

雖然推測獲得肯定，但是事情不像說的這麼簡單。如果是好好按照格子狀排列的話也就算了，但藍色線條是直線與曲線的不規則組合，寬廣的縫隙大概可以讓一個人站立，狹窄的地方甚至不到五公分。就算墊起腳尖小心翼翼地行走，要不踏到線條回到樓梯處也是相當困難。

乾脆做好遭到攻擊的心理準備然後猛衝算了……不行，這種賭博式的想法將會帶來危機……

當我保持全身靜止的狀態陷入沉思時，地板再次震動起來。我驚訝地看向前方後，發現不是攻擊，而是雙手雙腳開始縮進地板與天花板。看來是一陣子沒踩到線的話，就會恢復原狀的構造。

現在就先躡手躡腳地回到樓梯上吧。

這麼下定決心的我，準備開口告訴亞魯戈這個決定。

但是，下一刻聽見的聲音，不是來自於亞魯戈和我。

「——喂，不要緊吧？」

這樣的叫聲從樓梯下方傳過來，由哈夫納率領的十個人迅速衝上大廳。二十隻腳不斷踩到線條，四個標靶同時出現在地板與天花板上。

「什麼嘛，魔王還沒出現嗎——」

我以最大音量的吼叫覆蓋過席娃達這種脫力的聲音：

「迴避！迴避——！」

本來是想傳達「看著地板，腳邊出現藍色光圈的傢伙進行迴避」，但根本沒有這種時間。我的聲音響起後過了零點三秒，聯合部隊成員立刻以令人佩服的速度大大地往後飛退。但是原本待在狹窄範圍內的十個人各自跳開，所以A隊的席娃達與羅巴卡交錯後就失去平衡當場倒了下去。而且不知道是不是某種法則，踩到線的四個人裡也包含羅巴卡，兩個人倒下後正下方就出現讓人聯想到巨大眼珠的標靶。

「轟轟轟轟！」的巨大聲音持續響徹現場。從地板伸出兩隻巨大手臂，天花板則是降下兩隻大腳。

右手捏碎空氣。右腳與左腳猛烈踏在地板上。

而左手則是把席娃達與羅巴卡一起抓住，高高地運往空中。

「唔啊啊！」

「唔喔喔！」

迅速合起的五根手指掩蓋了兩個人的叫聲。由於抓住的是兩名高大的男子，這時果然和亞魯戈的時候不同，可以看到手腳從指縫中外露，但那不是能夠脫身的縫隙。

雖然組成聯合部隊但並非同一小隊，所以只能看見兩人簡易版的ＨＰ條。但視界角落小小橫條慢慢開始減少的模樣還是深深烙印在眼裡，加速了我焦躁的心情。

可能是防禦力與ＨＰ的最大值比較高的緣故吧，減少速度比亞魯戈那時候還要慢，問題是這種抓擊具有防具破壞效果。身為持盾重裝戰士且經驗豐富的席娃達是A隊最可靠的坦克，他要是失去防具的話，事先訂好的作戰將無法發揮機能。

——一分鐘，不對，只要三十秒就好，真希望有能夠停止時間的道具！

我打從心底如此渴望著。

只要不踩到地板的線條就能停止手腳的攻擊，從某方面來看，這次的攻略或許可以比之前的魔王戰都要輕鬆。因為隨時可以在戰鬥裡取得空檔時間，就能夠趁機喝回復藥水了。

但是，沒有和所有成員分享這個情報的時間。雖然很想做出逃進樓梯裡的指示，但不會有人丟下被手臂抓住的席娃達他們自己逃走吧。現在莉庭與哈夫納就已經拿起武器，準備攻擊聳立的手臂了。而他們的周圍則可以看見揮空的手與兩隻腳正逐漸縮回地板與天花板裡。

莉庭他們瞬時做出的行動並沒有錯，很可惜的是通常攻擊無法解除抓擊。恐怕需要一定威力的劍技才行，但複數人在那樣狹窄的空間下隨便發動大技的話，將會發生集團戰最為忌諱的事情，也就是同伴之間的自相殘殺。這時候要對誰做出什麼樣的指示呢——

讓腦袋轉到快要起火燃燒的我，雙眼突然產生電光般的感覺。視線就這樣與瞪大的栗色眼睛撞在一起。

亞絲娜。在這種混亂狀態下只有她一個人靜靜地站著，等待我傳達些什麼。

我以最簡略的單字對十五公尺外的搭檔做出指示：

「手臂、平行！」

亞絲娜沒有絲毫遲疑就點了點頭，架起早已拔出的騎士細劍。

用力踏出一步後，發動劍技「平行刺擊」。超高速的二連突刺超越攻擊著手臂的莉庭與哈夫納，擊中了黑色手臂。

迸發眩目光線特效的同時，就從天花板降下剛才也聽見過的咆哮聲。拳頭隨即打開，解放了席娃達與羅巴卡。莉庭與哈夫納好不容易才接住由十公尺高度落下的兩個人。

結果當然不可能毫髮無傷，四個人的HP雖然都減少了一些，但更重要的是防具沒有遭到破壞就得到解放了。即使很想鬆口氣，不過緊迫的狀態依然持續當中。揮空的手腳早已縮回去，站在樓梯旁的涅茲哈腳邊，以及在他附近的歐柯唐與奈伊嘉上空，都開始出現新的標靶。

「已經無法退避了！」

我身邊的亞魯戈這麼大叫。

她的判斷恐怕是正確的。地板上的線條，在外圍的部分空隙最大，越靠近樓梯就越是密集。所有人要不踩到線條走下樓梯已經是不可能的事了。

「——各位，快點跑到最近的牆壁邊！」

以最大音量的吼叫作出指示，不到一秒鐘的時間所有人就都開始衝刺。下一刻，樓梯旁的標靶就伸出手臂，附近則有兩隻腳用力踩下來。我再次吸了口氣，並且再度大叫：

「到達牆邊就別踩到線並且停下來！」

這句話讓大家邊跑邊看向腳邊。但是目前線條正不規則地變化當中，根本不可能迴避。最後線條的速度慢慢減緩，到了可以目視的程度，然後更加減速……

「——就是現在！躲開線條停下來！」

我第三次大叫。所有人在有些時間差的情況下停止了動作。

我屏住呼吸，邊交互注視著地板與天花板。不要出現標靶。不要出現，不要出現………

「啊………」

身邊可以聽見這種細微的聲音。

往這邊跑過來的涅茲哈，在單腳站立的狀態下拚命轉動雙手想要取得平衡。明明附近有比較大一點的縫隙，但他浮在空中的右腳卻一直無法放到那裡。

我立刻就了解理由了。

他是被判定為輕度「不適合完全潛行（FNC）」者，在虛擬世界裡無法順利判別遠近感。之所以會放棄近身戰而以鐵匠為目標就是因為這個緣故，雖然走路和跑步沒有什麼問題，但到了這個時候應該就無法掌握自己的腳與線條的距離了吧。

「再撐一下！」

對他這麼搭話後，我也小心地只踩在線條的縫隙中往涅茲哈靠近。最後緊緊抓住上半身搖搖晃晃，幾乎快倒到地板上的環刃使伸出的左手，並且支撐住他。

「沒問題了，把腳放到那裡……正下方就可以了，沒錯，ＯＫ。」

「抱……抱歉……」

涅茲哈的身體也終於安定下來了，於是我這次真的放下心來「呼————」一聲吐出長長的一口氣。

目前終於成功地讓十二個人全都躲開線條並且停下腳步，獲得夢寐以求的空檔。絕對不能浪費了這段時間。

我不打算詢問「為什麼爬上來」這種毫無意義的問題。前去偵查的成員ＨＰ減少，而且又聽見某種轟然巨響，要是我也會毫不猶豫地展開突擊。

「受傷的人邊喝ＰＯＴ邊聽我說！剛才的手和腳似乎就是這層的魔王了！」

我才剛這麼說，就看見咬著小瓶子的哈夫納瞪大了眼睛。

「地板上有藍色線條對吧！踩到它的話，地板和天花板的線條就會開始不規則地變動，踩線的人腳底或頭上將出現標靶！線的變動停止後，就會從地板伸出手來進行抓擊，或者從天花板降下腳來進行踏擊！」

「……這就是說，像這樣跨著線停止腳步的期間，巨大的手和腳就不會攻過來嘍——？」

腦筋轉得相當快的艾基爾，以怒吼聲從幾乎是大廳的另一側這麼反問。由於離了將近三十公尺，這時實在看不見他的表情，但在封閉空間的迴音效果下，聲音總算能傳得過來。

「正是如此！最多的時候是兩隻手兩隻腳同時攻過來！被手抓住的話，會被抬到十公尺左右的上空，ＨＰ與防具的耐久度會同時下降！但是，以單手武器的二連擊等級的劍技命中它的話，被抓住的人就能獲得解放！」

等待所有人都點頭，我才繼續說明。

「腳的話，因為還沒被踏中所以不清楚攻擊力，但我想應該比手臂還要強才對！還有，像第二層的巴蘭將軍那樣，踩下來的時候會出現衝擊波，腳要是被絆到而跌倒的話會有危險！」

除了亞魯戈之外的十個人再次點了點頭。我搜尋這幾分鐘內的記憶，試圖找出還沒有傳達的事項，因為已經想不出什麼內容……

「嗯……就這樣了！」

結果一這麼大叫，大廳裡就籠罩在出乎意料之外的沉默當中。

經過幾秒鐘後，距離我八公尺左右的亞絲娜就揚聲表示：

「那麼，繼續保持這種狀態的話，魔王就不會發動攻擊，而我們也沒辦法擊中它嘍？」

「我想……應該是這樣。不知道該不該說是不幸中的大幸，完整的聯合部隊攻到這裡的話，絕對不可能所有人在沒踩到線的情況下停下來，不過如果是這個人數就還有機會……」

就在我一邊這麼回答，一邊思考著要直接故意踩線開始魔王攻略戰，還是先暫時退避到樓下的時候——

簡直就像遊戲系統不允許魔王房間裡出現這種鬆弛的空氣一樣。

就只有樓梯正上方，天花板中央部分的線條擅自開始動了起來。但我們也什麼都沒辦法做，只能屏住呼吸往上看——

在發出「轟、轟轟！」的重低音下，天花板開始突出複雜的形狀。

邊緣點綴藍色光芒的黑色平面不斷接合在一起，開始形成左右對稱的物體。突出的額頭、凹陷的眼窩、四角形的鼻子與一條橫線的嘴巴。

這張像是3D遊戲黎明期一般，稜稜角角、造型粗糙的「臉」，從額頭頂端到下巴尾端足足有三公尺。漆黑眼窩裡「啵」一聲冒出藍白色光圈，額頭中央則浮現出複雜奇怪的紋章——

在十二個人無聲注視的前方，巨大的臉上部依序顯示出六條HP條。感覺第一條似乎短了一點，那應該是剛才擊中手臂的劍技所造成，不過傷害算起來只是九牛一毛。

最後第五層魔王的專有名稱，就以白色閃亮的字形刻劃在空中。

「Fuscus the Vacant Colossus」……空虛魔像．福斯古斯。

就像聽見我幾乎不成聲的聲音一般。

沒有眼珠的雙眼開始移動，四角形的嘴整個張開。額頭的藍色紋章變成不祥的鮮豔紅色。

雖然浮現「糟糕」的念頭，但已經沒有呼喊防禦的時間，而且就算這麼做也沒有任何效果吧。

從宛如洞窟般的嘴裡，迸發出足以震動整個迷宮區的重低音吼叫，聯合部隊所有人都產生或大或小的踉蹌。幸好沒有人因此而踏中地板的線條，但這也只是暫時能鬆口氣而已。因為魔王的聲音轟然響起的瞬間，所有人的HP下面就出現防禦力低下的阻礙效果圖像，而且之前都停止不動的藍線更一起動了起來。

雖然無法防禦、迴避的吼叫是一種威脅，但因此而從鬼壓床狀態下獲得解放的我，用從肚子底部擠出來的聲音大叫：

「散開來仔細看線條的變動！極力躲開它，如果踩到的話就同時注意地板與天花板，標靶出現就全力跳開來迴避！行有餘力就攻擊伸出來的手腳！」

大廳的各處立刻傳來強而有力的回應。我接著又壓低聲音，對眼前的涅茲哈做出指示：

「牆壁邊的縫隙比較大，所以較容易躲開線條！變動一停止，就用環刃瞄準那個巨大臉龐額頭上的紋章！」

「了……了解了！」

點完頭的涅茲哈跑向最近的牆邊。動向令人眼花撩亂的線條，開始緩緩減速了。我這次換成對附近的亞魯戈與亞絲娜做出集合的訊號，並且傳達作戰內容：

「我會刻意去踩線，妳們準備用劍技進行攻擊！」

「了解！」

「知道了！」

我邊聽著兩人的回答邊注視地板上的線條。

雖然好不容易做出A隊以坦克為主體，B隊以攻擊手為主體的編成，但樓層魔王繼續用這種反常攻擊的話，固定隊型只會造成反效果。所以只能各自自由地行動來避開地板的線條，然後伺機加以反擊了。

在黑色地板上四處滑行的無數線條降低速度……然後又變得更慢。

「……要上嘍！」

我邊大叫，右腳邊故意往一條線踩下去。

線條們宛如某種生物般產生反應，在我腳底描繪出標靶。當它固定的瞬間，我就全力往後飛退。

空氣被「轟啪啊！」一聲撕裂，黑色手臂經過我眼前。我、亞絲娜以及亞魯戈從三個方向把它包圍起來。

我立刻揮動新的愛劍，這次為了避免傷害到同伴而使出縱向二連擊「垂直弧形斬」。亞絲娜則是再次使出平行刺擊，另外雖然不知道亞魯戈的招式名，但她裝備在右手上的爪子也發動三連擊技。

三色的光線特效炸裂，漆黑巨臂在眩目光芒中像很痛苦般扭動著。天花板上的臉孔降下憤怒的聲音，稍微往上看就發現第一條HP條確實減少了。

受傷的手臂沉進地板裡，線條再次急促地動了起來。我準備著進行同樣的動作，並且瞄了一眼剛才承受的DEF減少的阻礙效果圖像，但目前還是沒有開始閃爍的模樣。

當我因為效果時間出乎意料的長而咬著嘴唇的時候，就感覺天花板似乎有動靜而往上看，結果魔王的臉正準備張大嘴巴。額頭的紋章也變成了紅色。剛才的吼叫又要來了——而且預料這次絕對會是其他阻礙效果襲來，即使知道沒有用也還是擺出防禦姿勢。

但在魔王吼叫前，銀色光芒就快一步飛越過天空。

發出「嘰哩嘰哩嘰哩」的輕快聲音往前飛去的，正是涅茲哈的環刃。以完美的控制擊中魔王的額頭後，變紅的紋章就恢復成藍色，巨大臉龐也像膽怯一般邊閉起嘴巴與眼睛邊稍微縮回天花板裡。旋轉的環刃劃出銳利的彎道後就飛回出發點。

雖然與封測時期的魔王已經沒有任何相同之處，但只有額頭的弱點被留了下來。光是能夠取消造成阻礙效果的吼叫聲就已經讓我們輕鬆許多。我再次把精神集中在線條上，並且用力伸出左手對確實完成工作的涅茲哈所在方向豎起大拇指。

下一刻，線條停止移動。這次不是地板而是天花板出現標靶，不過要做的事情沒有什麼不同。躲開猛然降下的魔像巨足，三個人配合時機以劍技轟在腳上。

當我抬頭看著縮回天花板的腳時，廣場的其他地點就傳來哈夫納的聲音。

「知道要領了！接下來我們也會攻擊看看！」

接著是艾基爾與歐柯唐的聲音。

「我們也上吧！」

「我們也會試試看！」

視線迅速往大廳看去，發現樓梯北側的哈夫納與席娃達、莉庭，東側的艾基爾與羅巴卡、奈伊嘉都各自形成一個集團。

心裡覺得攻略集團頂級玩家們的對應力果然很可靠的我，這時也用盡全力對他們大叫：

「交給你們了！轟垮它吧！」

嘴裡雖然這麼說，但內心已經做好一開始還是會有玩家被抓住或者被踏中的心理準備。停止的瞬間故意踩線，迴避襲來的手腳後以劍技攻擊。魔王臉龐的阻礙效果吼叫則是由涅茲哈的環刃來取消。急就章的聯合部隊成員動作確實地模式化，到了第三次左右就已經能毫無危險地完成攻擊。對於雙手雙腳的劍技同時攻擊威力果然不容小覷，短短不到十幾分鐘就消滅了第一條、第二條，甚至是第三條ＨＰ。

按照事前的計畫，魔王轉移到新的ＨＰ條時要先行退避，確定攻擊模式是否產生變化，但是超過半數進入第四條ＨＰ的現在似乎也沒有改變的模樣。當然不認為能夠這樣持續到最後，不過應該還能再消滅一條才對。

我一邊這麼想，一邊發動不知道是第幾次的圓弧斬，但就在這個瞬間——

「桐人先生！你看牆壁！」

聽見涅茲哈帶著驚愕的叫聲，我就急忙轉過頭去。

藍色線條開始從地板與天花板往之前一直單純是黑色平面的牆壁延伸。雙方不停以讓人聯想到某種原始生物般的動作接合起來，逐漸把空隙填滿。

讓空間變得像是監獄的柵欄一樣。

「……依照A隊、B隊的順序退避到樓梯！」

我立刻做出這樣的指示。全員脫離魔王房間後，魔王的挑釁狀態解除的話，好不容易消滅的HP就會急速恢復，但首次攻略過於躁進乃是大忌。要看清新的攻擊模式，只要我一個人留下來就可以了。

「但是……！」

哈夫納這麼大叫，而席娃達則是默默拉著他的斗篷。兩手劍使這才很遺憾般點了點頭，朝著中央的樓梯跑去。

SAO雖然是冷酷無情的死亡遊戲，但還是有能稱為最低限度的公平性存在。

其中之一就是魔王房間必定準備了脫離的出口。就我以前玩過的MMO來說，大部分都是一旦開始與魔王的戰鬥，在結束之前都無法離開那個空間，但SAO不一樣。只有第四層樓層魔王馬頭魚尾怪的房間，在牠進行水沒攻擊期間門會打不開，但是從外面還是能輕易地打開。

因此我相信這個第五層的魔王房間一定也是這樣。

「………桐人！」

突然間，亞絲娜一邊發出尖銳的叫聲一邊指著天花板。

急忙抬頭一看之下，自從出現以後應該就一直貼在那裡的巨大臉龐，不知道什麼時候已經消失了。由於還剩下三條ＨＰ，所以不可能是打倒它了。地板、天花板以及牆壁上的線條都還活潑地竄動著。

這樣的話，臉究竟到哪裡去了呢？

我一邊感覺類似恐懼的不祥預感，一邊持續環視著廣大的天花板。

下一刻——

「席娃，不行啊！」

就聽見莉庭甚至連金屬頭盔的特殊效果都能貫穿的悲鳴。

我的視界就像被吸引般轉往樓梯的方向。

地板的中央，魔王黑漆漆的臉從幾秒鐘前還存在樓梯的地方隆起，而席娃達自腰部附近被它巨大嘴巴咬住的景象就映入眼簾。

——到底為什麼會這樣。

——往下的樓梯到哪裡去了？

當屏住呼吸的我只能僵在現場時，哈夫納一邊想從魔王嘴裡把席娃達拉出來，一邊只把臉對準這邊大喊：

「樓梯……變成嘴巴了！」

這句話的意思，遲了幾秒鐘才貫穿了我的意識。

魔王的臉從天花板消失，然後出現在地板上。到這裡都還沒關係。但是作為唯一逃生口的往下階梯變成魔王嘴巴的話，不就沒有人能夠離開這個大廳了嗎？

不對，跟之後的事情比起來，現在最重要的是救出席娃達。席娃達身上的重裝鎧甲，這時被每一顆都跟瑪那那雷那村那種巨大瑞士捲差不多大小的黑牙齒前後夾住，已經散發出大量的紅色損傷特效。目前ＨＰ是還沒有減少，但很容易就能想像得到，鎧甲遭到破壞的話，那個瞬間就會受到致命的傷害。

「可惡，又來了嗎……！」

一開始就遭到魔王抓擊的席娃達，這時一邊想用雙手扳開魔王的嘴一邊這麼咒罵。莉庭雖然也在幫忙，但巨大的下巴完全沒有放鬆的模樣。臉的另一側艾基爾正用兩手斧不停地往下擊打應該是弱點的額頭，但是貼在天花板時被環刃擊中就很容易膽怯的魔王，這時卻滿不在乎地把厚厚的斧刃反彈回去。

或許跟手臂或者腳的時候一樣，除了劍技之外就沒有效果，但有可能會波及到席娃達，所以他似乎正猶豫該不該使用。

我雖然也很想立刻跑過去，但地板上的線條依然持續在變動。試著幫助席娃達的莉庭與哈夫納根本沒有多餘的心思注意線條，所以緊急時就必須由我和亞絲娜、亞魯戈故意踩線，把手、腳攻擊吸引到這邊來。

「可惡……又是手臂又是腳的還一下出現一下消失，這個魔王到底在搞什麼……！」

咬著牙根的我無意識中擠出這樣的話，附近的亞絲娜就以沙啞的聲音表示：

「Fuscus the Vacant Colossus……原來是這種意思嗎……」

一瞬間朝似乎從魔王名字領悟出什麼的搭檔看了一眼，她就用更為沙啞的聲音繼續說：

「Vacant是『空虛』而Colossus是『巨像』。空虛的巨像……大概就是指這個大廳吧。這整個房間就是第五層的樓層魔王。」

「…………！」

更強烈的驚愕讓我說不出話來，接著眺望有無數藍白線條像生物般蠢動的地板、牆壁與天花板。按照亞絲娜的推測，聯合部隊的十二個人是被關在魔王……空虛巨像福斯古斯的內部。如果整個空間都是魔王的身體，當然要伸出手臂還是腳，甚至是把樓梯變成嘴巴都能夠隨心所欲。

「就算是魔法的魔像，這也太……！」

我的呻吟聲與席娃達絕望的聲音重疊在一起。

「不行了，扳不開！」

哈夫納與莉庭雖然立刻鼓勵他，但他的聲音裡已經帶著恐慌。

「別放棄啊，席娃達！」

「席娃，現在就救你出來！」

「已經不行了……鎧甲要壞了！小莉，把手從嘴裡移開！」

席娃達那內含著堅定覺悟的話，讓莉庭猛烈地搖著頭。

「不要！絕對……要救你出來！」

沒錯，不能放棄。席娃達本身的ＨＰ還接近全滿狀態，就算是被捲入劍技當中應該也不會立刻死亡。

我下定決心後，就對擺出兩手斧的艾基爾做出指示：

「艾基爾！用劍技攻擊額頭的紋章！」

但是轉過頭來的巨漢隨即用力搖了搖他的光頭。

「不行啊……這傢伙沒有紋章！」

「什………………」

從席娃達鎧甲上斷斷續續發出的金屬質悲鳴，猛烈地刺穿我因為不知道第幾次的驚愕而快要停止的思考。

如果他在這裡喪命的話，其他成員就會陷入恐慌狀態，接下來就只能在福斯古斯不講理的攻擊下四處逃竄了。但是樓梯消失的現在已經不可能逃離。聯合部隊甚至可能全滅。

——到此為止了嗎？

我的視線輕輕飄盪在空中，被呆立在那裡的亞絲娜蒼白的側臉吸引過去。

我會在身邊守護妳，一直到妳再也不需要我為止。明明在通往第五層的螺旋階梯上，才許下這樣的約定啊。

不對，說起來我可能沒有說這種話的資格。或許從死亡遊戲一開始就丟下唯一的朋友跑到城鎮外那個瞬間開始，就已經決定我在這個世界應該前進的道路了。就是獨自一人，漫無目的地徘徊在荒野。

也就是說，這是數位之神給我的懲罰嗎？還是我不止冀求應該守護的搭檔，還指揮許多玩家來挑戰魔王的想法所帶來的報應……？

腳邊應該算是福斯古斯神經迴路的藍色線條終於開始減速。

遠方的席娃達，鎧甲灑下鮮豔的受損光芒並且出現裂痕。

右手上的日暮之劍變得極為沉重。

就在每個人都被絕望籠罩，等待著結束的一刻來臨的這個剎那——

「怎麼能……讓席娃被你殺死啊啊啊啊啊——！」

發出勇猛的吼叫聲後，莉庭做出了意料之外的行動。

鋼鐵的重裝戰士，跳上福斯古斯四角形的下巴，然後毫不猶豫地跳進咬著席娃達的嘴裡。

下一刻，席娃達的鐵製鎧甲就化成無數藍色碎片往四處飛散。冷酷的齒列雖然直接陷入單手劍使的身體裡，但是又猛烈撞上跳進旁邊的莉庭那身鋼鐵板甲，產生強烈的衝擊音與大量火花後就停了下來。

「什……小莉，為什麼……！」

席娃達以左手抓住重裝戰士的右肩並且這麼大叫。莉庭則是邊試著用雙手推開福斯古斯的嘴巴邊這麼回答：

「因為我是坦克啊！保護同伴就是我的工作……！」

呆立在十五公尺之外的我，麻痺的意識同時也被這句話猛烈地擊打。

除了亞魯戈與涅茲哈之外的十個人當中，最晚加入攻略集團的莉庭，比任何人都要果敢地進行著自己的任務。這樣的話，沒有直接受到危險的我，怎麼可以率先放棄掙扎呢。

如果莉庭的工作是防禦。

那麼我現在的工作就是思考。

快點想啊。就算把所有的腦細胞都燒掉也要想出來。

福斯古斯的弱點……額頭的紋章到哪裡去了？應該不可能就這樣消失了才對。如果那傢伙也是魔像的一種，那麼希伯來的傳說裡也有提到，刻劃在身體上的文字或紋章就是它的生命才對。

福斯古斯的臉從天花板消失後出現在地板上。這樣的話，也可以推測消失的紋章是從額頭移動到其他地方了。

那是在地板、牆壁、天花板的哪個地方呢？不對，應該有比這些地方更加有可能的場所存在。

重新握緊愛劍之後，我就對聚集在廣場中央的艾基爾等人大叫：

「各位，想辦法避開線條！真的不行的話就爬到魔王臉上！」

迅速看往這邊的伙伴全都點了點頭。裝備重量較重的哈夫納、奈伊嘉、歐柯唐爬到魔王的兩頰與額頭上，艾基爾、渥爾夫岡、羅巴卡則是散開並且集中精神注意著地板。

我又繼續對伙伴做出指示。

「亞絲娜、亞魯戈以及涅茲哈！踩下線條，讓手腳伸出來！那上面應該某個地方會有成為弱點的紋章才對！找到的話就所有人一起攻擊該處！」

「了解！」「知道了！」「那就試試看吧！」

三人同時這麼回答，然後沉下腰部擺出備戰姿勢。

線條的運動速度減慢，每當通過腳下時都會看見它們一瞬間露出有所反應的模樣。這次雖然沒有躲開線條的必要，但是讓標靶出現在身體前方比較容易迴避。我微調兩腳的位置，等線條停止的瞬間，就用往前伸出的左腳一踩。

「啾啊！」一聲聚集過來的藍線條，在我靴子底下畫出同心圓。這個瞬間，我便用力往後跳去。

出現在我眼前的是福斯古斯的左臂。亞魯戈眼前的右臂，亞絲娜前方的左腳，然後涅茲哈眼前的右腳幾乎是同時伸起或者是降下。

我仔細地邊往上看邊繞著它打轉，但左臂上沒有紋章。周圍也沒有聽見發現的聲音。如果這個推理錯誤的話，不只是席娃達，我們甚至會連莉庭都失去。

應該有才對。一定……一定會有──！

「────找到了啊啊啊！」

以一半已經沙啞的聲音這麼大叫的，是待在距離我七公尺左右牆邊的涅茲哈。

急忙回過頭去，就看見環刃使指著四角形左腳的膝蓋後方。但是他因為以搜尋紋章為優先，所以似乎無法完全迴避頓足之後的衝擊波。倒到地板上的他，看起來無法立刻站起身子。

結束攻擊的腳，「轟轟轟……」的一邊震動一邊開始上升。目前到達膝蓋後方的高度大概有四公尺，雖然是已經是接近攻擊界限的距離，但也只有想辦法擊中了。

「別想逃……！」

大叫完就開始猛烈的衝刺。我邊跑邊擺出長劍，準備發動目前習得的劍技裡射程最長的跳躍系突進技「音速衝擊」…………

「低下頭，桐仔！」

忽然從正後方聽見這樣的叫聲，我便反射性縮起上半身。

下一刻，右肩就感覺到強烈的衝擊。失去平衡的我全力停下腳步並且抬起頭時，就看見以我為踏板後高高飛翔在空中的嬌小剪影。就算把點數全加在ＡＧＩ上，這樣的跳躍力依然十分驚人。

「老鼠」亞魯戈在跳躍到達頂點的瞬間，右手上的爪子就纏著紫色光線特效。在系統輔助加速之下，小小身體一邊縱向高速迴轉一邊像子彈般加快了速度。我記得那是爪子系突進技「銳角拱頂」。

和亞魯戈綽號完全相反的，類似貓科肉食性動物般的猛擊，深深地挖進想要縮回天花板的左腳膝蓋後方。斜向併排的三條傷害線覆蓋到藍色紋章上的瞬間，後方就傳來令人聯想到大型重低音喇叭的低沉聲響。

一邊讓靴底在地面滑行一邊回過頭去，隨即看見福斯古斯長在地板上的臉，全力張大了嘴巴喊叫著。像是被聲音的壓力推出來一樣，席娃達與莉庭兩個人的身體啵一聲飛上天空，然後並排在一起掉了下來。

莉庭的板甲上雖然可以看見不忍卒睹的損害痕跡，但還不至於遭到完全破壞。只要沒有損壞，就能到打鐵舖進行修復。

福斯古斯吐出兩個人的臉龐，就在張大嘴巴的情況下整個沉入地板裡消失了。之後只留下原本就在該處的往下階梯。

隔了一瞬之後，周圍的玩家就異口同聲地發出歡呼聲。哈夫納以極為感動的模樣飛撲到席娃達身上，像抱著他一樣幫助他站起來。莉庭則是在歐柯唐伸手幫忙下站起身子。

總算迴避最糟糕的事態發生讓我鬆了大大的一口氣，不過魔王戰當然尚未結束。這時我感覺到它的氣息而抬起頭來，再次出現在天花板正中央的福斯古斯臉龐，環狀雙眼正開始閃爍，嘴巴張成菱形後發出了「嗚哦、嗚哦、嗚哦」的異樣笑聲。雖然成為弱點的紋章回到額頭上，但是不知道什麼時候會再消失。

「——各位！等一下再高興吧！」

我舉起劍這麼大叫。

「知道變化之後的模式了，暫時試著再戰鬥一陣子吧！不過，席娃達先到樓梯底下去回復HP吧！」

由於他的鐵製鎧甲已經被福斯古斯咬碎，認為繼續讓他參加戰鬥太過危險的我做出這個指示——但是……

這名老資格的開拓者卻一邊打開裝備人偶一邊大聲這麼回答我：

「抱歉，我必須拒絕你這個命令！在打倒魔王之前，我絕對不會走下那個樓梯了！」

「但是你的鎧甲……！」

「當然還是有預備用的啦！我還可以戰鬥！」

正如他所說的，新的重裝鎧已經包裹住只剩下上衣的他。雖然強化度稍微比不上壞掉的鐵製鎧甲，但防禦力應該沒什麼問題。

「……那好吧，不過千萬別逞強喔！」

聽見我的話，咬著藥水的席娃達就對我豎起大拇指。像是感到聯合部隊的戰意一般，天花板上的福斯古斯再次發出嘲笑聲，地板上的線條也再次動起來。

接下來的戰鬥，模式雖然沒辦法說是安定，但總算在沒有重傷者出現的情況下進行著。當魔王的臉移動到地板上時果然是最危險的時候，雖然不至於再有人被咬住，但是因為紋章移動到手腳的某個地方，所以有幾次來不及取消造成阻礙效果的吼叫。阻礙效果除了DEF降低之外還有視覺亮度減低、聽覺減低、平衡感減低以及滑倒傷害等多樣的效果，總之承受感覺異常系阻礙效果者就無法避免被手抓住或者被腳踩中。

但是急就章的聯合部隊以漂亮的合作解放被抓住的成員，而被踩中者則是到牆壁邊進行回復。在花了將近三十分鐘消滅福斯古斯的第四、第五條HP後，戰鬥開始大約一個小時之後的下午八點零五分，終於進入最後的第六條HP。

「——嗚哦哦哦哦哦哦哦！」

天花板的臉孔迸發出至今為止最為巨大的怒吼，一看見環狀雙眼變成鮮紅色，我就大叫：

「模式又要改變了！ＰＯＴ不足的人報備一下！」

「我有點危險！」

「我也是！」

由於哈夫納和渥爾夫岡這麼大叫，我就從道具欄裡實體化兩個裝有六瓶回復藥水的包包並且遞給兩個人。這段期間裡，擴散到整個大房間的藍色線條開始了與之前的模式完全不同的行動。

線條以地板的樓梯為中心開始縮小，然後回到外圍部分。無數前端到達牆壁後就直接垂直往上爬，最後聚集到天花板中央的臉孔上。

在之前一直讓我們相當痛苦的線條消失，變成一般黑色平面的地板各處，我們十二個人一起擺出備戰姿勢。

福斯古斯那上面的藍色線條宛如鬚毛般往四方蠢動的臉龐猛力往下突出。四根線條聚集成粗大的一束，前端則出現熟悉的圓形標靶。待在正下方的成員們雖然迅速避開，但是從標靶出現的手腳動作相當遲緩。手腳雖然緩緩伸出，但這次在露出手肘與膝蓋後也還是繼續湧出，連肩膀與腰部都依序出現，接著是四角形的胴體——

「嗚哦哦哦哦哦哦哦哦哦！」

隨著遠超過剛才聲量的吼叫聲，第五層樓層魔王「空虛魔像・福斯古斯」，終於以人型魔像的外表與天花板分離了。

「退後——！」

不用我這麼大叫，所有成員都已經往樓層南側猛衝。下一刻，福斯古斯就在轟天巨響與猛烈衝擊的伴隨下降落到地板上。

身高足足超過十公尺的巨大軀體表面，刻劃著一大堆熟悉的藍線。那些藍色的發光線條從臉部開始變成像血一樣的紅色。幾秒鐘後就連手腳的末端都染上鮮紅色，魔王發出第三次的咆哮後，就高高舉起前端宛若椰頭般粗大的雙臂。

看見伙伴像是氣勢被對方壓過一樣慢慢退後，我就反射性大叫：

「魔王變成人型的話，就能按照最初的作戰來戰鬥嘍！A隊負責防禦，B隊進行攻擊，以管理仇恨值為最優先！」

「知……知道了！」

A隊隊長哈夫納這麼回答，然後召集小隊成員集合。同時我和亞絲娜、艾基爾等人就繞到他們的左右兩邊，擺出魔王正面是重裝部隊，側面是輕裝部隊的陣形，接著各自舉起手裡的武器。

「——全力消滅最後一條吧！」

我的聲音……

「「「喔！」」」

傳來勇猛的巨大回應。如同對我們的聲音產生反應般，魔王重重地往前踏出右腳。

身為A隊主要坦克的席娃達與莉庭來到前面，然後高舉起左手的盾牌。兩個人以幾乎完全相同的動作往上揮起右手，做出全力伸出左手的姿勢後，盾牌就發出銀色光輝以及寺廟大鐘般的巨大聲響。這是提升了盾裝備技能後就能夠使用的，名為「威脅怒吼」的挑釁技。

雖然會因為魔王的類型而有無法發揮效果的時候，不過很幸運的是福斯古斯立刻邊發出怒吼邊提升了移動速度。席娃達他們果敢地等待著比第二層樓層魔王「公牛國王・亞斯特里歐」大了一圈的巨大魔像。

「嗚哦嘎啊啊！」

吼了一聲的福斯古斯，把右拳高舉到足以摩擦天花板的高度，接著就轟然朝著席娃達他們揮落。兩個人就試著用舉著的盾牌接下這一擊。

即使是坦克，也必須顧及防具的耐久度，所以防禦的基本是以腳步來迴避，但他們似乎是想在狀況仍有餘裕的情況下，先確認一下格擋防禦的可能性。在一半讚賞兩人的膽量，一半替他們捏一把冷汗的心情下注視著他們，結果視線前方席娃達的逆襲盾與莉庭的圓盾就和巨岩般的拳頭猛烈撞擊，灑出大量的光芒與衝擊聲。

併排站起一起的兩個人果然無法站在當地，被往後推了將近兩公尺左右，但總算是在沒受到傷害的情況下擋下攻擊。當然，如果通常攻擊就被往後彈了那麼遠的距離，那麼帶有特效的特殊攻擊應該就擋不住了吧，不過能夠格擋還是讓人覺得心裡踏實多了。哈夫納的雙手劍二連擊技「大瀑布」，擊中結束攻擊後一瞬間停止動作的福斯古斯右臂，讓第六條ＨＰ減少了百分之三左右。

「……好，我們也進攻吧！」

對亞絲娜打出信號後，我就朝地板踢去。以二連擊技「圓弧斬」轟中如大樹般聳立在那裡的左小腿附近。技後的僵硬剛結束，就大叫「切換！」並且退後。代替我衝出來的亞絲娜，從跳舞般的準備動作使出上下二連突刺「斜線刺擊」。

艾基爾與渥爾夫岡也用雙手武器在右腳那邊盡情揮舞，給魔像造成確實的傷害。兩腳同時受傷的福斯古斯邊後仰邊吼叫，雖然一瞬間擔心是不是太過火了，幸好魔像的目標沒有轉移，還是持續攻擊著席娃達他們。

待在遠處牆壁邊的涅茲哈擺出環刃準備攻擊弱點，而亞魯戈則靈巧地邊跑動邊在Ａ隊周邊地板上放置回復藥水。

「終於像是魔王戰了！」

亞絲娜在旁邊一面後退一面這麼呢喃，而我也向她點點頭。

「嗯……但是它不可能就這樣束手待斃，千萬不能大意！」

「那是當然！」

亞絲娜如此回答而且嘴角刻劃著微笑的臉龐，已經看不出第一第二層時的菜鳥模樣了。雖說知識面還有尚未傳達給她的內容，但是對她預告過的「不再需要我的時候」，說不定會比想像中還要快來臨……在這樣的預感襲擊下，我一瞬間屏住了呼吸。

但我當然希望那一天能夠到來。只有離開我身邊，隸屬於大型公會的時候，她的才能才會完全開花結果。這一切都是為了完全攻略這個死亡遊戲……因為亞絲娜自身應該也是為了回歸現實世界而戰。

我用力握緊愛劍的劍柄，也對現在暫時的搭檔報以剎那的微笑。

「好……接下來稍微攻擊其他地方，尋找防禦力弱的部位吧。」

「好喔。像是阿基里斯腱還是小指之類的。」

說出這可靠的發言後，栗髮細劍使就銳利地甩了一下白銀細劍。

果然正如我的預測，福斯古斯的攻擊除了雙拳單純的毆擊以及兩腳的連續頓足、棘手的阻礙效果怒吼、從雙眼發射的高熱雷射之外，到了最後階段甚至進化成狂暴模式。

每當模式改變都會考慮退回樓下的選項，但是A隊的六個人，尤其是席娃達與莉庭，雖然經常會進行ＰＯＴ輪值，但還是持續完成坦克的工作。

終於最後一條HP也染上紅色，當六個人團結在一起擋著魔像宛如龍捲風般揮動雙臂的猛攻時，席娃達就對著我叫喚：

「桐人！LA就送給你了，最後華麗地幹掉它吧！」

聽他這麼一說，當然也不能再保留自己的劍技了。

「知道了！那我就不客氣地收下了！」

這麼叫了回去後，我就把黑暗精靈的名劍Sword of Eventide——「日暮之劍」放在右肩上並且全力奔跑。

雖然未經過強化，但這把劍具有AGI＋7這種以第五層來說驚異的魔術效果。充分活用經過加成的速度，沿著外圍的衝刺來到最快的速度之後，我就直接移動到彎曲的牆壁上並且繼續奔跑。幾乎從水平的位置通過專心於防禦的A隊左斜上方，到了無法再也攀登之處才全力跳躍。

福斯古斯的巨大臉龐朝著眼前迫近。紅色環狀的雙眼，焦點像是配合飛翔的我一般不停收縮。

「嗚哦啊啊啊啊啊啊啊啊啊啊啊！」

為了突破這強大的咆哮壓力，我也跟著大叫起來：

「這樣就……結束了啊啊啊啊————！」

把愛劍架在左側腹，發動了即使在攻略集團當中似乎也還只有我會使用的四連擊技「水平方陣斬」。

長劍宛若直升機的同軸主旋翼般高速回轉，在福斯古斯額頭的紅色紋章上刻劃下一條、兩條、三條，最後是第四條藍色光線。

紋章從額頭剝離，變成光粒後消失無蹤。

環狀雙眼開始不規則地閃爍。

全身奔走的紅線發出更為眩目的光芒。

接著從所有線上冒出幾條類似火焰般的閃光——第五層樓層魔王，空虛魔像·福斯古斯巨大的身軀就這樣爆散開來。

邊看著取得最後一擊獎勵的訊息邊降落到地板上後，我就直接單膝跪地。

等到比至今為止的魔王都更加華麗的消滅特效變淡、消失，還是有好一陣子沒有人說出任何一句話。

寂靜當中，忽然感覺到地板的質感產生變化。讓人聯想到黑水晶的平滑光澤消失，變成跟迷宮塔建材同樣的藍黑色石塊。依然單膝跪地的我伸出左手，確認了一下粗糙的質感後，忽然間整個地板隨著「轟轟轟……」的重低音開始震動。

一邊想著「不會像第二層那樣有追加的最後魔王吧」，一邊畏畏縮縮地往上看，就發現天

花板正中央正要出現新的物體。雖然一瞬間心頭一驚，但出現的不是手腳也不是臉，而是由石頭構成的螺旋階梯。

「…………結束了…………」

以沙啞聲音如此呢喃的，不知道是席娃達還是哈夫納。像是被這句話影響一樣——

急就章聯合部隊眾成員就一口氣爆發出歡呼聲。

雖然我也很想加入他們，但忽然被意識幾乎要遠去的疲勞感所襲擊，便急忙用劍撐在地板上。當我準備用劍當支撐來站起身子的時候，眼前已經有一隻雪白的手伸過來。

「辛苦了，桐人。」

握住手後，就讓對方拉著我站起來。接著和已經收起劍露出微笑的搭檔，互相輕碰一下拳頭來慶祝勝利。

我聽見後方發出更響亮的歡呼聲後就回過頭，發現席娃達正高高地抱起莉庭。像是感覺不到全身板甲的重量一般，以伸直的雙臂撐著莉庭並且不停旋轉。

「……那樣的話，謠言明天就會傳遍全艾恩葛朗特了吧……？」

我一這麼呢喃，亞絲娜就搖了搖頭。

「這裡沒有那種會流出不負責任謠言的人喲。亞魯戈小姐應該也不會賣他們兩個人的情報才對。」

這句話讓不知道什麼時候已經站在附近的亞魯戈說了句「是……是啊！」來回應。和加入的涅茲哈一起歡笑了一陣子後，我們四個人就再次互相握手。

「桐人先生，你是個很稱職的領袖。乾脆直接挖角這些人，自己建立一個新公會如何？」

由於涅茲哈以天真無邪的笑容說出這種令人害怕的提案，我只能拚命搖著頭說：

「別……別開玩笑了。說起來，你要是被我邀約也會很困擾吧。」

「沒這回事，如果是桐人先生的公會，傳說勇者的所有人都會加入喔。」

「不行不行不行不行，要是幹這種事的話，哈夫納一定會說『果然早就有這種打算了嗎』，然後把我揍飛。」

我快速輕聲堅決地否定，並且看向仍處於興奮狀態的哈夫納與歐柯唐等人。之所以會自告奮勇當起聯合部隊領袖，完全是為了避免ＤＫＢ與ＡＬＳ出現決定性的決裂，絕對不是為了要引起新的火頭。

不論如何，在沒有出現任何犧牲者的情況下打倒第五層魔王了，目前應該可以避免決裂了才對。再來就是把成為問題的道具…………

當我用疲憊的腦袋想到這裡的瞬間——

就遭到被冰針貫穿脊髓般的惡寒襲擊，於是整個人產生劇烈震動。

這時我終於注意到，光是魔王攻略的事情就已經塞滿整個腦袋，竟然忽略了之後真正重要的事情。

ＳＡＯ的基本規則。

包含魔王在內的怪物掉寶道具，將會直接出現在參加戰鬥者的道具欄裡，而其他的玩家……就算是小隊成員也不得而知。

總而言之。

等眾人戰勝的情緒告一段落，開始戰後處理階段，我詢問這次作戰的最終目的——亦即公會旗是否掉到誰的道具欄裡時。

如果沒有人舉手的話，也無法分辨究竟是正式營運時，已經設定成第五層魔王不會掉下旗子，還是某個人其實把旗子占為己有了。

嚴格說起來，系統上還是可以讓所有人把選單視窗可視化，然後逐一檢查裡頭的每一樣所持物品。但是道具欄的內容是ＳＡＯ裡最為私密的個人資料，就算是凜德和牙王這種實力堅強的公會會長，也無法做出強制檢查成員道具欄的行為吧。

如果把持有的道具設定為入手順序排序，那就只要看最上面的部分就可以了，這樣的話……雖然一瞬間浮現這樣的點子，但還是立刻就捨棄了。排序只對道具欄的主畫面有效果，以檔案系統來比喻的話就只是根目錄，對方把旗子移到裡面的子目錄，亦即木箱或者皮革袋子當中的話，進行排序也沒有意義了。結果還是得看所有箱子或者袋子裡的內容，只要藏在箱子裡的袋子裡的箱子裡的袋子裡，像這樣經過數次階層化的深處，即使花時間來檢查還是有可能會遺漏。

我應該首先注意到這個問題，在作戰開始前就與眾人討論。比如說，為了防止藏匿，打倒魔王之後誰都不先叫出視窗，然後依序撿查道具欄的主畫面，只要先決定這樣的規則，應該就不會有人想要藏匿掉寶，馬上就會自己報備了。

怎麼辦……現在要提出這個議題，取得大家接受檢查的許可？還是要賭賭看某個人會很乾脆地把旗子實體化，讓我的不安變成杞人憂天的可能性……？

「喂喂，你是怎麼了，桐人？肚子痛嗎？」

似乎注意到我有點不對勁的亞絲娜，對著我這樣搭話。

——當我是小孩子嗎！

平常的話大概就會這麼吐嘈，但現在實在沒有這種心情。我依序看著亞絲娜、亞魯戈與涅茲哈，然後先小聲對這三個人詢問：

「那個……公會旗掉到你們那裡了嗎？」

結果三個人同時用力搖了搖頭。由於亞絲娜以視線對我詢問，我也迅速搖頭並且回答：

「沒有，也沒掉到我這裡……」

「這樣啊。那是那邊的某個人嘍。」

說到這裡，亞絲娜和亞魯戈似乎也察覺到我的擔憂了。聽見兩名女性繃著臉呢喃著

「啊……對喔……」「糟糕，我怎麼也沒注意……」，涅茲哈也露出恍然大悟的表情。

但是環刃使立刻就微笑並小聲堅定地說：

「別擔心啦，大家是齊心協力一起戰鬥的伙伴。一定會老實地報備。」

「……嗯，說得也是……」

如此回答完，下定決心的我就回過頭去開始往前走。

新出現的螺旋階梯，在距離往下的樓梯正面三公尺處著地。階梯也跟地板的石頭是同樣材質，而且沒有接縫與間隙，簡直就像一開始便存在那裡一樣。

我一靠過去，終於把莉庭放下來的席娃達就轉過來，一邊咧嘴笑著一邊舉起右手對我說

「喂，幹得好啊！」。我也好不容易露出自然的笑容，迅速和他擊了一下掌。

這道聲音讓其他伙伴聚集了過來，我也就依序看著眾人的臉並開始說話：

「……首先要說大家辛苦了……還有謝謝各位。都託大家這麼努力的福，才能夠打倒魔王。雖然很有多意料之外的發展，應該說偵查忽然就變成正式上場，但面對這絕對是至今為止最強的魔王，我認為大家都發揮了最高的戰力。」

我在這時候先閉上了嘴，而A隊隊長哈夫納則兩手扠腰，說出了令人意外的話：

「以我的立場來說，說這種話可能有點不好……但之所以能在沒有任何人犧牲的情況下打

倒這充滿機關的魔王，或許因為是十二人的少數精銳小隊才能辦得到。要是以聯合部隊上限的四十八人，感覺就不可能所有人持續躲開地板上的線條了。」

這時他像是從自己的話裡注意到什麼一樣，又看著ALS的斧槍使說：

「啊……歐柯先生，ALS計畫只靠主力來討伐魔王，難道是因為知道攻略方法了？」

結果歐柯唐一邊水平動著舉起來的雙手一邊回答：

「沒有沒有，我想完全是偶然喔。另外，現在的話也希望只有我們知道就好，如果是靠ALS的主力三小隊的話，我想很難在沒有人死亡的情況下打倒魔王。我們對成員的能力構成不會做出指示，所以元老級的成員裡沒有又辛苦經驗值效率又差的純坦克。挖角莉庭之後，坦克的人力才終於獲得改善……我真的覺得她像Bear，不對，像熊一樣地活躍喔。」

「拜託，歐柯先生，說我像熊也太過分了吧。」

戀愛中的少女莉庭，一邊震響著傷痕累累的板甲這麼抗議，歐柯唐就露出感到焦躁般的笑容，而席娃達與哈夫納、艾基爾等人也出聲笑了起來。

話題告一段落，席娃達就叫出視窗，瞥了一眼後又看著我。

「已經八點半了嗎，這時間ALS的主力可能快要追上來了。桐人，你想過要如何從這裡回去了嗎？」

正在想其他事情的我，先眨了一下眼睛才急忙回答：

「啊……噢，嗯。因為從迷宮去下去的話可能會和ALS撞個正著，所以就用那條樓梯上到第六層的主街區，再從那裡的轉移門回到卡魯魯茵。好不容易打倒魔王了，應該會想比其他人更早看看第六層吧？」

「說得也是！我開始興奮起來了！」

說出詼諧發言的哈夫納展露的亢奮模樣，讓笑聲再次擴散開來，但我立刻舉起右手打斷了眾人。

「正如剛才席娃達所說的，沒什麼時間了。雖然很想盡快上到第六層，但是得先把重要的事情解決掉。」

可能是從我的聲音與表情裡感覺到什麼了吧，所有人都恢復成嚴肅的表情。

以手勢讓亞絲娜他們也移動到前方來後，我就依序凝視著聯合部隊的伙伴們——哈夫納、席娃達、莉庭、歐柯唐、艾基爾、渥爾夫岡、羅巴卡、奈伊嘉、亞絲娜、亞魯戈、涅茲哈等人的臉，然後這麼說：

「——現在希望獲得這次作戰原本的目的……也就是公會旗的人能夠自我報備。」

「喔喔，對喔還有這件事。我完全忘記了。」

這麼說的人是艾基爾。他摸了一下光頭，然後為了表示自己沒拿到而攤開雙臂。他的伙伴們也聳聳肩並且輕輕搖搖頭，而ALS的兩個人和DKB的兩個人也做出同樣的反應。當然，亞絲娜他們也還是閉著嘴巴。

這時是露出困惑表情的涅爾夫岡打破持續了五秒鐘左右的沉默。

「當然，桐人也沒拿到吧？」

「嗯……也沒掉在我這裡。」

「這就表示，正式營運的第五層，已經沒有那個什麼旗子的東西嘍？」

狼人像感到很傻眼般捋著長鬍鬚，而臉上毛髮比他更加濃密的羅巴卡就高舉雙手做出萬歲的動作。

「真是會給人添麻煩的謠言！我們到底是為什麼要這麼辛苦……啊…………」

他的話之所在一半就變慢，最後完全消失，應該也是終於注意到的緣故吧。這個時候，哈夫納他們的臉上也沒了表情。

在場的某個人，沒有報備旗子其實掉到自己身上，而是藏在道具欄裡頭的可能性。所有人全都共有這個可能的情況下，勝利後的高揚感逐漸消失得無影無蹤。

魔王戰期間確實是一條心的聯合部隊伙伴們，這時候以疑心生暗鬼的視線互相望來望去，而我只能在宛如駭浪般的苦惱襲擊下凝視著這一切。

要在這裡宣布「從第五層魔王身上沒有掉下公會旗」，然後朝第六層前進確實是很簡單。

但這只是把問題往後延……不對，完全只是放棄自己的責任而已。

因為，我心中已經大概已經猜出是誰入手公會旗，又把它給藏起來了。

當然我無法提出完美無瑕的證據，但只要在接下來的對話裡下點工夫，就可能在這裡詰問對方。但要是對方裝傻到底的話，也沒辦法強制檢查他的道具欄，或者做出用劍威脅他的行為。不能用議論把他逼到絕境，必須讓他自主提出才行。

那麼到底該怎麼做，才能導出這樣的結局呢？

我之前一直都沒有想過要理解人心，只是拚了命地避開他人。連對現實世界裡每天見面的家人，都經常會出現「這個人真正在想些什麼」「實際上是個什麼樣的人」這樣的疑問。而這種「不知道這個人究竟是誰的感覺」，讓我的現實世界變得稀薄，有時候會產生連自己都不清楚的莫名空虛感。

我之所以從小學生時期就一直沉溺，或者可以說逃避到網路遊戲裡，就是因為覺得以人工的虛擬身體來進行溝通相當地自然。３Ｄ物件所構成的身軀，以及操縱它的真實人類絕對是乖離的世界……在那裡的話，我就不用煩惱這個人究竟是誰了。

所以我才會無可救藥地迷上世界第一款ＶＲＭＭＯＲＰＧ「Sword Art Online刀劍神域」，會應徵成為它的封測玩家，並且被關進這款死亡遊戲裡只是必然的結果吧。

但是，從登出鍵消失，虛擬身體直接變成玩家真實面貌的那一天起，我就再次遠離人群了。當然也可以硬是加上因為捨棄了最初的朋友克萊因、因為差點被最初的協力者柯貝爾所殺這樣的理由——但問題的本質終究是來自於我害怕人類的心。

在這個成為第二個現實世界的遊戲裡，我就和待在原本的世界時一樣，不去對他人的內在有任何的關心。玩家就只不過是玩家，即使是在賭上性命的死亡遊戲裡，依然不過是以虛構的名字在扮演各自的角色而已。藉由這麼想，總算能與他人建立起最低限度的溝通。

這樣的我，就算能夠用理論來詰問藏匿者，應該也不可能真正地說服他才對……

就在我緩緩呼出一口氣，準備伏下臉的時候。

感覺到視界右端有一道雖小但強烈的光芒，於是就把眼睛往該處移去。

光芒的源頭是筆直凝視著我的一雙栗色眼睛。它沒有訴說什麼，也不是在催促我，就只是傳來沉靜的視線。

亞絲娜。

開始死亡遊戲以後，毫無疑問跟我共有最長一段時間的細劍使，到現在還是充滿謎團的存在。老實說持續和我組成搭檔的理由也依然無法確定。能夠完全理解她在想什麼的次數，用五根指頭就數得完了吧。

但是不知道為什麼，我對她從來沒有產生過那種……「這個人實際上是什麼樣的人」的感覺。亞絲娜在我的身邊總是直截了當地生氣、鬧彆扭並露出笑容。

她就算在這個世界，也一定沒有扮演暫時的自己吧。不論身體是不是由數位檔案所構成，自己就是自己。不因為是ＭＭＯＲＰＧ的菜鳥，而是因為擁有堅強的自我，亞絲娜才能表現得比任何人都自然。

在第一層迷宮區初次與她相遇時，帶著虛無的眼神拚命進行魯莽戰鬥的她，找到戰鬥的目標，累積了知識與能力後，像這樣變成了攻略集團的頂尖玩家。

我說不定也能像她一樣改變。

我回應亞絲娜的視線，再次把眼睛移向集團的一角。

我從直立的站姿緩緩彎腰，深深地低下頭來。

寬廣的空間響起低沉的騷動。面對感到困惑的玩家們，我不是用演技而是邊尋找自己最真實的言語邊向他們說道：

「首先，我要向大家道歉。應該事先就討論好打倒魔王之後，要如何處理公會旗。怎麼確認旗子究竟掉寶了沒有，把這麼重要的事情延到這個時候是我的失誤。結果就像這樣害大家互相猜疑……」

這時候我終於撐起身體，這次換成仔細地凝視著十一個人的臉。

「……只不過，我不希望出現ＡＬＳ和ＤＫＢ因為這支旗子而爭鬥的事情……希望今後也由兩支公會互相合作來繼續最前線的攻略，我想大家也是如此期望，才會參加這支聯合部隊。這一點不論是在與魔王戰鬥前，還是已經獲勝的現在都沒有改變……我是這麼相信的。」

我暫時閉上嘴巴，在心裡呼喚著已經過世的騎士。

——迪亞貝爾，如果是你的話，這時候會怎麼做呢？

——我無法成為你的後繼者。我沒有你所體現的高潔以及領導才能。

——但是我絕不討厭你不顧一切都要取得LA的拚命度，以及對認為是敵人的我留下「拜託你了」的率直。

沒錯，在放棄之前，要把能做的事情全部完成。就像第一層魔王房間裡的迪亞貝爾那樣。也像第二層魔王房間裡的傳說勇者們那樣。

我把右腳拉回來和左腳擺在一起。挺直背桿，把手指伸得筆直後，自然地把它們放在腿部兩側。

以直立不動的姿勢凝視著某一名玩家一陣子，我就彎下腰來。把頭低到極限，邊看著石塊邊說出以下的話：

「……系統上已經沒有可以確認公會旗掉到誰身上的方法了。所以，拜託了。我不會說把它交給我……只希望把如何處置交給在場所有人來決定。為了攻略集團……為了在下層等待的玩家們……以及為了將來某個人會完全攻略這個死亡遊戲的那一天。」

大廳裡充滿絕對的寂靜。

騷動不知道什麼時候已經消失，甚至連乾咳、呼吸聲以及裝備的摩擦聲都聽不見了。

足以讓人懷疑起聽覺的訊號輸入是不是中斷了的完全沉默——

就被「喀鏘」的金屬質腳步聲打破了。

那與重金屬裝備的鈍重聲音，以及皮革裝備的輕微聲音都不同。當響著介於兩者之間的腳步聲踩著沉穩腳步靠近之後，就在一直低著頭的我面前停下來。接著從頭上降下冷靜的聲音：

「請把頭抬起來吧，桐人先生。」

「…………」

我緩緩抬起頭來，看著聯合部隊最年長的男人……公會ＡＬＳ的人才探子，歐柯唐的臉。

我握住他伸出來的右手，撐起身體。結果這次換成歐柯唐伸直了雙手雙腳，深深彎下腰。

「……桐人先生還有各位，真的很抱歉。沒有報備公會旗掉到自己身上的人就是我。」

當謝罪與告白的聲音一起流出的瞬間，後方就傳來模糊的聲音。

「歐柯先生……為什麼…………！」

往前走出一步後就把頭盔面甲往上抬，接著特效消失的可愛聲音又繼續說：

「你不是說過……攻略集團必須同心協力，兩大公會不是互相競爭的時候了。那麼……為什麼還會……！」

雙眼裡噙著淚水的莉庭一閉上嘴巴，歐柯唐就轉過身，對著自己的公會成員再次低下頭。

「對不起，莉庭。做出這種背叛妳信賴的行為。」

他再次面向我時，就打開了視窗。以指尖觸碰了數次道具欄，把果然藏在多層檔案夾深處的道具實體化。

邊灑下光粒邊出現的，是比他裝備在背上的斧槍更長，全長約有三公尺的長槍。不對，前端雖然尖銳，但那不是一把槍。上部附加了純白的三角旗，這時正捲在鏡子般的銀色長柄上。

「喔喔…………」

後方不知道是誰發出驚嘆聲。

雖然我也是初次見到，但一眼就看出這不是一般的道具。槍尖、握柄底部，以及握柄本身上的細緻裝飾。旗幟邊緣的優美線條裝飾，帶有光澤的布料質感。這些所醞釀出來的存在感，再再都顯示它與低層出現的道具群有很大的不同。

一邊以雙手捧著終於化為實體的公會旗，歐柯唐一邊以沉穩的聲音對我發問：

「桐人先生，你一開始只看著我一個人對吧。可以告訴我你為什麼會知道嗎？」

「啊……好的。」

視線從旗子上移開後，我一面看著斧槍使一面回答：

「呃……歐柯唐先生，來這裡之前，你應該也是重度的ＦＰＳ玩家吧？」

我一用問題回答他的問題，他便一瞬間瞪大眼睛並點了點頭。

「是的……有一段時間它比ＭＭＯ更讓我著迷。」

我也輕輕點了點頭，然後開始說明從他幾分鐘前所說的話當中感覺到的一絲不對勁之處。

「我是只有稍微玩過的程度……不過在FPS的小組戰裡，有CTF……Capture The Flag模式吧。就是兩支隊伍為了爭奪一支旗子而戰鬥的模式。」

「是的……」

雖然後方的席娃達等人露出「那傢伙忽然在說些什麼啊」的表情，但我還是繼續說道：

「那個模式之下，運旗的玩家日文稱為『旗手』，但英文就稱為『flag carrier』或者『flag bearer』，又或者可以簡稱為bearer。歐柯唐先生剛才說過『我真的覺得莉庭像Bear，不對，像熊一樣地活躍喔』對吧。那不是用英文來說熊，而是本來要說bearer才對吧？今後莉庭小姐將以旗手的身分在公會裡活躍……如果自己的道具欄裡沒有掉下旗子的話，絕對不可能出現這樣的發言。我是這麼認為的。」

一旦說出口，就發現根本算不上什麼推理，只像是穿鑿附會之說，但是歐柯唐的頭卻直接點了一兩下。

「是這樣啊……——果然還是不能做自己不習慣的事情……」

他看向雙手捧著的美麗旗桿，嘴上露出淡淡的苦笑。

「……雖然沒有立場說這種話……但只有這一點是希望桐人先生、莉庭，以及各位能夠相信我。我絕對不是一開始就打算把這支公會旗占為己有才來參加這支聯合部隊。也沒有跟

ＡＬＳ的高層勾結。一開始真的是想盡力防止兩公會的對立……心裡唯一只有這個念頭。但是……」

長著高雅鬍子的嘴角扭曲起來，接著用力閉起雙眼。沙啞的聲音在石造大廳裡迴響著。

「……當我注意到這支旗子……正式名稱『Flag of Valor』掉到我這裡，而且沒有人發現，只要願意就能把它藏起來的瞬間，我就有了一個想法。覺得以這支公會旗為交涉材料的話，是不是就能讓兩個公會合而為一了呢……」

聽見這句話的哈夫納，鎧甲發出細微的聲響。但是什麼都沒說，只是用力咬著嘴唇。席娃達和莉庭雖然稍微瞄了對方一眼，但還是保持沉默。

睜開眼睛的歐柯唐再次露出自嘲的笑容，然後靜靜搖了搖頭。

「但是，事情不可能這麼順利。公會旗從ＡＬＳ這邊出現的話，哈夫納先生他們就會知道今天我在這裡把它占為己有的事情。在這種狀態下，交涉不可能會順利成功……——抱歉作了這麼愚蠢的夢。我要為自己的愚行再次向大家道歉。」

在捧著公會旗的情況下，歐柯唐再度深深低下頭。

一直看著他這種模樣的哈夫納，喀鏘一聲往前走出一步後，就握緊雙拳大叫：

「——你確實是幹了傻事！一個搞不好，可能會引發兩個公會的戰爭！但是……你的夢想絕對不愚蠢！」

低著頭的歐柯唐肩膀震動了一下。公會DKB的副會長又往前一步，稍微壓低音量繼續表示：

「我在剛才的戰鬥裡，也稍微看到了夢想喔。如果我和席娃達、你和莉庭小姐第一次組隊也能合作地天衣無縫的話，那一直在那裡互相爭吵根本沒有意義吧……會覺得乾脆把兩公會的成員打散，組成理想的小隊組合比較好。我不想捨棄這個夢想。雖然可能還不到公會統合的地步……但我還是不放棄哪一天可能會成功的想法。所以……我原諒你！」

有點唐突地如此宣言後，哈夫納就環視其他成員。

「覺得實在無法原諒歐柯先生，應該給他某種懲罰的人，現在就舉手吧！」

聽見他如此呼籲的艾基爾，大大地攤開雙手苦笑著說：

「喂喂，哈夫先生，你這種說法有哪個人敢舉手啊。」

大叔軍團全都點著頭，亞絲娜、亞魯戈與涅茲哈都發出輕笑聲。

一直低著頭的歐柯唐，這時候肩膀劇烈地震動了起來。

「…………謝謝大家。」

他的聲音雖然沙啞又發抖，但是在石造大廳的地板和牆壁上不停迴響後，確實地傳到了眾人的耳朵裡。

11

「順勢就收下來了……現在該怎麼辦……」

我一邊抬頭看著以右手立在地面上的鏡面銀旗桿，一邊這麼低聲自言自語。

第五層的魔王房間裡，只有我自己一個人留下來。說了馬上會追上他們後，就讓其他成員先爬上螺旋階梯了。

視線移到旗子周圍，就看見籠罩在一片寂靜下的石造大廳裡，已經沒有一絲與魔像魔王激烈戰鬥的餘韻。可能是從緊張狀態下解放出來的緣故吧，忽然就被沉重的疲勞感襲擊，於是我以稀有道具的旗桿代替拐杖，慢吞吞地走到牆邊，接著發出「嘿咻……」的聲音慢慢坐下去。

之所以想獨處，是因為想思考幾件事情的緣故。

首先是哈夫納的動議獲得採納，所有人都決定推到我身上……不對，應該說交給我保管的旗子要如何做處置。以左手手指碰了一下沉甸甸的旗桿側面，叫出它的屬性視窗。

顯示在最上方的專有名稱是「Flag of Valor」。

意思應該是武勇之旗吧。分類算是屬於長槍，不過正如封測時期的情報一樣，攻擊力是最低等級。但是下面列出的魔術效果卻很驚人。這部分似乎也沒有變更，在戰鬥中把它豎立在地面的期間，半徑十五公尺內的公會成員將會被賦予各種支援效果。這個大廳的直徑大約有三十公尺，所以只要旗手站在正中央，全體就會籠罩在效果範圍內。

要在旗子上登錄公會名稱，似乎是只要有公會會長資格的玩家，按下在屬性欄下部的認證按鈕就可以了。那個時候公會的紋章就會登錄上去，純白的旗面會自動染上該公會的紋章，之後就再也無法更改登錄的公會。也就是說，如果ＡＬＳ的牙王取得這支旗子的認證，之後就算合併ＤＫＢ重新創造了一個新的公會，也沒辦法再使用這支旗子了。當然解散ＤＫＢ後讓成員加入ＡＬＳ的話就另當別論，但不可能會發生這種事。

從這方面來看，歐柯唐以這支旗子作為材料，忽然就要兩個公會合併的想法可以說沒有錯。但實現的可能性應該很低吧。雖然哈夫納與歐柯唐等人似乎互相有一定程度的理解，但那是少人數攻略最強魔王這種高難度任務所帶來的暫時性奇蹟。第六層的攻略開始後兩個人就會各自回到自己的公會，以競爭對手的身分激烈地交鋒吧。

但是，今天發生的事情絕對不會白費。它會確實在所有成員的回憶裡生根，然後在某一天開出新的花朵。

我這麼對自己說並且打開視窗之後，就把公會旗放到上面。輕快的效果音響起，修長的旗桿被收納到道具欄當中。

目前就只能先這樣把它收起來了。但是把擁有如此性能的稀有道具放在倉庫裡長灰塵還是讓人感到很猶豫。必須盡量想辦法找出最合適的使用方法才行。

看了一下表示在視窗下部的時間，已經超過晚上八點半。差不多快到ＡＬＳ的主力部隊什麼時候從樓梯爬上來都不奇怪的時候了。

應該考慮的第二件事情，就是如何應對他們。

當然也有現在立刻衝上螺旋階梯，從第六層主街區的轉移門回到第五層卡魯魯茵去的選項。但是那個時候，牙王他們就不會知道發生了什麼事情吧。說不定還會到處尋找呼喚出這層魔王的方法。這樣實在太對不起他們了。

果然還是有責任跟他們說明，他們的偷跑作戰已經被我們偷跑了。這麼想的我，就保持背靠在石牆上的姿勢閉起眼睛，等待著ＡＬＳ的到來。

一陣子後，耳朵聽見喀滋、喀滋的腳步聲。

我先是浮現「想不到還滿快的嘛」的想法，接著立刻覺得不對勁。腳步聲只有一道，而且不是從下方，而是從上面傳過來。

張開眼睛的我看到的是——

細劍使晃動著淡紫色斗篷慢慢從通往第六層的螺旋階梯上走下來。

「亞絲娜…………」

我這麼呢喃完，就在雙腳上貫注力道站了起來。

「……怎麼了？妳沒到第六層的主街區去嗎？」

一對從樓梯上走下來的亞絲娜這麼問，她就在斗蓬底下輕輕聳了聳肩，然後邊走向我邊說出意想不到的回答：

「爬樓梯時聽到很有趣的事情，所以就想來告訴桐人。」

「咦……？是……是什麼事情……？」

來到我身邊後，她就迅速轉身靠在牆上。

「歐柯唐先生角色名稱的由來。你覺得是什麼？」

「啥……？這……這的確是很令人在意啦……他看起來也不像是超級會生氣的人（註：日文兩者發音類似）……還是……他喜歡暖爐桌？（註：日文發音有些類似）」

「都錯了。」

以雙手食指打了個叉的亞絲娜，這時又咧嘴笑著說。

「他說那是注入北海道支笏湖的一條河流的名稱。他是那附近的人，好像是他充滿回憶的地點喲。」

「這……這樣啊……對哦，柯唐很像是愛奴語……對了——妳真的只是為了告訴我這件事而跑回來……？」

「怎麼可能啊。」

很乾脆就否定數十秒前自己說過的話，然後亞絲娜就這樣閉上了嘴巴。

這個人果然是個大謎團，當我一邊這麼想一邊考慮該如何回答她時——

「……桐人，你是為了自己和ALS的攻略隊講話而留下來的吧？」

突然被這麼問，我的脖子就歪成不是直向也不是橫向的微妙角度。

「沒……沒有啦，怎麼說呢……好像是這樣，也好像不是……」

「反正回主街區也沒事可做，我就陪陪你吧。」

「咦……」

我不知道該如何回答亞絲娜的宣言。

雖然知道被我們搶先偷跑的ALS成員當然會生氣，不過其實沒什麼危險……應該是這樣才對。但是那也得看他們究竟有多想要這支公會旗。是覺得只要不被DKB拿走就好——還是無論如何都要獲得它呢？

不對，就算是後者，也不可能在圈外以武器對著玩家吧。因為他們是攻略集團，不是什麼強盜集團。而且我也很清楚，就算在這裡要亞絲娜回去，她也不可能乖乖聽話。

「……謝謝妳。但是，拜託不要有什麼挑釁的言行……」

同時傳達感謝與期望後，亞絲娜便小聲回答「我知道啦」。

就這樣並排站在牆邊，斷斷續續聊些無關緊要的事情等待了五分鐘。

終於從底下的階梯傳來複數喀鏘喀鏘的腳步聲。兩個人，不對是三個人……應該是ＡＬＳ的偵查隊吧。

輕裝戰士衝進大廳後就組成三角隊形，然後以銳利的目光看著周圍，這時我就從牆邊對他們搭話。

「辛苦了。」

下一刻，一起看向這邊的男人們都瞪大了眼睛與嘴巴。似乎是隊長的一個人，邊放下劍邊發出有點沙啞的聲音。

「黑……黑漆漆！你怎麼會在這裡？樓層魔王呢……？」

「抱歉，剛才打倒了。」

「…………………」

經過整整五秒的沉默，隊長才邊嘆息邊左右搖了搖頭，而後面的一個人則以感慨良多的口氣說道：

「我早就有這種感覺了……」

一分鐘後──

在偵查隊呼叫下來到現場的ＡＬＳ主力部隊共二十四人，以及真．偷跑攻略隊的兩個人就隔著往下的階梯相對著。

身上全穿著暗綠色與金屬黑裝備的男人們正在後面竊竊私語，而像門神般站在中央的刺蝟頭公會會長牙王則是在把雙手抱在胸前，緊閉上眼睛與嘴巴，保持著漫長的沉默。

想要趁這個機會再次確認ＡＬＳ主要成員的長相與姓名，於是我就對身邊的亞絲娜呢喃道：

「那裡面除了牙王之外，有妳知道名字的傢伙嗎？」

「嗯……牙王先生右鄰那個拿三叉槍的人是北海鮭魚卵先生吧。左邊持彎刀的人是香瓜口罩先生。而他左邊拿短矛的人……應該是Schinken Speck先生吧……」

「…………幸好不是三個人的名字都跟食物有關。」

一邊承受著空腹感一邊這麼呢喃完，亞絲娜立刻就做出了註釋。

「Schinken Speck是澳洲的燻火腿。香料很濃郁，真的很美味喲。」

「…………回去之後立刻去吃飯吧……」

在亞絲娜回應我的提案之前——

「——總而言之！」

忽然睜大雙眼的牙王，維持雙手抱胸的姿勢大叫起來。

「打倒魔王已經是事實，就先跟你們說聲辛苦了！不過，幾件事情不說明清楚的話，浩浩蕩蕩來到這裡的我們也沒辦法就這樣回去！」

「嗯……嗯，我知道。能夠說明的地方我都願意配合。」

我的話讓牙王嚴厲地把右手伸出來，然後迅速豎起食指。

「第一點！不可能光靠你們兩個就打倒樓層魔王吧。成員是從哪裡找來的？」

「抱歉，這我不能透露。」

聽見我回答的牙王雖然眉毛開始震動，但是沒有多做評論，直接豎起第二根指頭。

「第二點！在我們來之前就打倒魔王不可能是偶然吧！你們是怎麼知道我們今天晚上要攻略魔王的？」

「抱歉，這我也不能透露。」

眉毛再次開始震動。後面的成員也一半露出憤怒的表情，一半露出傻眼與放棄的表情。雖然傳出「認真點回答！」的聲音，但舉起左手讓其安靜下來後，牙王就豎起第三根手指。

「之前的都算是開場。不過，這一點絕對要回答我……樓層魔王身上應該掉下名為公會旗的道具了。那東西現在怎麼了？」

「…………」

這次換成我安靜了一陣子。

雖然不是因為先被牙王警告過，但是確實只有這個問題必須要老實地回答。但是這樣的行為也伴隨著些許危險。如果最糟糕的事態——眼前的二十四個人不惜拔劍PK的話，就必須讓亞絲娜一個人逃到往上的階梯去。

我一邊在腦海裡模擬那個時候的動作一邊點了點頭。

「嗯……是掉下來嘍。」

在響起一片騷動聲的眾ALS成員面前，我同時伸出右手的食指與中指，然後往正下方比去。

接著操縱隨著鈴聲出現的主視窗，從道具欄裡把剛剛才收納進去的道具實體化。

看見在光粒包裹下實體化的，長三公尺的白銀旗桿，男人們就產生了更大的騷動。我用右手穩穩握住旗桿中央，消除視窗後就高聲把「武勇之旗」豎立在魔王房間的地板上。

「——這就是公會旗了。我想效果你們也知道了，像這樣把它豎立起來後，半徑十五公尺內的公會成員將會附加四種支援效果。雖然是對魔王戰相當有效的道具，但是一旦登錄公會名稱，就再也不能變更了。」

雖然是相當簡化的說明，但聽完之後的ALS成員又出現了第三次騷動。其中甚至有人以彷彿看見潔白旗面上出現ALS紋章般的表情往上看著旗桿。

但這時候不愧是會長的牙王展現出絲毫沒有動搖的態度，只是用鼻子哼了一聲就一口氣進入主題。

「真不愧是天下第一的封弊者大人啊，確實把它弄到手了嗎？那麼……不理會公會的你，準備如何處置這東西呢？」

現在就是這場會談的重要時刻了。

我用力吸了口氣，把力量積蓄在腹部後，緩緩舉起公會旗——

「喀———嗯！」一聲把它豎立在石頭地板上。

「牙王先生，我也不是說不想把這支旗子交給你管理。只不過，我有兩個條件。」

「說說看吧。」

「說是兩個，其實只要完成其中一個就可以了。首先是，今後打倒的魔王怪物要是再掉下相同的道具時。那個時候，就一支交給ALS，一支交給DKB所有，而我會免費把這支旗子讓渡給沒有獲得的公會。」

聽見我的話，就從後方傳來「那要等到什麼時候啊」「在那之前的時間都白白浪費掉了吧」等等的聲音。但是牙王輕輕點了點頭，以視線催促我繼續說下去。我再次深呼吸後，說出了第二個條件：

「——或者是，ALS與DKB合併，組成一個新公會的話，我就會立刻無條件地把它交出去。」

沉悶的寂靜持續了三秒以上。

最後被一起爆發的喊叫聲撕成碎片。

「怎……怎麼可能這麼做嘛！」

「別開玩笑了，為什麼要和那群自認為是菁英的傢伙合併啊！」

「你也去問問那群傢伙啊！他們一定會說你腦袋是不是有問題！」

憤怒的二十幾名男人慢慢、慢慢往前進。站在旁邊的亞絲娜，氣息稍微變得有點僵硬。我一邊確認到達往上層的樓梯有多遠的距離，一邊持續承受著怒罵聲。

這個時候，一道更加尖銳的吼叫貫穿了所有喧囂。

「我……我知道了！這兩個傢伙打從一開始就不打算交出旗子了！故意提出這種無理的要求，打算直接把旗子占為己有，再趁機建立自己的公會！」

我之前也聽過這道刺破鼓膜般，令人感到不舒服的聲音。

在第一層魔王房間裡，暴露我是封測玩家的聲音。

在第二層魔王房間裡，指責傳說勇者的強化詐欺造成他人死亡的聲音。

在第三層魔王房間裡，非難我和亞絲娜想要獨占精靈戰爭活動任務的聲音。

推開人群衝出來的，應該就是那個叫作喬的短刀使。裝備著雙眼與嘴巴的地方有開孔的皮革面具，外表看起來雖然詼諧，但是無法確認他的長相。

喬用鉤爪般彎曲的食指指著我們，並且繼續大叫：

「別聽這些傢伙的廢話了，牙王先生！他們只有兩個人而已！我們有太多可以把旗子拿回來的方法了！」

——不對。

感覺在其他地方，也聽過這道尖銳刺耳的聲音。不是像現在這樣有許多人在的地方……而是在街上或者練功區，又或者是迷宮的…………

我的思考快要到達某個結論時，就傳出另一道充滿威脅性的低沉聲音。

「喬，你的意思是要強搶過來嗎？」

「是啊！我們有四支小隊，他們只有兩個人，怎麼樣都……」

「這個笨蛋！」

以宛如打雷般的聲音這麼一喝，牙王就抓住了喬的胸口。他把對方矮小的虛擬角色抬起來，像要用頭撞向皮革面具一樣怒吼著：

「你帶來的公會旗情報確實是正確的，但不管是多重要的道具，為了獲得就對同為玩家的人揮劍的話，我們就只是一般的犯罪集團了！你再仔細思考一下ALS為何存在的理由吧！」

牙王重重地把喬推出去，重新轉向這邊後，雖然稍微繃著臉卻還是輕輕低下頭來。

「抱歉，讓你聽見這麼無聊的話。關於剛才的條件……我可以認為你對ＤＫＢ也有同樣的想法吧？」

「嗯……嗯，那是當然。」

「這樣的話，那支旗子就先寄放在你那吧。老實說合併的可能性很低就是了。」

以牙王的個性來說，這樣的反應給人很乾脆就放手了的印象，大概是他也認為公會旗這個道具是像炸彈一樣的存在吧。

聽見公會會長的宣言後，身後的成員雖然多少有些溫度差，但還是像能夠接受一樣安靜了下來，喬也在瞪了我們一眼後就回到隊伍裡面。

再次雙手抱胸的牙王，用力挺起胸膛……

「那麼，我們回去了！辛苦啦！」

很禮貌地打聲招呼後就朝往下的階梯走去，準備把公會旗收回道具欄的我急忙對著他的刺蝟頭搭話道：

「啊，第六層的轉移門應該已經活性化了，要回卡魯魯茵的話那邊比較快喔。」

「這樣啊。」

牙王一個轉身，改為朝著往上的螺旋階梯走去。在經過我面前時，感覺他的嘴角稍微動了一下，接著就聽見「謝啦」的聲音，不過那恐怕是我的幻聽吧。

花了一段時間，二十四個人的腳步聲才消失在上層。不過當寂靜終於到訪的瞬間，緊繃的神經也就整個鬆懈，讓我吐出了長長的一口氣。

「呼～……總之呢──在我想過的幾個情形中，這已經算相當不錯的結局了。之後也得跟DKB把話說清楚，不過還是先說聲辛苦了，亞絲娜。稍微休息一下，我們也……」

我準備說「回去吧」的嘴巴，倏然停了下來。

與牙王交涉期間，細劍使一直保持毅然態度的雪白臉頰上。

無聲地流著兩行眼淚。在尖細的下巴變成水滴後，吸進大廳的照明發出些許光芒並且一粒、一粒地落下。

「亞……亞絲娜……？」

完全不了解落淚的理由，於是我以呢喃聲叫著搭檔的名字。

雖然和ALS對峙時曾出現緊迫的場面，但牙王以出乎意料的冷靜態度來對應整件事，所以不至於真的感覺到生命受到威脅。以狀況來說，之前的魔王戰反而比較嚴苛。但是連在戰鬥時都沒有說過任何喪氣話的亞絲娜，為什麼到現在才……

陷入思考停止狀態的我，這時只能呆立在現場，而亞絲娜則是毫不隱藏流下的眼淚，筆直地凝視著我。即使在這種狀況下，我依然覺得濕濡的栗色眼睛，比過去在這個世界裡看過的任何一雙眼睛都要美。

粉紅色嘴唇輕輕動起來，在虛擬的空氣裡產生細微的震動。

「為什麼……為什麼……」

亞絲娜先用力閉上雙眼，讓大顆淚珠滾落下來後，才以音量略增的聲音說：

「為什麼桐人就得被人罵成那樣呢……明明那麼努力了……明明為了攻略集團、為了所有被關進這個世界的人拚命戰鬥……甚至還低頭……但是卻……為什麼……」

我必須在內心花上一點時間，才能理解她以彈奏緊繃到界限的極細銀線般聲音所說的這段話。

這麼說來，亞絲娜是為了我而哭泣嗎？

即使這麼理解，我還是無法做出任何反應，而亞絲娜濕濡的臉已經整個扭曲。

「這種情況絕對是個錯誤。那些人建立公會，聚集自己的伙伴然後擅自行動、爭執……桐人為了那些人戰鬥到滿身瘡痍，卻要被批評成大惡人……他們都錯了。這一定有什麼問題。」

一邊猛力搖頭一邊把話說完後，亞絲娜就仰頭看著天花板並緊閉起嘴巴，不斷流下淚水。

終於成功吸了一口氣的我，朝搭檔靠近一步之後，好不容易把想法變成發言。

「……這是我的選擇。我自己決定不隸屬於集團。我不是為了獲得許多人認同……或者稱讚而戰鬥。只要能保護自己以及自己身邊的人們，其他什麼事情都不重要。」

這是至今為止連對亞絲娜都沒有吐露過的醜惡自私心態。

我的心中完全不存在獻身與自我犧牲這種高貴的情操。我迴避兩大公會的對立、組織魔王攻略隊、拚死戰鬥、對伙伴們低頭，全都只是為了讓自己在這個世界存活下去。

「所以……我沒有被誰認同或者褒獎的資格。亞絲娜也沒有必要為了我而哭泣……」

「咚」一聲，右肩承受了一下衝擊，打斷了我說的話。亞絲娜以握住的右手用力打了我一下。

「我要為誰哭泣，由我自己來決定！」

以哭花的臉這麼大叫完，亞絲娜就用左手揉了好幾次眼角，然後在嘴角擠出笑容的模樣。接著鬆開壓在我肩膀上的右手，輕握住大衣的布料。

「……這樣的話，就讓我褒獎桐人吧。只要是我能幫你做的事情……盡量說沒關係。」

後來──真的是很久很久以後，亞絲娜才邊帶著輕柔的笑容邊這麼說。她說「其實那時候真的有點擔心，要是桐人說出什麼不得了的事情該怎麼辦」。

但這時候的我不可能說出什麼不得了的事情，最多只能浮現僵硬的笑容。

「……能聽妳這麼說就夠了。不用幫我做什麼……」

「那麼，你坐在那裡！」

忽然以命令的口氣這麼說完，亞絲娜的右手就開始用力。無法抵抗的我，只能照她所說的沉下腰部，單腳跪在地板上。

結果，突然間——

亞絲娜從我肩膀離開的手繞過我的頭部，用力把我抱向她裝備薄鋼胸甲的胸口。

然後左手緩慢、溫柔，像撫慰著我一樣摸著我的頭髮。就這樣不停、不停地重複同樣的動作。

那隻手的柔軟度。讓人聯想到陽光的香氣。互碰的身體感覺到的溫度。

以全身感覺這些情報當中，我才發現不知不覺間自己的眼睛也流下淚水。

從第一層到第五層這長達五十五天的戰鬥，不知耗費了我多少的心神。

而在這樣的日子當中，總是在我身邊的細劍使，又是給了我多少的療癒、鼓勵與勇氣呢？

我一邊深深感受這樣的體認，一邊持續任由身體接受亞絲娜的撫慰。而亞絲娜也一直、一直沒有停下手來。

12

「十、九、八、七……」

艾恩葛朗特第五層主街區卡魯魯茵的街道，因為超過千名玩家的倒數而晃動著。

「六、五、四、三……」

雖然沒有映照出數字的螢幕，也沒有拿著麥克風的主持人，但聲音整齊一致地持續倒數。

「二、一……」

從街道正中央的轉移門廣場，幾條火焰朝著上層的底部被發射上去。

隨著「零！」的聲音，黑暗的天空中開出了大大的花朵。

煙火的爆炸聲與玩家們的歡呼聲重疊在一起。街上到處響著「恭喜！」或者「新年快樂！」的唱和聲，為了炒熱氣氛而對牆壁使出的劍技也點亮了各種顏色的光線特效。

從我們的所在地，聳立在卡魯魯茵東側的古城遺跡露臺上，可以同時眺望空中的煙火與熱鬧的街道。由於是內行人才知道的地點，所以也不會受到其他玩家的打擾。當我相當入迷地看著聲光的爭相演出時，旁邊就傳來開朗的聲音。

「桐人，新年快樂！」

面對笑著對我伸出細長玻璃杯的亞絲娜……

「新年快樂。」

這麼回答完後，就「鏘」一聲用自己的玻璃杯與她的互碰。兩個人同時把香檳——不知道能不能這樣稱呼，總之就是不停冒泡的金色酒類——一飲而盡，談笑了一陣子後，再次朝街道上空看去。

「不過，竟然還有煙火耶……不知道哪裡有賣喔……」

我瞇起眼睛邊看著五顏六色的閃光邊這麼說，幫忙派對實行委員會煙火組的亞絲娜就回答：

「莉庭說是在起始的城鎮當中，位於角落的某間奇怪道具店買來的，好像就是從那個時候開始企劃倒數派對。」

「這樣啊……那些煙火——拿來對怪物發射不知道能不能造成傷害……」

面對說出這種煞風景點子的我，亞絲娜直接報以新年第一發「受不了你」的表情。

「很可惜的是，據說只能夠在圈內使用。」

「哎呀，是這樣嗎……」

「這不重要啦，你看，差不多要結束了。難得的煙火大會，得好好地欣賞啊。」

在亞絲娜的催促下，我再次把視線移到街頭上空，這時候剛好是至今為止最多數量的火線往上升的一刻。幾乎在發出「咚咚咚咚咚～嗯！」衝擊音的同時，眩目的閃光也籠罩整個夜空，接著灑下如雨一般的火花並且消失。街頭再次湧起歡呼聲，當這些聲音終於平靜下來時，旁邊的亞絲娜就丟出一句：

「二〇二三年嗎……」

這句話讓我一邊深刻體認到今年終於要過去了，一邊也跟著呢喃：

「有點不太敢相信，已經過了兩個月了……」

「嗯。躲在起始的城鎮的旅館裡面時，感覺一天都相當漫長，一旦開始攻略之後，就有種每一天都很快就過去的感覺。」

「那是當然啦，光是要完成任務、提升熟練度、收集素材等等的，一天有幾個小時都覺得不夠……不過……」

我在這時候閉上嘴巴，亞絲娜則是微微歪著頭。我仰望回歸黑暗的天空，一邊看著上面那一片由鐵與石頭構成的蓋子，一邊輕輕搖了搖頭。

「……沒有啦，只是覺得二〇二三年會是很漫長的一年。因為，整整有十二個月啊。」

「我說啊，那是理所當然的事吧！」

肩膀被亞絲娜輕輕戳了一下，我就故意做出踉蹌的模樣。

其實我是在思考，現在的攻略速度能夠維持多久。

第三層的攻略是一個星期。第四層是六天。而這個第五層竟然四天就完成攻略。但能夠進行這樣，也就是所謂的強勢攻勢，完全是因為我們對於樓層攻略的適切等級維持著充分優勢的緣故。怪物相對上比較弱，任務也能順利解開，另外在提升技能熟練度與收集素材方面也沒有壓力。

但是，這種狀況不可能一直持續下去吧。接下來應該會出現優勢的維持慢慢變得辛苦，為了提升等級必須從早到晚狩獵怪物的日子才對。而且為了提升狩獵的效率，必須跟強大的怪物戰鬥，在精神方面的消耗也會加劇。在到達我封測時期無法突破的第十層時，攻略樓層的辛苦與艱難恐怕不是現在所能比較。

但是，就算在這個地方說出這個事實也沒有用。

總之我們能夠活著迎接這次的新年了。倒數派對當天第五層也被攻略下來的消息，應該也給了許多玩家希望才對。當然這對DKB成員來說應該是晴天霹靂，但明天——不對，應該說今天已經準備好在席娃達與哈夫納也加入的情況下，向他們說明關於公會旗的實情了。

所以，現在就享受這個艾恩葛朗特首次的大規模祭典吧。這也是為了從今天起繼續往新樓層的攻略邁進。

想繼續把香檳倒進空了的玻璃杯時，就發現瓶子裡的酒已經所剩不多，於是我就對抓起起司的亞絲娜搭話道：

「我去下面弄新的酒和一些吃的來。妳等一下喔。」

「謝謝，路上小心。」

對搭檔輕揮了一下手，我接著就回到了城內。

露臺雖然是內行人才知道的景點，但是古城的前庭是大規模的派對會場，艾基爾就在這裡擺了販賣食物與飲料的攤子。由於賣點是準備了從第一層到第五層的各種知名料理，所以我就一邊興奮地打算要買一些亞絲娜會露出微妙表情的食物，一邊在黑暗的城內奔跑著。

我衝下四樓通往三樓的階梯，由暗門來到充滿灰塵的迴廊。跑過數根並排的柱子，準備打開連接主要梯廳的大門——

就在這個時候。

後頸感到一股強烈的寒氣，讓我準備往旁邊跳去。但是在這之前，已經有尖銳的東西隔著大衣抵住我的背部。

躲在柱子陰影後面的某個人，用刀刃的尖端抵住了我。

這不是什麼熟人所開的惡劣玩笑。單純只是躲著的話，就算我還沉浸在新年氣氛當中也絕對會注意到。也就是說背後的某個人使用了隱蔽技能……而且還是連我的搜敵技能都無法識破的熟練度。

凍僵的我，感覺某人的臉靠近右耳。隨著些微鼻息傳來了呢喃聲。

「It's show time。」

至今為止都沒聽過的，又低沉又冰冷的聲音。雖然抑揚頓挫極為豐富，但是又讓人感覺不帶任何感情。

「…………你是誰？」

我一邊用沙啞的聲音這麼反問，一邊計算著跳開的時機。但是靠在背後的尖端稍微增加了一些壓力，呢喃聲也再次響起。

「哎呀，乖乖待著。一動刀子就會刺進去嘍。」

會對我做出這種舉動的人，大概就只能想到有過節的單挑ＰＫｅｒ摩魯特而已。但是，聲音與口氣又完全不同。

我調整呼吸，同時也用呢喃聲回答：

「……這裡是圈內。那種東西根本不構成威脅喔。」

我毫不懷疑自己所說的這句話。

但背後的威脅者卻直接否定我的看法。

「喂喂，振作一點好嗎，黑漆漆先生？圈內只到古城的前庭為止，城內可是視為迷宮喲。」

「什…………」

說不出話來的我，拚命探索著記憶。

這座古城遺跡確實被設定了幾個任務，到處充滿著暗門，感覺的確接近迷宮。但是應該沒有出現怪物才對——而且在這之前，進入古城時應該也沒有出現「Outer Field」的顯示。

但是，這個卡魯魯茵的街道，圈內與圈外的境界相當曖昧也是事實。很可惜的是，我也沒絕對的自信敢說，自己不會因為沉浸在派對氣氛中，錯漏了進城時的系統顯示。

——但就算是這樣。

「……如果在現實世界也就算了，但現在只有一把小刀又能怎麼樣。就算是魔王掉寶級的武器，光是一擊也無法減少太多的HP。而且，這樣你就變成橘色玩家了……你不會認為我都不會反擊吧。」

「哦~很有氣勢嘛。HP確實不會減少太多……但是，如果這傢伙的刀刃上塗有等級5的麻痺毒與等級5的傷害毒的話又怎麼樣呢？」

「…………！」

我再次說不出話來，而銳利的刀尖像是要調侃我一般，再次輕輕戳了兩下我的背部。

不可能的。目前怪物使用的毒最多也只有到等級2，玩家能以調合技能製作出來的毒在素材方面也只到等級1而已。但那是封測時期的知識……至今為止已經多次體驗過現在的艾恩葛朗特沒有「絕對」的事情存在了。

如果威脅者的話是真的，那我被小刀刺中的瞬間就會倒下去，並且有十分鐘以上無法動彈，這段期間HP就會被砍光。

在僵硬的狀態下，我稍微吸了一點空氣到胸口，然後把它轉換成聲音。

「…………你的目的是什麼？」

結果耳朵後方近處產生了呵呵呵的笑聲。光聽聲音的話會覺得對方似乎很愉快，但是完全不覺得他是真心地發笑，總給人在演戲的感覺。

「那還用說嗎，兄弟？因為很有趣啊。」

「有……趣？」

「我也想享受一番啊。難得有這麼大的舞台喲。我做了各種準備想炒熱氣氛耶。」

聽見他的話。

我終於了解背後的男人是什麼人了。

當然，我不知道他的名字與長相。但是知道他的存在。

「你……就是摩魯特他們的老大對吧。教導傳說勇者強化詐欺，試圖讓ＡＬＳ與ＤＫＢ起衝突的……『黑雨衣男』。」

以沙啞的聲音這麼指出後，威脅者就以低沉的口哨肯定了我的話。

「這個綽號相當不錯呢……有點像約翰・蓋西。那麼……差不多該換個地方了吧？」

「…………你想去哪裡？」

「當然是地下嘍。殺人鬼都是到地下室去的吧？」

這座古城確實也有地下樓層。一旦進到那裡，不論我怎麼大叫都不會有人聽見了。而且地下也會有怪物出現，所以絕對是圈外。按照他所說的移動的話就等於是自殺，但是在無法否定小刀上可能塗有等級５毒藥的現在，也只有遵從他的……

——不對。

如果真的能使用等級５的麻痺毒，根本不用以小刀抵著我走路，直接朝我刺下去就可以了。因為可以自由地搬運麻痺的玩家，所以很容易就能把我拖到地下。

麻痺毒是幌子。

另外恐怕……不對，這裡是圈外的話也是謊言。

摩魯特和這個男人是屬於煽動ＰＫ集團。進行煽動唯一需要的道具，就是言語。這傢伙想讓我相信這裡是圈外，然後讓我移動到真正圈外的地下樓層去。

「………我知道了。」

簡短回答完，我就跨出右腳。

在背部與小刀刀尖之間拉開些微距離的瞬間，我就全力往後跳。

刀子理所當然地猛烈撞上我的背部，銳利的刀尖貫穿皮革大衣與內衣，陷入角色的虛擬肉體當中——

這種情況並沒有發生。相對地，紫色閃光照耀著黑暗的迴廊，衝擊拍打著我的背部。禁止犯罪指令發動，自動障壁把我和刀子都彈開了。

「嘖……！」

男人咒罵了一下。我承受住衝擊後停下腳步，隨著轉身拔出背後的劍。

「喔……喔喔！」

邊叫邊發動了劍技「斜斬」。當然我的攻擊也無法傷害到對方，但目的是藉由後仰效果來停下對方的腳步，同時以聲光來通知前庭的艾基爾他們此處發生異常。

我的視界映出準備往後飛退的黑影。

身高相當高。瘦削的身軀上，穿著一件發出烏黑光澤的黑色兜帽短斗篷，也就是雨衣。由於兜帽往下拉得相當深所以看不見長相，但是可以看見肩頭的黑色捲髮。

由系統加速的劍刃迫近男人的胸口。只要先讓他翻倒，就能持續用劍技轟在他身上，暫時把他逼進擬似昏迷的狀態。

但是——

男人在空中的身體以通常的跳躍不可能出現的速度後退，讓我的劍直接揮空。

「還沒完呢……！」

著地的同時，我又為了發動突進系劍技「憤怒刺擊」而把劍拉回來。雨衣男恐怕是擁有相當高等級的輕功技能，但後躍絕對不可能超越突進技的速度。

左腳用力一踩，等技後硬直結束的瞬間，右手上的劍就出現了鮮豔的光線特效。

但是，這次雨衣男依然做出超乎我預料的行動。

在快要著地之前，就從他右手滾了某種小球體到地板上。球體瞬時炸裂，噴出深黑色煙霧並且充滿整座迴廊。

————煙幕！

雖然因為這自封測時期到現在首次在ＳＡＯ裡看到的道具而驚愕，但我還是朝黑雨衣男應該會在的地點使出劍技。

突進技特有的金屬質聲音響起，日暮之劍的銳利劍尖撕裂了黑煙。隨著似乎擦過什麼東西的手感，系統顏色的閃光輕微閃爍。

但就只是這樣而已。再次著地的我，脫離煙幕後就迅速環視著周圍。

不過已經到處都看不見黑雨衣男的身影。雖然全力使出搜敵技能，並且把所有神經集中在視覺與聽覺上，但還是捕捉不到任何影子與腳步聲。

……下次見了，黑漆漆先生。

感覺聽到這樣的聲音而回過頭，但微暗的迴廊裡只有開始變淡的黑煙像在嘲笑我一樣飄盪著。認知到連臉都沒看見就讓對方給跑了之後，原本想咬緊牙根的我，眼睛終於發現了某樣物品。

那是掉在迴廊角落的中型刀子。

我走過去把它撿起來。全體是黑色的刀子造型也相當簡單，不過在因為魔王戰的經驗值而升上19級的我手裡也相當沉重。

把上面果然沒有抹毒的刀子收進道具欄後，我才注意到不能繼續把時間耗在這種地方了。黑雨衣男不一定是單獨行動。摩魯特或者是在地下墓地見到的黑斗篷，又或者是我不知道的同夥可能也跟著他一起出動了。

「……………亞絲娜。」

以沙啞的聲音這麼呢喃完，我就轉身全力奔跑。

如果那些傢伙以同樣的手段把亞絲娜帶到圈外去的話。

只看戰鬥力的話，她絕對不下於摩魯特，但是她不了解對人戰。剛來到這層的時候，亞絲娜雖然曾經拜託我指導她單挑的訣竅，但那時候她把劍收起來了。現在的她，應該無法對應那些傢伙使用各種小手段的戰鬥方式。

從原來的方向跑回迴廊，在盡頭的小房間操縱機關打開暗門，直接一次爬兩層樓梯衝上四樓。在走廊上猛衝，急轉彎後跳進露臺。

「亞絲娜！」

我的叫聲讓準備低頭看熱鬧街道的細劍使以訝異的表情轉過頭來。

「怎……怎麼了嗎，桐人？」

「…………………」

瞬時無法回答什麼，只能在露臺入口處站了一會兒，然後才大步走過去。

「等等，到底是怎麼……」

我伸出雙手，繞過亞絲娜纖細的身體，不管三七二十一就把她抱過來。

虛擬角色的，不對，肉體的溫度與觸感猛烈傳達到身上，我才終於放心地鬆了口氣。到了早上，這次無論如何都要確實地教會她單挑的訣竅。我一邊下定這樣的決心，一邊持續緊抱著搭檔的身體。

一陣子之後亞絲娜的手動了起來，簡直像對小孩子一樣輕拍了兩下我的背。

然後我耳邊就響起溫柔的呢喃聲。

「可不可以先把手放開？我要給你一發傷害比較輕的劍技。」

「啊……………呃，嗯……這裡說不定是圈外耶……」

「這裡當然……是圈內啦！」

亞絲娜的左勾拳發出破空聲，刺中我的側腹之後，產生了紫色閃光與強大的衝擊波。

陰沉薄暮的詠諧曲　完

後記

謝謝您閱讀這本Sword Art Online刀劍神域 Progressive ４〈陰沉薄暮的詼諧曲〉。

這部ＳＡＯＰ系列，自從第一層攻略篇不知道為什麼加上〈無星夜的詠嘆調〉這樣的標題後，這是再次在副標題上使用了樂曲形式的名稱。第五層攻略篇的「詼諧曲(scherzo)」在義大利文中是「開玩笑」的意思，在日文裡則也有「詼諧曲」之意，它是一種激烈裡帶有某種滑稽感的音樂。知名的詼諧曲有名為《魔法師的學徒》的管弦樂曲。迪士尼的電影《幻想曲》裡也使用過，或許您曾經聽過也說不定，身為本書作者的我，覺得那首曲子很符合ＰＫ集團微笑棺木的氣氛……而「陰沉薄暮」這個修飾詞我自認為是用來表達第五層的氣氛，但現在看起來卻充滿了中二思想（笑）。

那麼，ＳＡＯＰ在每一集總是會決定一個主題，而本作第四集檯面上的主題應該是「微笑棺木蠢動篇」，檯面下的主題則是「桐人與亞絲娜的關係值」。除了描寫從死亡遊戲初期就開始興風作浪，將與桐人展開一場漫長戰鬥的微笑棺木（目前尚未出現這個公會名稱）有什麼企圖之外，也要好好地描寫以暫定搭檔的身分共同作戰到第五層的桐人和亞絲娜這個時候對對方有什麼樣的想法，在這樣的意圖之下，本集前半段就出現久違的亞絲娜視點。其實我很不擅長寫「其他玩家眼裡的桐人」（因為很容易變得太過於帥氣……（笑）），但是亞絲娜視點的話，不知道為什麼就能很自然地描寫出桐人。嗯，不過還是在各個地方的重點處讓他耍帥了啦。

後半的桐人部分，是自從第二層之後，隔了許久才再次仔細地描寫了樓層魔王攻略。不只是魔王本體的攻擊模式，也試著在魔王房間裡加上各式各樣的機關，光是想點子就耗費了不少心力（笑）。實際創造出網路遊戲中大魔王的造型師，以及讓它實際上線的程式設計師真的很厲害耶……雖然是我這個外行人所想出來的第五層魔王戰，但大家能夠喜歡的話，我會覺得很高興。

這次變成川原史上最凶等級的進度，因此被我添了空前絕後麻煩的責任編輯三木先生，還有插畫家ａｂｅｃ老師，真的很對不起！而三木先生本人所寫的書和這本ＳＡＯＰ第四集一樣在十二月十日，另外ａｂｅｃ老師的ＳＡＯ畫集將在二〇一六年一月發售了！（註：此指日本出版資訊）也請大家務必支持他們的作品！

二〇一五年十一月某日　川原礫

「尋求絕對的『孤獨』……
所以我的代號是『孤獨者(Isolator)』。」

二〇一九年八月。

人類初次接觸的地球外有機生命體，有複數墜落至地球上的幾座城市內。

之後被稱之為「第三隻眼」的那個球體，

會賦予跟它們接觸的人現代科學無法解答的「力量」。

不擅與人相處的十七歲少年——空木實也是其中之一。

他唯一的心願，以及得到的能力。

那就是「孤獨」——

成功打倒兩個凶暴的紅寶石之眼的「孤獨者」實被「組織」挖角，

受到一起戰鬥的請託後，實答應加入，卻要求了某個交換條件。

那就是，消除他自身的「存在」。

——在這種情況之中，接下來的戰鬥悄然來到

實跟號稱「特課」最強能力者的「折射者(Refractor)」小村雛搭擋，

挑戰潛入敵方藏匿處的作戰行動。

他在那裡目擊到的是，最強最惡劣的敵人「液化者(Liquidizer)」意外的真實身分……！

陷入九死一生的絕境，實跟雛的命運將會……！

THE ISOLATOR
realization of absolute solitude

Kadokawa Light Novels——

1
成田良悟
Narita Ryohgo
插畫／森井しづき
原作／TYPE-MOON
Illustration:Morii Siduki
Original Planning:TYPE-MOON
Fate strange Fake
Kadokawa Fantastic Novels

Fate/strange Fake 1 待續

作者：成田良悟　原作：TYPE-MOON　插畫：森井しづき

這是充滿虛偽的聖杯戰爭。
其聖杯，將由虛偽邁向真實──

第五次聖杯戰爭終結後數年，美國西部史諾菲爾德出現下一場鬥爭──那是充滿虛偽的聖杯戰爭。聚集於虛偽台座的魔術師與英靈們，即使深知這是場虛偽的聖杯戰爭，他們仍舊在此之上不斷舞動。然而，注滿容器的究竟是虛偽或真實，抑或是──

NT$200/HK$60

台灣角川

Kadokawa Light Novels

反戀主義同盟！ 1~2 待續

作者：椎田十三　插畫：憂姫はぐれ

反戀社的進擊這次也不會停止！
現充們，徹底爆炸吧！

由於「情人節粉碎抗爭」時的失策，反戀愛主義青年同盟社失去了校內學生的支持。為了啟蒙學生，身為議長的領家開始製作起反戀愛宣傳電影！被她一時興起的點子拖下水的社員們，將前往學生會所主辦的滑雪宿營出外景！電影究竟能不能順利完成？

各 NT$200~220/HK$60~68

台灣角川

Kadokawa Light Novels

我被召喚到魔界成為家庭教師!?
～派遣地點是魔王宮～
1
鷲宮だいじん
插畫／Nardack
Kadokawa Fantastic Novels

我被召喚到魔界成為家庭教師!? 1 待續

作者：鷲宮だいじん　插畫：Nardack

美女學生竟是妖怪（蜘蛛女etc.）!?
史上最衰的家庭教師登場！

身為普通人類的我突然被召喚到魔界後，才發現被那個混帳勇者出賣了，我居然得擔任魔王之女的家庭教師!?首要任務是兩週後於人界舉辦的舞會中，讓嬌縱任性的三公主蜘蛛女莎菲爾順利完成初次亮相。若有差錯，魔界與人界就會引發大戰！

NT$220/HK$68

台灣角川

Kadokawa Light Novels

夏海公司
插畫●遠坂あさぎ

飛翔吧！戰機少女3
GIRLY AIR FORCE

Kadokawa Fantastic Novels

飛翔吧！戰機少女 1~3 待續

作者：夏海公司　插畫：遠坂あさぎ

身為戰鬥機的少女，
日本海的和平，就交由她們來守護！

令人期待已久的艦載機阿尼瑪首次登場！隸屬美軍，個性開朗直爽卻帶有神祕色彩的阿尼瑪「萊諾」出現在格里芬等人的面前！在她加入之後，針對「災」的反攻作戰也隨之發動！目標是奪回通往大陸的立足點，上海！美少女×戰鬥機的故事，第三彈登場！

台灣角川

各 **NT$180~200/HK$55~60**

國家圖書館出版品預行編目資料

Sword Art Online刀劍神域Progressive / 川原礫作 ; 周庭旭譯. -- 初版. -- 臺北市 : 臺灣角川, 2016.09-

冊 ; 公分

譯自：ソードアート・オンライン プログレッシブ

ISBN 978-986-473-293-7(第4冊 : 平裝)

861.57 105014431

Kadokawa
Fantastic
Novels

Sword Art Online刀劍神域 Progressive 4

（原著名：ソードアート・オンライン　プログレッシブ4）

2016年9月14日　初版第1刷發行
2023年1月3日　初版第3刷發行

作　　者：川原礫
插　　畫：abec
日版設計：BEE-PEE
譯　　者：周庭旭

發 行 人：岩崎剛人
總 編 輯：蔡佩芬
副總編輯：朱哲成
美術設計：吳佳昀
印　　務：李明修（主任）、張加恩（主任）、張凱棋

發 行 所：台灣角川股份有限公司
地　　址：104台北市中山區松江路223號3樓
電　　話：（02）2515-3000
傳　　真：（02）2515-0033
網　　址：www.kadokawa.com.tw
劃撥帳戶：台灣角川股份有限公司
劃撥帳號：19487412
法律顧問：有澤法律事務所
製　　版：尚騰印刷事業有限公司
ＩＳＢＮ：978-986-473-293-7